Alexander Merow

Die Antariksa-Saga

Alexander Merow

Die Antariksa-Saga

Späte Vergeltung

Roman

Teil V

Bibliografische Information der Deutschen Nationalbibliothek:
Die Deutsche Nationalbibliothek verzeichnet diese Publi-
kation in der Deutschen Nationalbibliografie; detaillierte
bibliografische Daten sind im Internet über
http://dnb.dnb.de abrufbar.

© 2020 Alexander Merow

Illustration: Tyrion Schneider

Herstellung und Verlag: BoD – Books on Demand, Nor-
derstedt

ISBN: 978-3751922845

Inhalt

„Alarvail `dey Veryor, dieser Name steht in der Geschichte unseres Volkes für Verrat, Grausamkeit, Fanatismus und Wahnsinn. Heute, vier Jahrtausende nach dem Verschwinden des berüchtigten Heerführers, der in seiner Verblendung ein neues Elbenvolk hatte erschaffen wollen, wissen höchstens noch Chronisten wie ich ein wenig mehr über diesen seltsamen Elb, der Galathols Mächtige einst das Fürchten gelehrt hatte.

Doch selbst ich als Geschichtskundiger, der das Privileg hat, die große Schriftenhalle von Varnasse betreten zu dürfen, kann nur noch auf wenige Überlieferungen zurückgreifen, die von Alarvails Taten berichten, obwohl die Aufzeichnungen unseres langlebigen Volkes wesentlich weiter zurückreichen als die der niederen Arten.

Allerdings wurde der Name des abtrünnigen Feldherren schon vor langer Zeit aus den meisten Chroniken getilgt, so dass es mir schwer gefallen ist, überhaupt noch etwas über ihn zu finden.

Was aber im Bezug auf Alarvail `dey Veryor als gesicherte Erkenntnis gilt, ist die Tatsache, dass er die Rasse der Orks aufgrund ihrer Kampfkraft und allgegenwärtigen Expansionswut bewundert hat. Friedfertigkeit und Milde, die wir Elben stets als unsere größten Tugenden angesehen haben, wurden von Alarvail dagegen gehasst. Er hatte unser Volk zu einem Kriegervolk schmieden wollen, damit es in einer Welt, in der seiner Ansicht nach nur die stärkste Art auf Dauer überlebte, bestehen konnte.

In unserer trüben Gegenwart gibt es nur noch wenige Elben und große Teile Galathols sind kaum mehr besiedelt. Zugleich hat am anderen Ende der Welt der Wiederaufstieg der grünhäutigen Rasse unter der Führung eines Häuptlings namens Grimzhag begonnen. Jene, die Alarvail vor langer Zeit einen Wahnsinnigen genannt haben, sind indes schon lange tot – genau wie er selbst. Der zurückgezogen vor sich hin siechende Rest unseres Volkes muss sich heute mehr denn je auf die Hilfe der Menschen verlassen. Sollte es diesen nicht gelingen, die orkischen Horden aufzuhalten, so könnte Galathol zum ersten Mal selbst bedroht sein.

Die Mächtigen meines Volkes würden einen Alarvail `dey Veryor mit all seinen Ideen aber auch heute noch aus reinem Prinzip ablehnen, wie sie es bereits vor Jahrhunderten getan haben, obwohl für uns Elben alles Unglück exakt so eingetreten ist, wie es der streitbare Feldherr einst prophezeit hat.

Vielleicht ist der angeblich so wahnsinnige Alarvail doch weitsichtiger gewesen, als es viele in unseren Tagen zugeben wollen. Doch diese Meinung sollte ich besser für mich behalten, denn sie würde den anderen Seelensehern nicht gefallen..."

(Notiz des berühmten Geistmagiers Toryial `dey Camithes, die nach dessen Tod in seinen Privatgemächern gefunden wurde)

Der Wirbel der Seelen

Soork, der Schamane des Mazaukstammes, ging langsamen Schrittes auf den großen Haufen aus Holzscheiten zu, auf dem Kulghors erstarrter Leichnam lag. Vor zwei Sonnen war Grimzhags Sprössling zu den Göttern gerufen worden. Am Ende hatten ihn die tiefen Wunden, die ihm Irmynar mit seinem Langschwert zugefügt hatte, doch in die Knie gezwungen.

„Kulghor wird im nächsten Leben eine stolze Cramogg besten Blutes werden. Und dann wieder ein mächtiger Krieger, der ganze Länder erobern wird", sagte Cuglakk, der neben dem todtraurigen Orkkönig stand. Er berührte Grimzhags muskelbepackten Oberarm mit dem Holzstab, doch dieser starrte bloß mit ausdruckslosem Blick auf den Scheiterhaufen.

„Nehmt die Seele dieses großen Kriegers auf in euer Reich!", beschwor Soork die Orkgötter, während er seine dürren Arme in die Höhe warf.

Daraufhin kam Zugrakk, Grimzhags ältester und bester Freund, und steckte den Scheiterhaufen mit einer Fackel in Brand.

„Die Menschlinge haben mir meinen Kulghor genommen. Sie sollen verflucht sein, genau wie alle Zwerge des Felssäulengebirges", grollte Grimzhag kaum hörbar in sich hinein.

Neben ihm stand Arruku, Kulghors grauäugige Austrägerin. Als die Flammen den erstarrten Körper ihres Sprösslings knisternd zu umschließen begannen, lamentierte sie lautstark. Mehrere Dutzend Orkweibchen stimmten mit in Arrukus Klagegesang ein, so dass er von den Mauern der Häuser widerhallte.

Langsam begannen die Flammen Kulghor zu verschlingen wie ein Schwarm gieriger Steppenwürmer. Dichte Rauchwolken stiegen zum dunkelblauen Himmel über Chaar-Ziggrath hinauf.

„Sie haben mir Kulghor genommen", flüsterte Grimzhag mit Trauer und Zorn in den Augen. Er legte der vor Gram laut fiependen Arruku die Klaue auf den Kopf.

„Der Menschling, der Kulghor getötet hat, möge für alle Zeiten verflucht sein", hörte der Orkkönig seine Tochter Ongrakku neben sich zischen. „Er soll in allen seinen zukünftigen Leben vom Unglück verfolgt sein und den Tod seiner Kinder immer wieder betrauern müssen."

Letztendlich hatte Kulghor den Kampf gegen die Halbtotenstarre verloren, obwohl Grimzhag gehofft hatte, dass er es doch noch schaffen würde. Seine Organe waren am Ende hart wie Stein gewesen, hatten die Heilkundigen dem Orkkönig erzählt. Jetzt lag Kulghor auf einem Scheiterhaufen und seine leere Körperhülle verbrannte wie ein Stück Holz.

Würden die Götter Kulghors Leben wohlwollend beurteilen? Grimzhag sinnierte seit dem Morgengrauen über diese Frage und kam zu keiner Antwort. Was würde Goffrukk sagen, wenn sein Sprössling vor dem riesigen Thron aus Felsgestein stände und Rechenschaft ablegte? Grimzhag fing erneut zu grübeln an, während das Klagegeschrei der Cramogg durch die Straßen von Chaar-Ziggrath hallte und sich Zugrakk wortlos neben ihn stelle.

Arruku schrie in die Abenddämmerung hinaus, sie tanzte auf der Stelle und hielt sich dabei den brütenden Bauch, um Kulghor zu ehren. So war es orkische Tradition. Die anderen Cramogg, die immer lauter und schriller zu kreischen begannen, taten es der Austrägerin von Grimzhags Sprössling gleich.

„Es war ihm nicht vergönnt gewesen, auch ein großer Kriegsherr zu werden. Vielleicht ist Kulghors früher Tod die Strafe für das viele Blut, das ich vergossen habe", dachte Grimzhag, um den seltsamen Einfall sofort wieder zu verdrängen.

Warum sollten ihn die Götter strafen wollen? Er hatte alles richtig gemacht, das Gesetz der Stärke befolgt und ehrenvoll gekämpft. Nein, solch dumme Gedanken dachten bloß die Menschlinge, ein Ork aber hatte sich nichts vorzuwerfen, so lange er nach dem heiligen Gebot, dass die größte Gewalt auch immer das größte Recht beinhaltete, handelte.

Dichte Rauchschwaden zogen zu den vielen Grünhäuten herüber, die sich um den Scheiterhaufen des toten Thronerben versammelt hatten. Unweit von Grimzhag stand Hordenführer Artux in seiner besten Rüstung; neben dem grauäugigen Hünen verharrten weitere Adelskrieger, um Kulghor die letzte Ehre zu erweisen.

„Dafür sollen die Khuz bluten!", brüllte Zugrakk plötzlich und riss die Arme in die Höhe. Grimzhag aber hielt ihn zurück.

„Lass mich heute einfach traurig sein. Hass und Rache will ich in diesen Stunden nicht in meinem Kopf haben. Sie werden noch früh genug zurückkehren", sagte der König mit finsterer Miene. Dann würgte er verneinend und Zugrakk verstummte.

Kulghors Körper war längst hinter einer Wand aus grauschwarzem Rauch verschwunden, Flammenzungen lösten sein erstarrtes Fleisch von den Knochen und verschlangen knisternd die Holzscheite. Stück für Stück verschwand Grimzhags Sprössling vor den Augen seines zu Tode betrübten Erzeugers. Arruku schrie noch immer, tanzte mit geschlossenen Augen und heraushängender Zunge wie in Ekstase. Die schöne Cramogg hatte ihre vier Zitzen entblößt und hielt sich den Bauch. Kulghors Seele sollte noch ein letztes Mal an ihren Brüsten saugen, bevor sie diese Welt verließ und in den großen Wirbel flog.

„Er hat es nicht geschafft. Mein Kulghor hat es nicht geschafft. Verflucht sollen sie sein, die elenden Menschlinge und Zwerge", murmelte Grimzhag still in die aufkommende Düsternis.

„Steuerunterlagen der letzten drei Jahre. Arasig sei Dank, das müssen sie sein", stieß Irmynar aus und zog ein Bündel Schriftrollen aus dem Bücherregal.

Endlich hielt er die Dokumente in Händen, die er bereits seit Stunden gesucht hatte. Thelinda, die Frau des jungen Fürsten der Ostmark, atmete auf. Dann lächelte sie ihrem Gatten zu.

„Du bist wirklich zu bedauern, dass du dich mit diesem Steuerunsinn beschäftigen musst, aber es ist nun einmal nicht zu ändern. Wie gut, dass du diese Schriftstücke gefunden hast", sagte sie schmunzelnd.

Irmynar nickte, doch sein Gesichtsausdruck zeigte keine Freude. Gedankenlos warf er die Pergamentrollen auf den Schreibtisch zu seiner Rechten.

„In diesem Raum hat mein Vater sein halbes Leben verbracht. An diesem Tisch, gebeugt über Papiere, in der

Hand die Feder und neben sich das Tintenfaß. So saß er immer hier, doch das wird niemals mehr so sein."

Langsamen Schrittes kam Thelinda auf ihren Mann zu. Sie gab ihm einen Kuss auf die Wange, aber das erhellte Irmynars Gemüt nicht.

Sein Vater war noch immer allgegenwärtig, alles in der fürstlichen Residenz erinnerte an Loghar, den Herrn der Ostmark, der mit Orkpfeilen gespickt sein Leben auf dem Schlachtfeld ausgehaucht hatte.

Mürrisch ließ sich Irmynar auf einem mit rotem Samt bezogenen Stuhl aus Graueichenholz nieder; er zog ihn ein wenig näher an den Schreibtisch heran und beugte sich anschließend über die Platte.

„Steuern und Abgaben! Fast so schlimm wie eine Horde Orks!", brummte er. Thelinda klopfte ihm auf den Rücken. „Das wird schon, Schatz", antwortete sie.

Irmynar drehte ihr den Kopf zu, er blickte seine Frau aus müden, blutunterlaufenen Augen an. Seit dem Tod seines Vaters schlief der junge Fürst kaum noch, er litt unter Stimmungsschwankungen und igelte sich am liebsten in seinem Schlafzimmer unter dem Dach der Residenz ein, wo ihn höchstens die Hausdiener stören konnten.

„Wir leben, machen irgendwelche Sachen, zeugen Kinder oder auch keine, dann sterben wir eines Tages und werden vom Rest der Welt vergessen."

Thelinda überlegte; derartige Aussagen hatte sie in letzter Zeit zur Genüge gehört. Schließlich gab sie zurück: „Alles Leben auf dieser Welt vergeht, Liebster. Niemand von uns kann dem Tod entkommen. Loghar wird längst in Taira sein. Er war ein ehrenhafter und guter Mensch. Erther der Erlöser wird ihm sofort den Weg ins Paradies gezeigt haben. Daran habe ich keinen Zweifel."

Es kostete Irmynar alle Willenskraft, seine Tränen zu unterdrücken. Wortlos schaute er aus dem Fenster neben dem Schreibtisch. Draußen zog sich der Himmel wieder mit grauen Wolken zu; ein erneuter Regenguss kündigte sich an, doch das war in der Ostmark nichts ungewöhnliches.

„Glaubst du wirklich, dass mein Vater ins Goldene Taira eingegangen ist, Thelinda? Oder plappern wir dies alles nur nach, weil es uns die Priester ständig so erzählen?"

„Unsere Seelen können nicht sterben, wir alle leben ewig. Dein geliebter Vater wird sicherlich schon bald auf unsere Welt zurückkehren, nachdem er die Schönheit Tairas getrunken hat."

Irmynar kratzte sich nachdenklich am Kinn. Er erhob sich von seinem Platz, kam auf Thelinda zu und schloss sie in die Arme.

„Und was ist, wenn mein Vater allein in der schwarzen Leere herumirrt und niemals nach Taira zurückfindet?"

Die blonde Fürstengattin hob die Augenbrauen, ihr Gesicht verriet einen Hauch von Furcht angesichts dieser schrecklichen Vorstellung.

„Wie kannst du so etwas sagen? Nur den Schändlichen und Unreinen verwehren die Götter das Goldene Reich. Nur wer schmutziges Blut und einen verdorbenen Geist hat, wird vom heiligen Erther an der Pforte abgewiesen."

„Trotzdem werden wir erst nach unserem Tod wissen, was der Göttliche und seine Diener für uns bereithalten. Ich aber will noch lange nicht sterben. Und wenn ich ehrlich bin, habe ich große Angst vor einem frühen Tod. Ich habe doch noch so viel vor, wir haben doch noch so viel vor", meinte Irmynar.

Thelinda lächelte versöhnlich, während sie seine Wange mit dem Handrücken streichelte.

„Was geschehen ist, ist furchtbar. Es ist ganz normal, dass dich diese Fragen wieder und wieder quälen, doch du wirst die Trauerzeit bald hinter dir gelassen haben und erneut nach vorne schauen."

„Wenn du das sagst." Der ostmärkische Fürstensohn verzog das Gesicht, er ging einen Schritt zurück. „Ich will bloß mit dir in Ruhe leben. Ruhm als Orkenschlächter brauche ich nicht. Mögen die Geister der Unterwelt diese elenden Grünhäute heimsuchen und sie alle verschlingen."

Thelinda sagte für eine Weile nichts. Voller Mitgefühl sah sie ihren Mann an, dessen bleiches Gesicht eine Maske der Trauer war, um schließlich zu erwidern: „Die Zeit wird uns all das Leid vergessen lassen. So ist es immer schon gewesen. Auch wenn ein geliebter Mensch ins Goldene Taira eingegangen ist und nicht mehr unter uns weilt. Und so wird es auch im Falle der Orks sein. Dieses böse Volk haust seit Jahrhunderten weit weg von Richtenhof. Jenseits des Gebirges und dort wird es auch bleiben."

„Und? Was ist jetzt?", wollte Zugrakk wissen. Dabei zeigte er ein freches Orkgrinsen. Grimzhag konnte sich bereits denken, was sein Freund sagen wollte.

„Was soll sein?", knurrte er dennoch.

„Wann geht es denn los?"

„Wann geht was los, Zugrakk?"

„Was wohl?"

„Ja, was denn?"

„Der Rachefeldzug gegen die Zwerge und Menschlinge!“, stieß Zugrakk aus und ließ die Faust durch die Luft fegen.

„Ach, der Rachefeldzug gegen die Menschlinge! Den meinst du! Ich dachte schon, du wolltest mit mir über meine Trauer reden, weil mein Sprössling zu den Göttern gegangen ist. Ich dachte schon, jetzt käme so etwas wie Beileid.

Allerdings hätte es ja auch sein können, dass du mit mir über die große, gepflasterte Straße sprechen möchtest, die ich von Manchin nach Karokum anlegen lasse. Oder über die vielen Gebäude, die ich noch errichten lassen will. Oder über die Städte, die ich noch in den Steppen gründen möchte.“

„Hä?“, rief Zugrakk, ohne auf Grimzhags unterschwellige Vorwürfe einzugehen. „Kulghor ist tot! Wir müssen uns rächen!“

„Ja, natürlich müssen wir uns rächen, Zugrakk! Wir müssen uns immer nur rächen und rächen und rächen! Und dann müssen sich wieder die Menschlinge an uns rächen und so weiter – bis zum Ende aller Zeiten! Und vergiss die Khuz nicht, auch an denen müssen wir uns rächen! Und sie natürlich an uns! Und wir an den Elben und die dann wieder an uns! Wie wäre es, wenn wir morgen eine Flotte bauen und über das große Meer segeln, um gegen uns völlig unbekannte Völker zu kämpfen?“

„Das wäre großartig! Neue Gegner sind immer eine echte Herausforderung!“ Zugrakks rote Augen leuchteten auf.

„Das war ironisch gemeint! Ironie, Zugrakk!“

„Ach, so! Also willst du doch keine Flotte bauen?“

„Nein! Das hatte ich nicht vor, Snaghirn! Ich habe ein Imperium zu regieren und kann nicht wegen jedem Unsinn Krieg führen.“

„Und was soll ich dann die ganze Zeit tun? Ich bin ein Krieger, ich muss kämpfen!"

„Hilf mir doch, Häuser zu bauen", meinte Grimzhag.

„Pah! Das ist total langweilig. Das sollen gefälligst die Goblinarbeiter machen. Zugrakk der Mazauk muss kämpfen."

„Aber leider geht es nicht immer nur nach dem Willen von Zugrakk dem Gnoggschädel."

„Dann fange ich eben wieder an zu saufen. So habe ich wenigstens meinen Spaß."

Grimzhag stieß ein langgezogenes Grollen aus. „Nein, das wirst du nicht tun! Keinen Alkohol mehr! Ist das klar? Damals haben Soork und ich dir geholfen, vom Suff los zu kommen, und dabei soll es auch bleiben."

„Aber ich bin ein mächtiger Krieger ohne Aufgabe. Ohne Kampf gehe ich ein wie eine Pflanze ohne Wasser."

„Wir haben jede Menge Aufgaben, Zugrakk. Nur, dass sie nichts mehr mit Krieg zu tun haben. Außerdem haben wir doch bereits ein Weltreich erobert. Was willst du denn noch?"

Zugrakk stöhnte auf, er würgte verneinend. „Weltreich? Naja, wir haben ein paar Länder erobert, aber es gibt noch jede Menge Völker, die wir nicht unterworfen haben. Ich würde mir als nächstes Aurania vornehmen."

„Was auch sonst?" Genervt ließ sich Grimzhag auf einem Hocker nieder.

„Ich kann nicht verstehen, dass du Kulghors Tod ungerächt lassen willst."

„Mein Sohn ist in einem ehrenvollen Zweikampf gefallen. Der Menschling, der ihn getötet hat, hat nichts Unrechtes getan. So ist das nun einmal bei einem Kampf auf Leben und Tod. Entweder er oder Kulghor."

Als Antwort trommelte sich Zugrakk mit den Fäusten auf die Brust und fletschte die Zähne wie ein heranstürmendes Gnogg.

„Wenn es mein Sprössling gewesen wäre, den dieser elende Menschling getötet hätte, dann…"

„Was dann?", fuhr Grimzhag dazwischen. „Du kümmerst dich doch überhaupt nicht um den Ork, den du gezeugt hast. Du kennst ja kaum seinen Namen und es ist dir auch völlig gleich, was aus Borog wird."

„Das ist etwas anderes! Ich bin ja auch nicht der König aller Orks!", entgegnete Zugrakk und stampfte auf, um seiner Aussage mehr Gehalt zu verleihen.

„Jetzt reicht es!", brüllte Grimzhag. „Ihr macht mich alle wahnsinnig mit eurem Kriegsgerede! Krieg! Krieg! Krieg! Krieg! Nur noch dieser Warnoxmist! Eigentlich wollte ich heute für ein paar Stunden meine Ruhe haben und nun nervst auch du mich wieder mit diesem leidigen Thema! Hau endlich ab! Lass mich allein!"

Zugrakk wollte gerade zu einer Antwort ansetzen, als sein Freund auf ihn zugestampft kam und ihm die Klaue in den Nacken legte.

„Raus jetzt!", schnaubte der Häuptling der Mazauk.

Echach, der zweitjüngste der Shargutbrüder, saß neben Zaydan und zog ein zusammengerolltes Pergamentstück aus dem offenstehenden Schrank an der Wand. Zaydan murmelte indes vor sich hin; er rechnete wieder einmal Schulden und Zinsen zusammen. Dutzende von leevländischen Adeligen, nicht bloß aus der Ostmark, hatten sich mittlerweile bei seinem Bankhaus Geld geliehen.

Doch nicht nur sie, sondern auch hunderte von Bauern und einfachen Handwerken hatten inzwischen Kredite bei den Sharguts genommen; nun hofften sie auf ein besseres Leben und die Erfüllung ihrer Träume.

„Hier sind wieder die Zinsen fällig! Wieso sind sie noch nicht bezahlt worden?", knurrte Zaydan und zeigte seinem Bruder ein Schriftstück.

„Das ist Baron von Garbach. Der war vor einigen Monaten bei mir in der Wechselstube und hat sich 20000 Gulden geliehen", antwortete Echach.

„Ich dulde keinen Zahlungsverzug! Ich hasse nichts mehr als das! Bring das in Ordnung! Erinnere den Kerl an die Zinsen! Unsere Geschäfte stehen unter der Protektion von Kaiser Carolus! Es ist alles rechtens! Wer seine Schulden nicht zahlt, der muss mit Sanktionen rechnen!"

Echach hob beschwichtigend die Hände, seine leicht schiefen Zähne entblößend. „Ich kläre das schon, reg dich ab, Zaydan. Du bist nicht mehr der Jüngste. Sei doch froh über das ganze Geld, dass du allein im letzten Jahr gemacht hast."

„Es könnte wesentlich mehr sein, wenn unsere Leute schneller arbeiten würden", kam zurück.

Sein jüngerer Bruder, den er vor einiger Zeit von den schmutzigen Straßen Hach-Hephrais nach Leevland geholt hatte, nickte demütig.

„Demnächst muss ich noch einmal nach Asenburg. Dort wartet ein großes Geschäft. Der Kaiser will irgendetwas in den Kolonien an der Küste von Murkalanth machen."

„Will sich Carolus noch mehr Geld von uns leihen? Ich meine, er hat sich doch bereits einen Berg geliehen."

„Und ich habe zufällig noch einen viel größeren Berg, den ich ihm anbieten kann", sagte Zaydan mit einem breiten Grinsen.

„Ich bin beeindruckt!"

„Das kannst du auch sein, Echach. Zudem wird alles als offizielles Staatsgeschäft laufen. Die Shargutbank gewährt weiter Kredite und zwingt so selbst einen Imperator unter das Joch des Goldes."

„Wie viel will sich der Kaiser denn leihen?"

„Es wird schon ein wenig sein. Die Leevländer wollen eine ihrer Städte an der Küste befestigen und sie durch Söldner bewachen lassen. Sie haben wohl Probleme mit irgendwelchen Wilden, diesen Creex, die ab und zu aus dem Urwald kommen und sie vertreiben wollen. Die Creex sehen aus wie aufrecht gehende Echsen mit bläulicher Schuppenhaut. Sie sind sehr kriegerisch, obwohl sie im Grunde bloß dumme Wilde sind."

Zaydan hob den Zeigefinger mit einer Miene, die schlagartig düster wurde. Sein jüngerer Bruder senkte den Blick.

„Aber eine Sache sage ich dir noch, Echach. Du musst bei deinen Geschäften mehr Biss zeigen. Man hat nämlich niemals genug Geld! Niemals! Schreib dir das hinter deine ungewaschenen Ohren. Wenn es die Shargutsippe zu etwas bringen will, dann muss sie noch härter verkaufen und vermitteln. Hast du das kapiert?"

„Natürlich, Zaydan!"

Während sein älterer Bruder geistesabwesend vor sich hin murmelte und Beträge addierte, sortierte Echach weiter Pergamentrollen. Dann hob er plötzlich den Kopf und sah zu Zaydan herüber. Der Bankier war an der anderen Seite des großen Tisches in seine Arbeit vertieft.

„Ach, ja, was ich dir noch sagen wollte, Bruder", setzte Echach an. „Unserer Mutter geht es sehr schlecht. Sie wird es wohl nicht mehr lange machen. Das sagte zumindest der Medicus, den wir vor ein paar Tagen geholt haben, damit er sie sich ansieht. Der Arzt hat ihr Blutegel angesetzt, doch das wird nicht mehr viel helfen. Mutter ist abgemagert bis auf die Knochen. Immer wieder fragt sie nach dir: Was ist mit Zaydan? Wo bleibt Zaydan?"

„Der wird es schon bald wieder besser gehen."

„Das glaube ich kaum. Du solltest sie noch einmal besuchen, sonst kannst du dich demnächst mit ihr am Grab unterhalten."

„Siehst du denn nicht, wie viel Arbeit hier liegt, Echach? Bist du blind?", schnauzte Zaydan seinen jüngeren Bruder an. „Glaubst du vielleicht, dass sich die Geschäfte von selbst erledigen? Sieh besser zu, dass du mit dem Sortieren voran kommst. Demnächst will ich ein paar erfreulichere Vermittlungzahlen aus deiner Wechselstube in Garbonne sehen. Das kannst du dir merken!"

„Schon gut, wie du meinst." Echach senkte erneut den Kopf, während sein älterer Bruder nachdenklich vor sich hin brummelte. Zaydans Gedanken glitten wieder herab in die schillernde Welt des Goldes, Zahlen tanzten durch seinen Kopf wie Jungfrauen auf einer sonnigen Blumenwiese. Es dauerte nicht lange, da hatte der Bankier alles um sich herum vergessen.

Das Heer der westlichen Menschen war zurückgeschlagen worden, obwohl auch die Grünhäute diesmal keinen wirklichen Sieg errungen hatten. Abgesehen davon war Grimzhags Erbe bei dem Kampf im Felssäulengebirge gefallen.

Anschließend waren die verfeindeten Parteien wieder in ihre Lager zurückgekehrt, wo sie sich bitteren Racheschwüren hingaben, während sie ihre Toten betrauerten. Was die Zukunft bringen würde, wusste nicht einmal ein so vorausschauender Denker wie Grimzhag. Vielleicht verhielten sich die Zwerge und Menschen des Westens von nun an ruhig – vielleicht aber auch nicht.

Am liebsten hätte es Grimzhag bei der derzeitigen Situation belassen, doch war ihm bewusst, dass auch er nicht immer frei entscheiden konnte. Hunderttausende von Grünhäuten, einschließlich des gesamten Grauaugenadels, erwarteten nun, dass der gottgleiche Eroberer einen Rachefeldzug gegen Kazhad Mekral begann, um den Tod seines Sprösslings zu rächen. Selbst die Grünhautstämme, die im Felssäulengebirge lebten, fühlten sich plötzlich stark und waren streitlustig, da sie sich mit dem mächtigen Kriegsherrn aus der Steppe verbündet hatten.

Grimzhag selbst kämpfte derweil gegen seinen eigenen Hass auf die Zwerge an, da er sehr wohl wusste, dass ein Krieg gegen Kazhad Mekral die Feindseligkeiten mit den Westvölkern erst recht entfachen würde.

Aus Manchin und den Steppen des Ostens erreichten den jungen Brüller regelmäßig Nachrichten, während er im Thronsaal von Chaar-Ziggrath vor sich hin sinnierte und Schlachtpläne schmiedete. Nach wie vor verhielten sich die Menschen südlich des Jadeflusses ruhig, doch gab es Gerüchte, dass der als Verräter angesehene Fushang nicht nur beim einfachen Volk, sondern auch beim manchinischen Adel immer verhasster wurde.

Oglok regierte in Kaifeng, in dessen Mauern mittlerweile Zehntausende von Steppenorks lebten, mehr schlecht als recht. Er führte noch immer einen Vernichtungskrieg gegen die verbliebenen Manchinen, die sich geweigert hatten, in die Gebiete jenseits des Jadeflusses abzuwandern. Dennoch machte es den Anschein, dass die eroberten Gebiete in Zukunft Orkland bleiben würden. Ogloks Ausrottungsmaßnahmen waren effizient und rücksichtslos, das wusste Grimzhag, der tief im Inneren froh war, dass er das Blutvergießen in Nordmanchin nur noch aus der Ferne betrachten musste.

Ansonsten war seine Stellung als „Faust des Goffrukk" noch immer unangefochten; der grauäugige Adel, den der Mazaukhäuptling wieder groß gemacht hatte, verehrte ihn und war fanatisch loyal. Das von Grimzhag unterhaltene Netzwerk von Spionen und Spähern, das überall in seinem Imperium tätig war, meldete derzeit keine drohenden Rebellionen durch ehrgeizige Häuptlinge oder Stammesführer.

Alle schienen Grimzhag zu lieben. Sein Nimbus strahlte wie die Sonne selbst, so dass es keinem anderen Orkkönig auch nur in den Sinn kam, sich gegen ihn zu stellen. Was aber würde sein, wenn er eines Tages Schwäche zeigte?

Über diese Frage zerbrach sich Grimzhag seit langer Zeit den Kopf. Wenn er von Frieden sprach und dabei an die Vernunft seiner Artgenossen appellierte, hörten manche von ihnen bereits Unsicherheit und mangelnde Kriegslust aus seinen Worten heraus. Tief im Inneren sehnte sich Grimzhag längst nach Ruhe und Versöhnung mit den anderen Völkern des Erdkreises. Doch das verstand der einfache Ork ebenso wenig wie der ehrgeizige Adelskrieger.

Kazhad Mekral muss fallen!

Die Hordenführer und sogar die Geistesbegabten ließen Grimzhag in den folgenden Wochen keine Ruhe. Pausenlos redeten sie auf ihn ein und taten dabei so, als wäre der Rachefeldzug gegen die Völker des Westens längst beschlossen. Dies war jedoch nicht der Fall, denn Grimzhag kämpfte nach wie vor eisern gegen seine eigenen Dämonen an.

Allerdings mussten die Zwerge von Kazhad Mekral bestraft werden, denn sie hatten die Feindseligkeiten begonnen und ein Feuer entzündet, das nun nicht mehr zu löschen war. Grimzhag wusste, dass er zumindest noch diesen letzten Krieg führen musste, um vor seinen Artgenossen das Gesicht zu wahren. In jenem Fall gab es keine andere Möglichkeit; auch wenn der Orkkönig wenig Sinn in einem Feldzug gegen die mächtigste Wehrstadt der Khuz sah.

Außerdem waren die Zwerge ihrerseits nachtragender und rachsüchtiger als alle anderen Völker der Welt zusammen. Sie verziehen nichts und waren noch starrköpfiger als der engstirnigste Ork.

Würde ein Angriff auf Kazhad Mekral dazu führen, dass die Menschen des Westens ihren zwergischen Verbündeten zu Hilfe kamen? War der Zündfunke zum nächsten Krieg nicht längst emporgelodert und zu einer noch kleinen, aber schon sehr gefährlichen Flamme geworden?

Der Häuptling der Mazauk kannte bereits die Antwort, auch wenn sich sein Verstand noch immer weigerte, das

Unvermeidliche anzunehmen. Wie auch immer der Angriff auf Kazhad Mekral ausging – ihm würde die Rache der Zwerge und ihrer menschlichen Verbündeten so sicher folgen wie der Blitz dem Donner. Eine Tatsache, die die breite Masse der Grünhäute sogar bejubelte, denn seit Grimzhags Triumph über die Manchinen drehten sich die Gedanken von Millionen Orks und Goblins nur noch um Krieg.

Grimzhag aber ging es um mehr, als bloß um endlose Feldzüge und verbrannte Städte, die seine Horden zurückließen, denn sein Augenmerk war allein auf den Aufbau seines Weltreiches gerichtet. Was hatten die Orks schon von all ihren Siegen, wenn ihr Imperium nach kurzer Zeit wieder zerfiel, weil es im Grunde kaum mehr als eine gewaltige Trümmerwüste war?

Nichtsdestotrotz stand der Feldzug gegen die Zwergenstadt Kazhad Mekral an, er drängte sich Grimzhag mit aller Gewalt auf, so dass der Mazaukhauptling sich ihm stellen musste, ob er ihn nun wollte oder nicht.

Aber danach, das schärfte sich Grimzhag wieder und wieder ein, wollte er alles dafür tun, den Frieden zu bewahren, um sein Reich aufbauen zu können.

„Nur noch nach Kazhad Mekral ziehen, nur noch diese eine Schlacht schlagen", sagte er unablässig zu sich selbst, obwohl er klug genug war zu erkennen, dass seine Wünsche wohl nicht von den Göttern erhört werden würden.

Die Ork- und Goblinstämme des Felssäulengebirges befanden sich in einem niemals enden wollenden Krieg gegen die dort ansässigen Zwergenreiche. So war es seit Jahrhunderten gewesen und es machte nicht den Anschein, als ob es sich jemals ändern würde. Es gab Grünhautstämme, die vorwiegend aus Goblins bestanden, welche in weit verzweigten Höhlensystemen unter dem Gebirge lebten. Anders als die Zwerge, deren Wehrstädte ebenfalls tief in den Fels hineinreichten, lebten diese Höhlenbewohner in finsteren Labyrinthen, die bis zu den Wurzeln des Gebirges hinabreichten. Grimzhag war es gelungen, mit einigen dieser Stämme Kontakt aufzunehmen. Allerdings waren die Grottengoblins äußerst misstrauisch und nicht weniger eigenbrötlerisch als die Khuz. Doch selbst bis in die Tiefen der Berge war der mächtige Klang von Grimzhags Namen gedrungen.

Die Goblins waren stolz, dem berühmten Eroberer helfen zu können, zumal es gegen eine Stadt ging, die jede Grünhaut des Felssäulengebirges abgrundtief hasste. Grimzhag war zur Festung Grogoth am Fuße des Felssäulengebirges geritten, um sich dort mit einigen Goblinspähern zu treffen. Zehn von ihnen standen erwartungsvoll schauend und sich gegenseitig etwas zutuschelnd vor dem Häuptling der Mazauk, der aus den fernen Steppen des Osten zu ihnen gekommen war, um sie um Unterstützung zu bitten. Grimzhag musste indes die Ohren spitzen, denn die Höhlengoblins sprachen einen sehr fremdartig klingenden Dialekt, der stark vom Steppenorkisch abwich.

„Wir grüßen den großen König Grimzhag!", sagte Zumrak, der Häuptling der Tropark. „Wir sind durch viele Stollen gekrochen, um Euch zu helfen."

Der junge Brüller reagierte mit einem wohlwollenden Orkläicheln. Er sah den wesentlich kleineren Goblinhäuptling mit der blassgrauen Haut interessiert an. Um den dürren Hals der schmächtigen Grünhaut hing eine Kette aus bleichen Gargschnapperzähnen. Diese gefährlichen

Höhlenräuber, die in unterirdischen Seen auf ihre Beute lauerten, wurden von den Grottengoblins mit Vorliebe gejagt und gegessen. Ansonsten trug Zumrak bloß einen Lederwams und einen Lendenschurz aus Berghundfell. Man erzählte sich bei den Orkstämmen an der Oberfläche, dass es in den Höhlen der Grottengoblins stets stickig warm sei, weshalb die Bergbewohner meist leichtbekleidet herumliefen.

„Ich danke euch, meine Freunde!", antwortete Grimzhag und hob die Klaue. „Was ist mit der Karte, die ihr für mich anfertigen wolltet?"

Der Goblinhäuptling zog ein Stück Pergament aus der Tasche und überreichte es Grimzhag. Dann stellte er sich neben den Eroberer aus der Steppe. Dieser entrollte das Pergamentstück und musterte die Aufzeichnungen, die die Goblins mit Kohlestiften angefertigt hatten.

„Hier oben," sagte Zumrak und deutete auf die Karte, „entspringt der Bolles. Er kommt im Gebiet der Blauschildorks aus dem Berg heraus. Von dort aus schlängelt er sich herab." Der graue Nagel des Goblins folgte dem Flußverlauf, Grimzhag brummte zustimmend.

„Weiter südlich, nahe der Schroffspitze, verwandelt sich der Bolles in den Gallensee. Hier teilt er sich auf, wobei ein Teil des Wassers bis nach Kazhad Mekral fließt."

„Aha!" Grimzhag wirkte zufrieden. Seine Verbündeten aus den Tiefen des Gebirges hatten gute Arbeit geleistet. Diese Karte war Gold wert, und einen Berg von Gold sollten die Höhlengoblins auch dafür bekommen.

„An dieser Stelle, unweit von Kazhad Mekral, verschwindet das Wasser in einem Tunnel", erklärte Zumrak weiter.

„Ich verstehe!", sagte Grimzhag.

Der Höhlenbewohner sah ihn mit seinen rötlich glimmenden Augen an. Sie wirkten ein wenig glasig, beinahe blind. Grottengoblins mussten sich immer erst an das Licht an der Oberfläche gewöhnen, sagten die Grünhäutstämme, die die Berghänge des Felssäulengebirges bewohnten.

„Mächtiger Eroberer, Kazhad Mekral hat aber noch eine andere Wasserzufuhr. Die Kleinwüchsigen sammeln ihr Wasser in zwei gewaltigen Seen, die unter der Erde liegen. Wir Tropark kennen jedoch einen Stollen, durch den wir dorthin gelangen können", fuhr Zumrak fort.

„Und über diese beiden Zuflüsse erhalten die Zwerge von Kazhad Mekral ihr Trinkwasser?", hakte Grimzhag nach.

„Ja, über diese zwei", gab der Goblinhäuptling zurück.

„Da bist du dir ganz sicher?"

„Ja, großer Grimzhag! Die Khuz kennen zahlreiche Gänge, die durch die Erde führen, doch wir Tropark kennen noch mehr. Schon unsere Vorfahren haben im Herzen des Gebirges gelebt. Glaubt Zumrak, dass er die Berge besser kennt als jeder andere Goblin."

Die hinter Grimzhag stehenden Rottenführer, allesamt breitschultrige Grauaugenorks, sahen mit einer gewissen Verachtung auf die kleineren Grünhäute herab. Sie hörten sich zwar an, was die Höhlengoblins zu sagen hatten, doch hatten sie keinen Zweifel daran, dass Grimzhag Kazhad Mekral auch ohne ihre Hilfe einnehmen konnte. Der Orkkönig aus Chaar-Ziggrath sah dies jedoch anders. Was die Goblinkundschafter herausgefunden hatten, war mehr wert als hunderttausend Krieger.

In sich gekehrt betrachtete Irmynar den Residenzanbau, der noch immer ein paar Schönheitsreparaturen nötig hatte. Heute war ein Tag, an dem der ständige Regen die Ostmark gnädigerweise verschonte; erneut waren die Handwerker gekommen, um die letzten Arbeiten zu verrichten: Ein Teil der Außenwände musste noch mit Stuckverzierungen versehen und angestrichen werden.

Der junge Fürst saß an einem kleinen, runden Tisch und nippte gelegentlich an einer dampfenden Teetasse, während er die Handwerker mit gerunzelter Stirn beobachtete.

„Dieser idiotische Anbau ist meinem Vater wichtiger als alles andere gewesen. Dafür hat er sich Unsummen von diesem Zaydan geliehen. Als ob unsere Residenz nicht schon groß genug wäre", sagte Irmynar.

„Dafür hat er sich ganz schön verschuldet", meinte Thelinda, die mit ihrem Gatten am Tisch saß und die warmen Strahlen der Sonne genoss.

„Zaydan!", brummt Irmynar, wobei er die Augenbrauen leicht nach oben schob. Der Blick des blonden Fürsten verriet Skepsis. „Dieser Kerl hat meinen Vater pausenlos beschwatzt und am Ende gut an ihm verdient. Naja, jetzt muss ich die Gulden zurückzahlen und das werde ich auch tun. Dafür haben wir ja jetzt diesen tollen Anbau."

Loghars Erbe lächelte gequält. Thelinda legte ihre zarte Hand indes auf die seine, ihre langen Finger glitten über Imrynars Haut. Der junge Fürst stieß ein dezentes Brummen aus. Er lächelte seiner Frau zu.

„Du bist heute wieder so schön wie die Morgensonne!"

Thelinda errötete für einen Augenblick. „Zumindest hast du noch immer ein Kompliment auf den Lippen", sagte sie mit einem Schmunzeln.

Doch nach einem kurzen Moment der Entspannung wirkte Irmynar schon wieder nachdenklich und leicht betrübt.

„Machst du dir schon wieder Sorgen wegen der Grünhäute?", fragte Thelinda.

„Ja, das sollte ich als Fürst der Ostmark doch auch, oder?"

„Aber nicht immer, Schatz."

„Dort hinten!" Irmynar deutete nach Osten. „Dort bahnt sich Unheil an. Das kann ich irgendwie fühlen."

Thelinda verzog den Mund. „Was hältst du davon, wenn wir uns heute Nachmittag ein Pferd satteln lassen und in den Crangenwald hinaus reiten?"

Irmynar entging das verheißungsvolle Lächeln seiner Frau nicht, er ließ die düsteren Gedanken kurzzeitig ruhen.

„Das hört sich gut an. Auf jeden Fall", murmelte er dann. Dass der Fürstensohn im Geiste dennoch nicht bei ihr war, hatte sie längst bemerkt. Sie ergriff seine Hand und drückte sie.

„Du musst auch einmal loslassen, Schatz. Sieh doch, die Orks sind seit Jahrhunderten keine Gefahr mehr gewesen. Warum sollen sie jetzt plötzlich eine werden? Es sind doch bloß Wilde, die keinerlei Kultur haben."

„Wilde? Du hast ihre Horde nicht gesehen, Thelinda. Diese Grünhäute waren gut organisiert und sie sind auch keine halbnackten Wilden. Sie tragen Rüstungen wie wir, gute Rüstungen. Und sie können mächtige Waffen aus Eisen schmieden."

„Und selbst, wenn sie uns eines Tages angreifen, was ich allerdings für unwahrscheinlich halte, sollten wir diesen sonnigen Tag genießen", wandte Thelinda ein.

„Du hast ja Recht und ich versuche, mich auch wieder zu beruhigen, aber diese düsteren Gedanken wollen einfach nicht aus meinem Kopf verschwinden. Ich habe den Heerführer der Orks erschlagen. Was ist, wenn sich die Grünhäute dafür an uns rächen wollen?"

Thelinda schüttelte den Kopf. „Orks wollen sich immer für irgendetwas rächen oder irgendetwas kaputtschlagen. Allerdings werden sie niemals Leevland erobern können, selbst wenn sie so dumm sind, uns anzugreifen. Wir sind doch kein kleines Dörfchen, sondern das mächtigste Reich der Welt."

„Was wissen wir schon von der Welt? Wir haben zwar ein paar Städte an der Ostküste von Murkalanth gegründet, doch was jenseits der gewaltigen Dschungel und tiefen Meere liegt, ist uns unbekannt. Was wissen wir denn von den Ländern des fernen Ostens oder denen in den großen Wüsten? Weißt du denn, wie viele mächtige Reiche es dort noch gibt?"

„Das mag alles sein, doch es geht mir nicht um Reiche in der Wüste, sondern um diesen schönen Tag, den wir nicht mit Sorgen verschwenden sollten, Liebster."

„Man erzählt sich, dass das sagenhafte Reich von Manchin noch größer als das unsere sei. Die Städte dort sollen goldene Dächer haben, Drachen mit blauweißen Schuppen ziehen am Himmel über Manchin ihre Bahnen. Und sogar dieses mächtige Reich soll König Grimzhag in die Knie gezwungen haben. Wenn das wahr ist, Thelinda, dann kann er auch uns besiegen."

Die hübsche Fürstin stöhnte genervt auf. „Dieser Grimzhag soll in seinem Erdloch bleiben und dort verrotten. Du hast die Orks mit deinem Mut zurückgeschlagen und dafür ehrt dich die gesamte Ostmark. Dein Vater ist kein Kriegsheld gewesen, aber du bist jetzt einer."

„Kriegsheld?", wiederholte Irmynar. „Ach, ich habe bloß versucht, das Gemetzel in der Schlucht irgendwie zu überleben. Aber wenigstens haben sich die vielen Fechtstunden in meiner Jugend ausgezahlt."

„Lebe einfach mehr im Jetzt, mein Schatz", sagte Thelinda und hob den Zeigefinger.

Irmynar rang sich ein Lächeln ab. Dann zog er sie zu sich herüber und gab ihr einen Kuss auf die Wange.

„Du hast wie immer Recht, mein Engel. Heute Nachmittag reiten wir ein wenig durch den Crangenwald. Da wird uns sicherlich der eine oder andere Einfall kommen, wie wir diesen Tag noch ein wenig schöner gestalten können."

Thelinda zwinkerte ihrem Mann mit vielsagender Miene zu. „Davon bin ich überzeugt!"

Den ganzen Ritt über hatte Zugrakk seinen Freund Grimzhag versucht auszufragen: „Wie willst du es anstellen, Kazhad Mekral einzunehmen? Kann man diese Wehrstadt überhaupt erobern? Und wie willst du es tun?"

Mittlerweile dröhnten Grimzhag schon die grünen Ohren und er war heilfroh, dass sie endlich den Weg von Chaar-Ziggrath bis zum Fuße des Felssäulengebirges zurückgelegt hatten. Fünf grauäugige Leibwächter waren dem König und seinem besten Kumpel schweigend gefolgt.

Schließlich hielt Grimzhag sein Gnogg an und stieg vom Rücken des Tieres; Zugrakk tat es ihm gleich, wobei er den Mazaukhäuptling fragend anglotzte.

„Und was wollen wir jetzt hier? Willst du Kazhad Mekral mit sieben Kriegern berennen?", nervte Zugrakk.

„Wäre das ein Plan, der einem Grimzhag würdig ist?",
kam zurück.

„Äh, ich glaube nicht…"

„Wie schön, dass du mir noch ein wenig Verstand zu-
traust, Snaghirn. Jetzt komm, Zugrakk."

Grimzhag und seine Begleiter ließen ihre Gnoggs im
Schutze einer Felsformation stehen, während sie einen
schmalen Pfad hinaufstiegen, der durch zerklüftetes Gestein führte. Nach einem kurzen Fußmarsch standen sie
vor einer schwarzen Höhlenöffnung, die an das aufgerissene Maul eines Riesen erinnerte.

„Wer ist da?", schallte es aus dem Dunkel und der Schein
einer Fackel leuchtete in der Düsternis auf.

„Kaifeng!", rief Grimzhag sofort.

„Die Parole! Ah, alles gut! Seid gegrüßt, Wütender!", erklang eine Stimme aus der Höhle.

„Gut, gehen wir", sagte Grimzhag und wandte sich Zugrakk und den Leibwächtern zu.

„D…da soll ich jetzt rein? Eigentlich mag ich keine engen
Räume", antwortete Zugrakk.

„Stell dich nicht so an. Die Grottengoblins leben alle in
solchen Höhlen und sie mögen es sogar dort unten."

„Bin ich vielleicht ein Höhlensnag?" Zugrakk würgte und
stampfte auf.

Doch Grimzhag interessierten die Einwände seines
Freundes nicht. Er ging schnellen Schrittes auf die Höhlenöffnung zu und verschwand einen Augenblick später
in der Dunkelheit.

„Folgt mir! Los!"

Dann kamen mehrere Grauaugenkrieger mit Fackeln in
den Händen ihrem König entgegen. Sie machten eine
Reihe von Demutsgesten.

„Wir sind fast fertig, mächtiger Gebieter. Noch heute kommt eine weitere Ladung", erklärte einer der schwergepanzerten Orks.

„Sehr schön!", antwortete Grimzhag knapp.

Widerwillig folgte ihm Zugrakk etwa zweihundert Meter in die düstere Tiefe. Lediglich ein paar Fackeln, die in eisernen Halterungen an den Höhlenwänden hingen, spendeten etwas Licht. Kurz darauf kamen sie in eine unterirdische Halle, in der sich eine gewaltige Anzahl von aufeinandergestapelten Holzkisten befand. Hier warteten Dutzende von Orks und Goblins, die den Mazaukhäuptling freudig begrüßten.

„Jetzt wirst du sehen, was ich vorhabe, Zugrakk."

„Willst du den Khuz ein paar Holzkisten an die Köpfe werfen? Ich meine, es sind ja genug davon da."

„Gnoggschädel!" Grimzhag verpasste seinem Freund einen Ellbogenstoß.

Schließlich ließ sich der Orkkönig von zwei Goblins eine der Kisten bringen. Mit zitternden Fingern öffneten die kleinen Grünhäute den hölzernen Behälter. Als der Deckel nach oben ging, wurde Zugrakk endlich offenbart, was sich im Inneren der Kiste befand. Der Fackelschein wanderte über ein orangerotes Kraut, welches jeder Bewohner der östlichen Steppen kannte – und vor allem fürchtete.

„Kriechmoos!", stieß Zugrakk aus.

„Ja, hier lagern wir dieses furchtbare Giftkraut. Ich habe es direkt aus den Steppen bringen und hier aufbewahren lassen. Damit werden wir den Zwergen einen schlimmeren Schlag versetzen als mit jeder noch so großen Horde", erklärte Grimzhag.

„Kriechmoos kennen die Khuz nicht, weil es nur in den östlichen Steppen wächst. Ich aber kenne einen Ork, der einen kennt, der schon verreckt ist, als er dieses Zeug nur mit den Fingerspitzen berührt hat", sagte Zugrakk, wobei er die offene Kiste respektvoll anblickte.

Grimzhag lachte ein wenig diabolisch. „Die Stämme der Steppen wissen alle, wie tödlich dieses Kraut ist. Es sind bereits ein paar Goblins beim Kriechmoosernten gestorben, doch das sind Kollateralschäden, die ich in Kauf nehmen musste."

„Sehr richtig!", murmelte einer der Leibwächter.

„Mit Kriechmoos haben wir bereits die Brunnen der Menschlinge im Manchinkrieg vergiftet. Wir alle wissen, wie effektiv dieses Zeug ist", sagte sein Nebenork.

„Und bald wissen es die Kleinwüchsigen auch, bei Goffrukks Keule. Dann werden sie erkennen, mit wem sie sich angelegt haben", knurrte Grimzhag, um einen Herzschlag später breit zu grinsen.

„Kazhad Mekral muss noch vor dem Winter fallen!"

Grimzhags Faust krachte auf die Tischplatte. Ein Tintenfass schlitterte über die vor dem Orkkönig ausgebreitete Karte und drohte zu Boden zu fallen, doch Zugrakk hielt es in letzter Sekunde davon ab.

Artux, Baudrogg, Haarg und weitere Hordenführer blickten Grimzhag nachdenklich an. Der Zeigefinger des orkischen Kriegsherrn wanderte über die Landkarte.

„Unser Heer wird an der Grollspitze den Berghundspass hinauf marschieren und wir werden unser Lager auf dem nahegelegenen Plateau aufschlagen. Dort sind wir außerhalb der Reichweite der zwergischen Katapulte", erklärte der König.

„Äh, mächtiger Brüller, es wird kaum möglich sein, die Khuz auszuhungern. Auch durch direkte Angriffe auf die Wehrstadt werden wir sie kaum bezwingen können. Zum Haupttor von Kazhad Mekral gelangt man nur über eine steinerne Brücke, die die Zwerge sicherlich vorher zerstören werden. Dann stehen unsere Krieger, selbst wenn wir eine ganze Million aufbieten, vor einem gähnenden Abgrund.

Sogar wenn wir es schaffen, dieses Hindernis zu überwinden, ist Kazhad Mekral doch eine gewaltige Stadt, die bis in die Tiefen des Berges hineinreicht. Ich weiß nicht, wie wir die Khuz besiegen sollen", sagte ein noch junger Rottenführer mit einem Verneinungswürgen auf den Lippen.

Grimzhag sah ihn verärgert an. Er hasste es, bei seinen Ausführungen unterbrochen zu werden.

„Es ist auch nicht die Aufgabe eines Rottenführers, einen Plan zu schmieden, um diese Wehrstadt zu bezwingen", knurrte er den rangniederen Ork an, wobei er sich mit der Faust auf die Brust schlug.

Eingeschüchtert ging der Rottenführer einen Schritt zurück, er machte mehrere Demutsgesten. Das jedoch genügte Grimzhag nicht. Der König kam um den Tisch herum, stellte sich mit einem bedrohlichen Grollen vor den vorlauten Befehlshaber und legte ihm schließlich die Klaue in den Nacken. Daraufhin musste der Rottenführer den Raum sofort verlassen.

„Das war richtig!", meinte Artux. „Manchmal muss man diesen aufstrebenden Brüllern einfach zeigen, wo es lang geht."

„Wir werden selbst breite Brücken aus Holz bauen, so dass wir damit über den Abgrund gelangen können, wenn die Zwerge die Brücke zum Haupttor zerstören sollten", fuhr Grimzhag fort.

Baudrogg hob die Klaue. „Die Khuz werden diese hölzernen Brücken mit ihren Katapulten in Stücke schießen und unsere Krieger werden in die Tiefe fallen."

„Ich habe den Bau von Holzbrücken bereits in Auftrag gegeben. Sie werden in Einzelteilen transportiert und kurz vor der Stadt zusammengesetzt", antwortete der Mazaukhäuptling ungerührt.

Artux, der bereits mit den Einzelheiten von Grimzhag wahrem Plan vertraut war, verkniff sich ein Schmunzeln.

„Die Zwerge müssen glauben, dass wir mit dem Kopf durch die Wand wollen. So wie sie es von Orks auch erwarten. Dies wird nämlich dazu führen, dass sie die meisten ihrer Soldaten in der Nähe des Haupttores versammeln. Wenn sich die Khuz ganz auf unsere Angriffe konzentrieren, werden sie nicht sehen, was hinter ihrem Rücken geschieht."

„Geht es etwas genauer, mächtiger König?", fragte Haarg der Zwergenwürger. Er verzog sein von dicken, verwachsenen Narben durchzogenes Gesicht.

„Nein, derzeit leider noch nicht. Da ich wie immer Verrat in den eigenen Reihen zu fürchten habe, weiß nur eine sehr kleine Anzahl meiner Krieger darüber Bescheid, was wir noch zusätzlich tun werden. Ansonsten muss jeder Hordenführer bloß gewährleisten, dass die von ihm angeführten Scharen genügend Brückenteile mit sich führen. Abgesehen davon werde ich natürlich auch die Mauern von Kazhad Mekral mit unseren eigenen Katapulten beschießen lassen. Vielleicht treffen die ja was", erwiderte Grimzhag.

„Sinnlos! Das ist, als würde man Eier gegen eine Felswand werfen", meinte Haarg.

„Ich weiß schon, was sinnvoll ist und was nicht", fuhr
Grimzhag dazwischen, was den Zwergenwürger unwillig
knurren ließ. Haarg mochte es nicht, bevormundet zu
werden, auch nicht vom größten Eroberer der Orkheit.

Es dauerte nicht lange, da lächelte ihn Grimzhag jedoch
wieder mit weit entblößten Fangzähnen an. Ein versöhn-
liches Brummen folgte; daraufhin verzog auch Haarg sein
schrecklich vernarbtes Gesicht zu so etwas wie einem
Grinsen.

„Gut, wir tun, was der große Häuptling will", sagte er
schließlich. „Meine Krieger werden sinnlos gegen die
Mauern der Zwergenstadt anrennen – in der Hoffnung,
dass es Euren Plänen dienlich ist, Grimzhag von den Mazauk."

„Bei allem Respekt", gab dieser zurück. „Mehr erwarte
ich auch von keinem meiner Verbündeten. Die Khuz
müssen alle ihre Blicke auf die große Horde vor ihrem
Tor richten, das ist das Entscheidende."

Interessiert beobachtete Zaydan seinen Sohn, der ihn
gleichsam neugierig mit seinen großen braunen Augen
ansah. Die Seherin, die der Geldverleiher immer wieder
gebeten hatte, die Götter zu überreden, ihm doch noch
einen Erben zu schenken, hatte ihre Aufgabe gut erfüllt.
Chaacha, die still neben ihrem Kind auf der Bettkante
hockte, hatte Zaydan Shargut tatsächlich einen Sohn geboren.

Der Bankier, dessen Raubvogelgesicht von Falten und
Furchen durchzogen war wie ein beackertes Feld, lächelte
voller Stolz auf seinen Stammhalter herab.

„Molchecach" hatte er seinen Erben genannt und damit auch schon dessen Lebensmission festgelegt, denn der Name bedeutete auf Berbisch so viel wie „Goldhäufer".

Hinter Zaydan standen, gleich einem ergebenen Publikum, seine vier Brüder, die sich mittlerweile auch junge Frauen aus Berbia geholt hatten und Familien gründen wollten.

„Er wächst mir gar nicht schnell genug. Noch ist er ja nur ein dummes Kind, das nichts begreift, aber eines Tages werde ich ihn zu einer Waffe schmieden", sagte Zaydan und wandte sich seinen Brüdern zu.

„Ich mag meinen kleinen Schatz", meinte Chaacha im Hintergrund, ihren viele Jahre älteren Ehemann anlächelnd.

Zaydan verdrehte die Augen; Chaacha war am erträglichsten, wenn sie den Mund hielt.

„Bade den Jungen! Er stinkt!", erhielt sie als Antwort. Zaydan deutete auf die Tür, die in den Baderaum führte.

Das Kind lallte etwas in Richtung seines ergrauten Erzeugers, doch dieser reagierte nicht auf das Geplapper. Derweil nahm Chaacha Molchecach auf den Arm und trug ihn in den Baderaum.

In den letzten Jahren hatte sich Zaydans Gesundheitszustand ein wenig verschlechtert, längst war er ein alter Mann mit krummem Rücken und schmerzenden Knochen, wobei sein Wille noch immer so eisern war wie an jenem Tag, an dem er als Glücksritter in den fernen Osten aufgebrochen war, um dort zu handeln.

„Ich werde nicht mehr ewig leben, das ist mir bewusst. Aber mein Sohn wird mein Nachfolger werden und eure Söhne seine Hauptleute", sinnierte Zaydan laut, während seine Brüder die Ohren spitzten.

Schmekel verschränkte die Arme vor der Brust, er betrachtete seinen älteren Bruder einen Moment lang aus dem Augenwinkel; schließlich merkte er an: „Dann bleibt zu hoffen, dass dein Sohn auch deine Führungsqualitäten und Talente besitzt."

Mürrisch schob Zaydan seine buschigen, grauen Brauen nach unten.

„Da mache dir mal keine Sorgen. Ich werde Molchecach so früh wie möglich in allen wichtigen Fragen unterweisen. So lange werde ich hoffentlich noch auf dieser Welt sein."

Shargut sah in die Gesichter seiner Brüder. Auf einmal wurde er misstrauisch, beinahe feindselig.

„Ihr seid da, wo ihr jetzt seid, weil ich es euch ermöglicht habe. Das gilt auch für euren Anhang, eure Weiber und eure zukünftigen Kinder. Vergesst das niemals!"

Zaydans Brüder brummten zustimmend, den versteckten Vorwurf sehr wohl heraushörend. Indes beäugte sie ihr Gönner nur allzu kritisch. Die Berbianer waren dafür bekannt, das sie nicht nur den anderen Völkern, sondern im Grunde auch ihren Stammesgenossen nicht einmal einen Haufen Mamuchmist gönnten. Molchecach würde sich schon früh seiner Rivalen aus den Kreisen der eigenen Sippe erwehren müssen, doch wenn er der Kopf des Shargut Bankhauses sein wollte, musste er diese Prüfung bestehen.

„Macht euch keine Sorgen und gebt euch erst recht keinen falschen Hoffnungen hin. Ich selbst werde hier noch lange genug die Fäden ziehen und ihr werdet mir gehorchen. Habt ihr das verstanden?", knurrte Zaydan seine Brüder an, die eingeschüchtert zurückwichen.

„Natürlich, so meinte ich das doch auch nicht", versuchte sich Schmekel zu entschuldigen.

Zaydan grinste ihn ein wenig hämisch an. Dann kam er zu ihm herüber und tätschelte ihn am Oberarm.

„Schon gut! Das weiß ich doch, mein Lieber. Du bist klug genug, meinen Unmut nicht zu wecken, nicht wahr? Und das gilt ja auch für meine anderen Brüder, wie? Nur ein Narr beißt die Hand, die ihn füttert – oder auch jederzeit zerquetschen kann."

Noch ein Feldzug?

„Was ist los, mein kleiner Brüller? Du wirkst heute irgendwie bedrückt", sagte Grimzhags Austrägerin Lazuku. Sie kam auf den Welteroberer zu, dem sie das Leben geschenkt hatte; die alte Cramogg streichelte Grimzhags kahlen Kopf mit der Klaue und dieser stieß ein leises Brummen aus. Seine hellgrauen Augen richteten sich auf Lazuku.

„Ach, ich denke bloß wieder nach", antwortete Grimzhag.

„Und worüber denkst du nach?", wollte Ongrakku wissen.

„Worüber wohl?", brummte Grimzhag ein wenig genervt.

„Über den kommenden Feldzug natürlich."

Ongrakku, die auf einem mit Ruumphfell überzogenen Stuhl saß, begann mit dem Oberkörper freudig zu wippen. Sie setzte ein Orklächeln auf.

„Wenn du die Menschlinge des Westens auch noch besiegst, dann wird dich Goffrukk direkt nach Razhug einziehen lassen. Das hat mir neulich Wantraco versichert, sie ist die begabteste Seherin unter den Cramogg."

„Hat sie das?", meinte Grimzhag.

„Sie ist fast wie Cuglakk. Die Götter sprechen direkt zu ihr. Was sie sagt, ist für alle Cramogg des Mazaukstammes von Belang."

Grimzhag würgte. „Ich kann dieses ganze Geschwätz nicht mehr hören. Angeblich wollen die Götter diesen

Krieg und so weiter. Aber ich will ihn nicht, wenn ich ehrlich bin."

Lazuku wunderte sich, sie verdrehte ihre von kleinen Falten umgebenen Augen. „Du willst den Krieg nicht? Aber, Grimzhag, dein Erzeuger Morrukk hätte davon geträumt, ein solcher Eroberer wie du zu werden. Und auch deinen Brüdern Margukk und Mograkk ist es nicht vergönnt gewesen, solche Schlachten zu schlagen. Du jedoch hast jetzt die Gelegenheit, zum größten Kriegsherrn aller Zeiten aufzusteigen. Ist dir das denn nicht bewusst? Besiege die Menschlinge im Westen und der Weg nach Razhug steht dir frei. Vielleicht wirst du nach deinem Tod sogar ein Gott an Goffrukks Seite werden."

„Und was ist, wenn ich den nächsten Krieg verliere? Ist es auch ein göttliches Gesetz, dass ich jede Schlacht gewinne?", sagte Grimzhag.

„Meiner Ansicht nach ist es so!", stieß Ongrakku aus. „Oder hast du schon jemals eine Schlacht verloren?"

Grimzhag zischte ungehalten. Er stellte die dampfende Teetasse, die er die gesamte Zeit über in den Klauen gehalten hatte, zurück auf den Tisch.

„Natürlich habe ich auch schon Schlachten verloren. Allerdings habe ich am Ende stets die Kriege gewonnen, was das Entscheidende ist. Jeder Feldherr verliert auch Schlachten, ganz egal, wie gut er alles plant. Und es gibt noch den Faktor „Glück", den niemand berechnen kann. Jeder kleine Goblin freut sich inzwischen auf den Kampf gegen die Menschlinge und Zwerge, doch ich weiß viel zu wenig über Leevland und die anderen Königreiche Auranias, um meine Schlachten dort schlagen zu können. Vermutlich wird es mir gelingen, Kazhad Mekral einzunehmen, doch wird das unter Umständen einen weiteren, noch viel größeren Krieg auslösen. Ich habe aber ein Weltreich aufzubauen. Manchin ist noch immer ein Unruheherd und es kann dort jederzeit wieder zu einem neuen Konflikt kommen. Selbst in den Steppen ist meine Herrschaft lange nicht so gefestigt, wie es den Anschein hat. Es gibt Häuptlinge, die neidisch auf meine Erfolge sind und mich tief im Inneren hassen. Sie würden sich sicherlich freuen, wenn mein neuer Feldzug in einem Debakel endet."

„Die Menschlinge sind eine Art von Schwächlingen. Das hast du durch deine zahllosen Siege über sie bewiesen. Die Götter erwarten, dass du die Nachkommen des Arasig für alles bestrafst, was sie unseren Ahnen angetan haben. Dieser verfluchte Arasig hat Millionen Grünhäute töten lassen und unsere Vorfahren bis in die Steppen des Osten gejagt. Nun ist es Zeit, seine Urenkel mit Blut bezahlen zu lassen", meinte Ongrakku und riss das Maul voller Zorn auf.

Grimzhags flache Klaue landete donnernd auf dem Tisch. „Jetzt fangt ihr Cramogg auch noch mit diesen Sprüchen an! Bin ich denn nicht einmal im Lager der Andersgeschlechtlichen davor sicher? Ist euch eigentlich klar, dass ich damals nicht ausgezogen bin, um die ganze Welt zu erobern? Ich herrsche längst über ein riesiges Reich und es ist wahrlich groß genug für alle Grünhautstämme. Doch mein Imperium ist bloß leeres Land, in dem noch alles ebenso chaotisch ist wie zuvor. Ich muss an tausend Stellen Ordnung schaffen, doch vielleicht werde ich alles verspielen, wenn ich diesen Krieg riskiere."

„Die Götter wollen diesen Krieg! Willst du dich ihrem Willen widersetzen?", drängte Lazuku ohne jedes Verständnis für die Zweifel ihres Sprösslings.

Grimzhag würgte. „Die Götter wollten bisher immer genau das, was ich den Schamanen zuvor erzählt habe. Das gilt auch für Cuglakks Prophezeihungen."

Ongrakku brummte verstört, als sie ihren Erzeuger diese Worte sagen hörte. Ihre Augenbrauenwülste zuckten nach oben. „Was willst du damit andeuten? Cuglakk ist das Sprachrohr der Götter, er kann mit den Höheren sprechen wie kein zweiter Schamane."

„Ähem…", sagte Grimzhag, als ihm wieder einfiel, dass es besser war, über ein anderes Thema zu reden. Gewisse Dinge gingen nicht einmal seine Tochter etwas an. Vor allem derartige Geheimnisse gehörten nicht in die Nähe redefreudiger Cramogg.

„Ach, ich habe bloß Unsinn geredet. Ist alles bloß Spaß gewesen. Der Tee…der Tee schmeckt sehr lecker und duftet auch…lecker. Hast du vielleicht noch etwas Dörrfleisch, liebe Lazuku."

„Hast du schon wieder nichts gegessen? Also, mein kleiner Brüller, das kann doch nicht wahr sein."

Laut würgend eilte Lazuku zu einem Tonkrug, hob eine Leinendecke an und kam mit zwei Stücken schmackhaftem Warnoxfleisch zurück. Dass die wertvollste Brut, die sie jemals ausgetragen hatte, unregelmäßig aß, konnte die runzelige Cramogg nicht glauben. Grimzhag ergriff die Fleischstücke; gierig schlang er sie herunter.

„Du musst regelmäßig essen, mein Reißzähnchen. Das ist dir doch hoffentlich klar, oder?"

„Natürlich, mein liebevoller Brutbauch. Ich muss wirklich darauf achten. Schon heute Morgen habe ich mich mit den Tributlisten der Stämme befasst. Die Geistesbegabten haben alles auf Pergamentrollen niedergeschrieben und es mir zur Überprüfung auf den Tisch gelegt. Einen ganzen Stapel Rollen. Das hat Stunden gedauert – dabei habe ich das Essen einfach vergessen. Es gibt einige Stämme, die sich nicht an meine Tributvorgaben halten, aber darum kann ich mich im Moment nicht kümmern. Eigentlich bräuchte ich zehn Leben, um all die Aufgaben zu bewältigen, die noch auf mich warten."

„Aber regelmäßig essen muss mein Brüller schon." Lazuku fasste die wichtigen Dinge aus Cramoggsicht noch einmal zusammen, Ongrakku lachte leise.

„Ich muss in zwei Sonnen in die Dunklen Lande aufbrechen, um mit dem Aufstellen eines Heeres zu beginnen. Noch mehr Arbeit und Aufregung", grummelte Grimzhag und verdrehte die Augen.

„Denke an Razhug! Razhug wird der Lohn für alles sein! Du an Goffrukks Seite!", sagte Ongrakku mit dem Brustton der Überzeugung.

„Dann kann ich Feldzüge gegen sonstwen im Wirbel der Seelen führen. Freue mich schon drauf."

„Ja, Kriege gegen die Götter der Menschlinge. Das wäre doch etwas. Dann kannst du ihre Seelenwelten erobern. Und dann inkarnierst du wieder in unserer Welt, um noch den Rest von Antariksa zu unterwerfen. Und dann ganz neue Welten, die wir noch gar nicht kennen", setzte Ongrakku ihren Vortrag mit einem Enthusiasmus fort, der ihren Erzeuger irgendwie verstörte.

„Bei so geringen Erwartungshaltungen meiner lieben Mitorks kann ich den Feldzug gegen Kazhad Mekral ja ganz entspannt beginnen", brummte Grimzhag, während er in die Tiefen seiner Teetasse stierte.

Kurz blickte sich Grimzhag um. Hinter ihm erhoben sich die schwarzgrauen Mauern von Chaar-Ziggrath, während sich die Konturen der gewaltigen Pyramide, die im Herzen der Khuzbaathstadt in den Himmel wuchs, vor dem Horizont abzeichneten.

Dann richtete der Orkkönig seinen grimmigen Blick wieder geradeaus. Ein gewaltiges Heer war auf der staubigen Ebene vor der Stadt angetreten; die Früchte einer langen und intensiven Vorbereitung, die bereits unter Artux Leitung begonnen hatte.

Mehr als 150000 Krieger blickten erwartungsvoll auf den Steppenhäuptling, den sie als fleischgewordene Manifestation des Krieges anbeteten. Grimzhag musste sich bemühen, seine Rolle zu spielen. Er konnte die Kriegslust, die in den Eingeweiden eines jeden Orks brodelte, regelrecht mit der Klaue ergreifen. Grimzhag selbst empfand jedoch keine Euphorie für den kommenden Feldzug.

Allerdings konnte der König, wenn er vor seinem Gefolge das Gesicht wahren wollte, Kazhad Mekral nicht ungestraft lassen. Wie immer stand sein bester Freund Zugrakk neben ihm; der Krieger wirkte so fröhlich und ausgelassen wie seit langem nicht mehr.

Schließlich begann das Spektakel. Langsam schritt Grimzhag an den Rand einer hölzernen Bühne, die extra für seinen heutigen Auftritt errichtet worden war. Orkische Banner und Schädeltotems umgaben den Eroberer, was ihn noch mächtiger und imposanter erscheinen ließ.

Grimzhag riss die Arme in die Höhe und rief: „Meine Krieger, ihr seid aus so vielen Grünhautstämmen gekommen, das man ihre Namen kaum noch aufzählen kann. Die Häuptlinge der Dunklen Lande und die Häuptlinge des Felssäulengebirges haben ihre Kämpferscharen auf dieses Feld geführt. Hier vereinigen sie sich mit den Orkkriegern aus den Steppen, die einen langen Marsch hinter sich haben.

Die orkische Art verlangt Vergeltung für alles, was uns die Zwerge und Menschlinge angetan haben! Unsere Feinde haben nicht nur meinen Sprössling Kulghor ermordet, sondern die gesamte Rasse der Grünhäute entehrt!

Wir alle wissen, dass Kazhad Mekral die Stadt ist, in der die finsteren Pläne gegen uns geschmiedet wurden. Albarach ist der Kopf einer Verschwörung, deren dunkle Fäden sich bis in die Länder des Westens erstrecken. Auch die verfluchten Nachfahren des Arasig, die Menschlinge von Leevland, gehören zu diesem feindlichen Bündnis, das unser Reich überfallen hat. Doch nun werden wir ihnen zeigen, was es bedeutet, Grimzhag den Eroberer herauszufordern!"

„Sehr gut! Tolle Rede! Genauso sehe ich das auch!", rief Zugrakk und begann auf der Stelle auf und ab zu springen. Genervt drehte sich Grimzhag zu ihm um.

„Halt jetzt bloß das Maul! Ich muss mich konzentrieren!", knurrte er.

Der Häuptling der Mazauk rang nach Luft. Er musste so laut brüllen, dass seine Stimmbänder kurz davor standen, ihren Dienst zu versagen.

„Arasig, Rache, Krieg und Goffrukk", dachte Grimzhag mit einem Anflug tiefsitzender Erschöpfung und lief für einen Augenblick Gefahr, den Faden zu verlieren. Dann jedoch gelang es ihm wieder, seinen Geist auf die Ansprache zu richten, die seine ergebenen Krieger von ihm erwarteten.

„Albarach glaubt, dass er hinter den Mauern seiner Stadt unangreifbar ist! Doch das Gleiche hat auch der Kaiser von Manchin gedacht, bis wir seine Armeen zerschmettert, seine Städte verwüstet und seine Soldaten in ihrem Blut ertränkt haben!"

Ein fanatisches Getöse wogte durch das Meer aus Speeren, Schilden, Helmen und schreienden Orkgesichtern, Grimzhag griff sich derweil an seinen schmerzenden Hals. Er sehnte sich nach dem Auftritt von Cuglakk, der nach seiner flammenden Rede vor den Augen der Horde mit den Göttern sprechen sollte. Natürlich war die Antwort der Höheren längst klar. Goffrukk verlangte Krieg – was auch sonst?

„Ich freue mich so! Ich freue mich so!"

„Zugrakk, hör auf, hinter meinem Rücken herumzuwippen und halt das Maul", sagte Grimzhag in fast weinerlichem Ton.

„Schon gut, dann gehe ich halt. Nicht einmal freuen darf man sich mehr."

Zugrakk ging von der Bühne und ließ Grimzhag endlich ungestört seine Rede fortsetzen, der junge Brüller atmete auf. Wenn seinen Freund die Kriegslust angesteckt hatte, litt Zugrakk nicht nur unter einer sehr beeinträchtigten Aufmerksamkeit, sondern auch unter einem kaum noch zu kontrollierenden Bewegungsdrang.

„Die Zwerge...sie sind schon immer unsere Todfeinde gewesen und das wird auch immer so bleiben!", rief Grimzhag, während er sich bemühte, den weiteren Verlauf der Rede im Kopf zusammenzusetzen.

Seine Worte wurden unterbrochen von einem wütenden Brüllsturm aus tausenden Kehlen, der von rhythmischem Geschepper und Getrommel unterstützt wurde. Zahllose Krieger schlugen Schilde und Speere gegeneinander. Mehrere Grauaugen, die sich hinter Grimzhag im Halbkreis postiert hatten, begannen wild durcheinander zu knurren.

„Was bin ich froh, wenn mich Cuglakk endlich ablöst", ging es dem Orkkönig durch den Kopf. Doch er biss sich auf die Zähne und zwang sich dazu, seine markige Ansprache fortzusetzen. Wenn diese Krieger schon für ihn sterben wollten, dann sollten sie vor ihrem Heldentod zumindest noch ein paar schöne Worte hören.

Wieder einmal ritt Grimzhag an der Spitze einer gewaltigen Horde voraus. Zugrakk, Artux und eine große Gruppe von Rottenführern saßen neben ihrem König auf ihren mit Eisenplatten gepanzerten Gnoggs und die Kriegseuphorie strahlte ihnen aus den Gesichtern. Grimzhag schien nach wie vor der einzige Ork zu sein, der den kommenden Feldzug nicht als Geschenk der Götter betrachtete.

Kazhad Mekral anzugreifen war eine Kriegserklärung an alle Menschenvölker Auranias und erst recht an die Zwergenkönigreiche des Felssäulengebirges. Allerdings hatten die Khuz und ihre menschlichen Verbündeten die Kampfhandlungen zuvor eröffnet, ohne auch nur ein einziges Wort mit einem orkischen Unterhändler zu wechseln.

Zwar wollte es sich Grimzhag noch immer nicht eingestehen, doch war der Krieg gegen die Westvölker längst ausgebrochen. Somit war es besser, den Feind zuerst zu Boden zu schmettern und Kazhad Mekral als Machtfaktor auszuschalten, um einen freien Durchmarsch nach Westen zu haben, dachte der Mazaukhäuptling.

Mit verkniffener Miene betrachtete Grimzhag die neben ihm hermarschierenden Ork- und Goblinscharen. Die

Häuptlinge aus dem Süden der Dunklen Lande hatten sich ihm bei diesem Feldzug begeistert angeschlossen, das Gleiche galt auch für Könige wie Haarg den Zwergenwürger und weitere Stammesführer aus dem Gebirge. Zu Tausenden waren die Grünhäute zusammengeströmt, um dem legendären Eroberer aus dem Osten zu folgen. Den Fall von Kazhad Mekral mit eigenen Augen zu sehen, war vor allem für die Orks des Felssäulengebirges das Größte, was sie sich vorstellen konnten.

„Denkst du schon wieder nach?", hörte Grimzhag eine vertraute Stimme. Er drehte den Kopf zur Seite und sah Zugrakk an.

„Man kann nicht nicht denken", antwortete der König.

„Also bei mir klappt das manchmal schon", meinte Zugrakk ein dämliches Kichern ausstoßend.

Grimzhag würgte genervt. „Nicht nur manchmal…"

„Dein Plan wird schon aufgehen. Die Zwerge sind so gut wie erledigt. Deine Pläne gehen doch immer auf."

„Ja, ja, ich weiß. Grimzhag gewinnt immer", stöhnte der Mazaukhäuptling.

„He, he! Ich freue mich schon darauf, ein paar Bartgesichtern die Köppe vom Hals zu hauen. Außerdem sind die verdammt harte Gegner. Das wird großartig. Vielen Dank für diesen Krieg."

„Gern geschehen, Zugrakk. Ich wollte ja nicht, dass du am Ende aus reiner Langeweile zum Alkoholiker wirst."

„Echt?"

„Nein, das war Sarkasmus."

„Was ist denn das jetzt wieder?"

„Nicht so wichtig, Snagschnauze." Grimzhag kratzte sich am Kinn, während ihn sein bester Kumpel fragend anglotzte.

„Wieder so ein Fachwort von den Denkern, hä?"

„So in der Richtung."

„Und was heißt das?"

„Nicht so wichtig, Zugrakk."

„Wenn wir die Kleinwüchsigen niedergemacht haben, dann sollten wir uns den Rest der Welt vornehmen. Diese Länder jenseits der Berge zuerst, denn da wohnen die schlimmsten Feinde."

„Verschone mich mit diesem Gerede", dachte Grimzhag und blickte fast wehleidig zum Himmel hinauf.

„Arasigs Nachfahren werden sich wundern, wenn wir auf einmal mit `ner Riesenhorde ankommen. Dann gibt`s richtig auf`s Maul, nicht wahr?"

„Ja, klar, ich werde die ganze Welt zerlegen. Auch alle Länder, von denen wir noch nicht einmal wissen, dass es sie überhaupt gibt", stöhnte Grimzhag, der von seinen Rottenführern kritisch beäugt wurde. Zugrakks sinnfreies Geschwätz kam bei den meisten Adelskriegern nicht sonderlich gut an. Allerdings hatte der beste Freund ihres Königs nun einmal einen Sonderstatus und konnte sich fast alles erlauben.

„Die ganze Welt zerlegen. Da mache ich mit. Jawoll!", meinte Zugrakk, dessen rötliche Orkaugen begeistert aufblitzten.

„Hmmm...", brummte Grimzhag.

„Sag jetzt nicht, dass das auch wieder so ein Skarasmus gewesen ist."

„Sarkasmus, Zugrakk."

„Ja, genau das. War das jetzt so ein Zeug?"

„Goffrukks Keule, jetzt halt doch mal für einen kurzen Augenblick das Maul. Ich muss mich konzentrieren, nachdenken."

„Schon gut! Denk einfach! Lass dich von mir nicht stören! Ich sage kein einziges Wort mehr. Dann brauchst du auch keinen Sardingsbums mehr zu benutzen, um allen meine Blödheit vor Augen zu führen."

„So war das nicht gemeint, Gnoggschädel", entschuldigte sich Grimzhag.

Zugrakk zog die Lippe hoch. „Pah! Ich weiß schon, was du du mir sagen willst. Aber ich habe auch Gefühle, weißt du?"

„Jetzt sei nicht gleich so sensibel, Zugrakk."

„Doch! Bin ich jetzt aber! Sensibel ohne Ende sogar!"

Der Krieger schaute schmollend zur Seite, um Grimzhags Blick auszuweichen. Allerdings schwieg er endlich.

Der größte Orkeroberer Antariksas verdrehte indes seine grauen Augen. Man hatte es nicht leicht, wenn man von so zartbesaiteten Mitorks umgeben war, dachte er.

Schließlich führte Grimzhag fast 150000 Krieger ins Felssäulengebirge, um Kazhad Mekral zu belagern. Als die Grünhäute die mächtige Wehrstadt nach einem mühsamen Marsch endlich erreicht hatten, hatten die Khuz, genau wie es Grimzhag vorausgesehen hatte, die auf das Haupttor zuführende Steinbrücke bereits selbst zerstört. Nun klaffte ein gähnender Abgrund zwischen den Angreifern und den zwergischen Verteidigern, die sich zu hunderten hinter ihren hohen Mauern verschanzt hatten.

Augenblicklich ließ Grimzhag zum Sturmangriff blasen; die Orks fügten ihre hölzernen Brücken zusammen und starke Trolle schleppten sie daraufhin zu der Felsenschlucht, wo sie sie herunterkrachen ließen, damit die Grünhautscharen das Haupttor berennen konnten.

Die ersten Angriffswellen bestanden aus Massen nicht sonderlich begeisterter Goblins. Diese stürmten über die Brücken, während die zwergischen Katapulte gewaltige Steine vom Himmel regnen ließen und damit die hölzernen Übergänge wie mit Riesenfäusten zerschmetterten. Kreischend stürzten panische Goblins samt ungezählter Holzbalken in den Abgrund, der sich vor Kazhad Mekral auftat. Grimzhag jedoch ließ die Angriffe unbeirrt fortsetzen, denn er hatte eine Unmenge von Holzbrücken bauen lassen.

Allerdings schafften es nur die wenigsten Krieger, das Haupttor der Wehrstadt überhaupt zu erreichen. Am vierten Tag hatten die Khuz auf den Mauern nur noch Hohn und Spott für die offensichtlich vollkommen einfallslosen Angreifer übrig. Sie standen zwischen den Zinnen, schwangen ihre Äxte und lachten die Grünhäute aus. Dutzende von Holzbrücken hatten die Zwerge bereits zerstört und jeder Goblin, der es bis zum Tor geschafft hatte, war mit Armbrustbolzen und Pfeilen gespickt worden. Wenn Grimzhag auf diese Art weitermachen wollte, dann brauchte er alle Orks der Welt, um Kazhad Mekral überhaupt gefährlich werden zu können.

Nicht wenige Rottenführer waren derweil entsetzt von der Dummheit des mächtigen Kriegsfürsten aus der Steppe. War das alles, was der Ork, der das Kaiserreich von Manchin bezwungen hatte, zu bieten hatte?

Grimzhag aber bleib ruhig. Während sich die Khuzkrieger in Massen in dem an der Oberfläche gelegenen Teil ihrer Stadt zusammenballten und ein jeder von ihnen darauf drängte, mindestens eine Grünhaut zu erschlagen, wurden Zumraks Goblins tief unter der Erde aktiv. Sie krochen durch enge Stollen und transportierten Ballen von Kriechmoos in den Berg hinein. Als sie es bis zu den unterirdischen Seen, in denen die Zwerge ihr Trinkwasser sammelten, geschafft hatten, schleuderten sie das orangerote Steppenkraut hinein und verwandelten die Bassins in gewaltige Gifttümpel. Da die Zwerge kaum noch Wachen in den Stauräumen zurückgelassen hatten, um ihr kostbarstes Gut zu beschützen, hatten es Zumraks Goblins am Ende leicht, sie zu überwältigen.

An der Stelle, wo der Bolles im Berg verschwand, warfen Grimzhags Orks ebenfalls Kriechmoos in den Fluß, um auch hier alles zu verseuchen. Damit nahmen sie den Zwergen eine weitere Trinkwasserquelle.

Schließlich dauerte es drei Tage, bis die Verteidiger von Kazhad Mekral endlich begriffen hatten, dass die Orks all ihr Wasser unbrauchbar gemacht hatten. Jene, die bereits davon getrunken hatten, starben unter furchtbaren Qualen, während sich unter ihren Landsleuten Panik ausbreitete.

Damit hatte Grimzhag die Stadt Kazhad Mekral, das in den Fels gehauene Bollwerk, in ein riesiges Grab verwandelt. Jetzt waren die Khuz in ihrer eigenen Stadt eingeschlossen, während die Übermacht der Grünhäute den Belagerungsring immer undurchdringlicher machte.

„Nun werden sie innerhalb kürzester Zeit besiegt sein!", hatte Grimzhag gesagt, nachdem ihm Zumrak die Nachricht überbracht hatte, dass der Auftrag ausgeführt sei.

Wie schon so oft, sollte der Welteroberer Recht behalten. All ihr Heldenmut half den Zwergen nicht mehr, als ihre Körper durch den ständigen Durst immer schwächer wurden und der Tod unter ihren Familien reiche Ernte hielt. Kalt und berechnend hielt Grimzhag seine Krieger indes zurück, den Untergang der zwergischen Verteidiger erwartend.

Nachdem eine weitere Woche vergangen war, befahl der Mazaukhäuptling einen Großangriff über den Abgrund. Eine Holzbrücke nach der anderen spannte sich über die Tiefe, wobei die Khuz dennoch mit dem Mut der Verzweiflung kämpften und das Haupttor erbittert verteidigten. Allerdings waren sie bereits zu schwach, um dem gewaltigen Ansturm der Grünhäute noch länger standhalten zu können. In endloser Zahl strömten die Orks am Ende über die Festungsmauern und durch das niedergerissene Tor, um sich auf die letzten Zwerge zu werfen, die noch kampffähig waren. Kazhad Mekral war verloren.

Ohne erkennbare Gefühlsregungen sah Grimzhag den Trollen zu. Die furchteinflößenden Monster prügelten wie von Sinnen mit riesigen Eisenhämmern auf das Steinportal ein. Ihr wütendes Geschrei vermischte sich mit dem Getöse blutgieriger Orkkrieger, die darauf warteten, dass die Trolle das mächtige Tor mit ihren Urkräften zertrümmerten. Jenseits der gewaltigen Portalflügel aus kunstvoll verziertem Stein befanden sich hunderte von Khuzkriegern und König Albarach selbst.

„Die Kleinwüchsigen werden diese Halle mit aller Verbissenheit verteidigen. Viele unserer Soldaten werden heute sterben", meinte ein Rottenführer zu Grimzhags Linken.

„Sie können so tapfer kämpfen, wie sie wollen, es wir sie nicht mehr retten. Kazhad Mekral ist längst gefallen, so oder so", knurrte der Orkkönig, der mit verschränkten Armen zwischen seinen Unterführern stand.

Kurz drauf brüllte die Masse der kriegswütigen Ork- und Goblinkrieger auf. Die Trolle hatten mit ihren kraftvollen

Schlägen einen langen Riss in dem Zwergentor hinterlassen. Ein verschlossenes Steinportal, welches khuzische Baumeister angefertigt hatten, konnte nur schwer überwunden werden. Doch drei Dutzend Trollen mit Eisenhämmern war selbst eine solche Barriere nicht gewachsen.

Grimzhag betrachtete nachdenklich die mit Runenzeichen verzierten Steinflügel. Wieder krachte und rumpelte es, Staubkörnchen und Felssplitter rieselten auf die Trolle herab, während ein weiterer Riss die rechte Tür spaltete.

„Wooooah!", brüllten die Grünhäute. Sie schlugen Schilde und Schwerter gegeneinander, freudig das kommende Gemetzel erwartend.

Nach und nach brachen immer größere Stücke aus dem bereits stark beschädigten Portal heraus, dann fiel es endlich krachend in sich zusammen, wobei eine gewaltige Staubwolke aufgewirbelt wurde.

Grimzhag, gefolgt von Zugrakk und mehreren Grauaugenkriegern, eilte mit gezücktem Schwert nach vorne. Um ihn herum jubelten seine Kämpfer, die ungeduldig auf den Befehl zum Sturmangriff warteten. Selbst die Trolle hielten für einen Augenblick inne und glotzten verwirrt umher, während ihnen ihre Orktreiber Anweisungen zuriefen. Das eingeschlagene Tor gab nun den Blick auf die große Königshalle von Kazhad Mekral frei.

„Es wird Zeit, ein paar Schrumpflinge tot zu machen", hörte Grimzhag Haargs raue Stimme hinter sich.

Er drehte sich um, blickte den grimmig dreinstarrenden Orkkönig mit dem vernarbten Gesicht an und gab schließlich ein zustimmendes Brummen von sich. Anschließend bahnte sich Grimzhag einen Weg durch die schreiende Horde aus Orkkriegern, die sich vor dem Zwergentor versammelt hatte.

„Goffrukke Tumal! Goffrukke Tumal!", hallte es von den hohen Wänden des unterirdischen Zwergengewölbes wider, als Grimzhag vor sein Gefolge trat und das Schwert in die Höhe riss.

Inzwischen hatte sich der Staub gelegt; eine halbdunkle Halle von gewaltigen Ausmaßen tat sich vor der Horde auf. Dort warteten die Khuz mit ihrem König auf den letzten Kampf. Wütendes Gekreische drang zu den Grünhäuten herüber.

„Goffrukk schaut auf euch herab, meine Krieger! Genau in diesem Augenblick! Er will, dass ihr Zwergenblut vergießt! Er will, dass ihr den Tod meines Sprösslings rächt!", gellte Grimzhag mit sich überschlagender Stimme, als um ihn herum ein ohrenbetäubendes Getöse losbrach.

„Vorwärts! Woooah! Woooah! Tötet sie alle!", donnerte Zugrakks gutturale Stimme über die Köpfe der vor Wut rasenden Krieger hinweg.

Diese stürmten sofort los und strömten durch das offene Portal in die Königshalle von Kazhad Mekral. Seite an Seite mit Zugrakk, dessen rötliche Augen wie glühende Kohlen aufleuchteten, rannte Grimzhag auf die Khuzkrieger zu. Mehrere Dutzend Zwerge, die gewaltige Zweihandäxte schwangen, warfen sich der angreifenden Orkflut entgegen. Es waren khuzische Berserker, halbnackte Krieger mit blau angemalten Gesichtern, die bereits mit dem Leben abgeschlossen hatten. Sie brüllten auf wie wilde Tiere, als sie mitten in die orkischen Scharen sprangen, um ihre Äxte im Kreis wirbeln zu lassen. Die mit magischen Tränken angefüllten Wahnsinnigen waren extrem gefährlich; Grimzhag versuchte, nicht in die Reichweite ihrer tödlichen Klingen zu kommen.

Schließlich krachten die feindlichen Soldaten mit lautem Getöse ineinander. Orks und Goblins stachen auf den zwergischen Schildwall ein, während die Khuz verbissen zurückschlugen und die ersten Reihen der Grünhäute niedermähten.

Zugrakk rannte stets dorthin, wo das meiste Blut floß. Er griff einen Zwergenkrieger frontal an, prügelte auf dessen Rundschild ein und drängte ihn mit schierer Urkraft ein paar Schritte zurück.

„Runter!", schrie Grimzhag hinter ihm und stieß ihn panisch zur Seite.

In der nächsten Sekunde flog ein riesiger Felsbrocken über ihre Köpfe hinweg und zermalmte drei Zwergensoldaten. Zugrakk brüllte verstört auf. Neben ihm stampfte ein Troll durch das Getümmel, den Eisenhammer schwingend und zwei weitere Zwerge aus dem Weg schlagend. Grimzhag sah der grauhäutigen Bestie mit einer Mischung aus Faszination und Furcht nach. Er war froh, dass dieses Ungestüm nicht auf der Gegenseite stand.

Schließlich blieb Grimzhag inmitten der wogenden Masse aus kreischenden Orkkriegern stehen; hunderte seiner Soldaten stürmten an ihm vorbei, um die verbliebenen Zwerge wie eine alles verschlingende Welle zu umspülen. Auch Zugrakk war längst im Chaos verschwunden, um Khuzschädel einzuschlagen. Der König der Orks jedoch wollte sich, nachdem er den letzten Angriff auf die Königshalle formal angeführt hatte, keiner unnötigen Gefahr mehr aussetzen, denn der Feldzug gegen Kazhad Mekral war längst gewonnen. Albarach und seine Leibwache abzuschlachten war die Aufgabe der einfachen Krieger. Sie waren ersetzbar, auch wenn sie zu Hunderten fielen. Grimzhag jedoch, der Eroberer aus der Steppe, dessen Genie das orkische Weltreich zusammenhielt, war es nicht.

Ein Treffen mit Albarach

„Es hat sich genauso entwickelt, wie es Zaydan Shargut vorausgesagt hat!", posaunte selbiger mit weit ausgebreiteten Armen durch den Raum.

Vor dem Bankier standen seine vier? Brüder wie zum Appell angetretene Palastwachen, sie nickten eifrig, während Zaydan seinen Vortrag fortsetzte.

„Die Orks belagern Kazhad Mekral. Das wiederum wird den Bündnisfall hervorrufen und das Imperium von Leevland in diesen Krieg hineinziehen. Daraufhin werden sich auch die anderen Königreiche Auranias am Kampf gegen die Grünhäute beteiligen, ebenso sämtliche Zwergenstädte des Felssäulengebirges."

„Ja, richtig, Zaydan!", stimmte Zenech zu.

„Und dieser Krieg wird sich im Felssäulengebirge abspielen. Lange und blutig wird er werden. Dies wird die Staatsfinanzen von Leevland enorm belasten und uns die Möglichkeit geben, Kredite zu vergeben und anschließend große Zinsgewinne einzufahren", fuhr der älteste der Shargut Brüder fort. Weng, der neben ihm stand, grinste von einem Ohr zum anderen.

„Doch was ist, wenn König Grimzhag Kazhad Mekral überrennt und dann Leevland angreift?", gab Echach zu bedenken.

Zaydan räusperte sich. Dies war sehr unwahrscheinlich. Allerdings wusste er so gut wie kein anderer, dass Grimzhag der Ork ein Meister darin war, unmöglich erscheinende Dinge möglich werden zu lassen.

„Kazhad Mekral ist noch niemals eingenommen worden. Diesmal wird sich Grimzhag an den grauen Felswänden seine Orkzähne ausbeißen. Ich rechne eher mit einer langen, zermürbenden Belagerung. Vielleicht wird der Krieg auch in den Dunklen Landen fortgesetzt, was noch besser für uns wäre, denn dann würde er sich länger hinziehen und vor allem noch kostspieliger werden", meinte Zaydan mit wissendem Blick.

„Das können wir nur hoffen", setzte Atztak, der jüngste der Shargut Brüder an, doch wurde er barsch unterbrochen.

„Mein Bankhaus wird dem Kaiser in der Stunde der Not Geld leihen, damit der edle Carolus die bösen Orks zurückschlagen kann", rief Zaydan und schlug die Faust in die flache Hand.

Daraufhin tigerte er um seine andächtig dastehenden Brüder herum. Heute konnte der Bankier mit dem Dozieren gar nicht mehr aufhören. In letzter Zeit lief alles prächtig und reibungslos. Die Zinsgewinne sprudelten und Sharguts Netzwerk aus berbischen Händlern und Kreditvermittlern wuchs mit jeder verstreichenden Woche weiter an. Inzwischen gab es bereits Wechselstuben in allen größeren Städten des Imperiums.

„Ich bin jetzt ein loyaler Leevländer. Wir alle sind das, nicht wahr? Also unterstützen wir das Reich und vermehren so die Macht und den Einfluß der Familie Shargut. Mein Ziel ist es nämlich, eines Tages zum Reichsschatzmarschall des Kaisers zu werden. Damit werde ich die Fäden im Hintergrund ziehen können, zum Wohle der Sharguts, unserer Organisation und des berbischen Volkes."

„Du bist ein König des Goldes! Ein wahres Genie!", sagte Zenech.

Sein älterer Bruder kam lachend auf ihn zu, umarmte ihn und antwortete: „Wenn du wüsstest, was hier gerade geboren wird. Welche Macht ich hier gerade aufbaue, mein Lieber. Ich muss nur noch lange genug leben, das ist meine einzige Sorge."

„Das wirst du sicherlich", merkte Echach mit einem unterwürfigen Nicken an.

„Ich bin alt geworden, meine Knochen schmerzen und meine Augen werden trüb, aber ich mache weiter, da ich mein Lebenswerk erst noch vollendet sehen will", rief Zaydan mit recht pathetischem Unterton durch den Raum, während seine Brüder zustimmend murmelten.

„Die ganze Zivilisation dieser dummen Auranier werden wir mit Geld und Gold knechten", ergänzte Zenech in der Hoffnung, die Gedanken seines älteren Bruders auszusprechen und diesen damit zu erfreuen.

Doch Zaydan lugte misstrauisch zu ihm herüber. Sein selbstgefälliges Lachen erstarb. Das Wort „Wir" hörte der Bankier nicht gern aus den Mündern seiner Brüder, denn dies implizierte, dass sie den gleichen Rang wie er hatten.

„Du bleibst ein Offizier in meiner Armee!", knurrte Zaydan in Zenechs Richtung, was diesen erschrocken zusammenzucken ließ. „Ich bleibe der König unseres Geldreiches und mein Erbe wird mein Prinz und Nachfolger sein. Nicht du und auch kein anderer von euch."

„So meinte ich das doch gar nicht", säuselte Zenech demütig.

„Verschwindet jetzt! Ihr alle! Ich habe noch eine Menge Schriftkram zu erledigen!", fauchte Zaydan seine Brüder an und geleitete sie umgehend zur Tür.

Die Zwergenkrieger hatten einen Ring um ihren König gebildet, der voller Hass seine Herausforderungen brüllte und mit beiden Händen einen Kriegshammer schwang. Grimzhag, der seinen Kriegern ein Vorbild sein musste und sich nicht länger aus dem Kampf gegen Albarachs letzte Leibwächter heraushalten konnte, warf sich wie ein angreifendes Gnogg gegen einen Wall aus Rundschilden und rammte einen Khuzkrieger zu Boden. Doch die Zwerge schlossen die Lücke sofort wieder, bevor ein Orkkrieger eindringen konnte.

Im Hintergrund strömten weitere Orks und Goblins aus einem Nebenzugang in die große Königshalle, deren Boden mittlerweile mit blutüberströmten Leichen bedeckt war. Dieses brutale Gemetzel war genau nach Zugrakks Geschmack; wie man es von Zwergen erwarten konnte, wichen sie nicht zurück und verteidigten ihren König bis zum letzten Krieger. Außerdem war es für eine Flucht ohnehin längst zu spät. Die Grünhäute hatten Kazhad Mekral gänzlich überrannt und schlachteten jeden Khuz ab, den sie in die Finger bekamen.

Grimzhag parierte einen Axthieb mit dem Schwert, dann krachte sein eiserner Schulterpanzer erneut in den Wall aus Zwergenschilden. Neben dem Orkkönig quiekte eine dickliche Grünhaut, als der spitze Stachel einer Dornenkeule in seine Wange eindrang, um auf der anderen Seite des Schädels wieder hervorzubrechen. Grimzhag ging in Deckung. Diese Zwerge kämpften fanatisch, obwohl sie längst zu Tode erschöpft sein mussten. Es war ein regelrechtes Wunder, dass sie noch immer auf den Beinen standen.

Aber die Orks waren in der Überzahl. Von allen Seiten attackierten sie den zwergischen Verteidigungsring, wobei sie schwere Verluste hinnehmen mussten. Der graubärtige Albarach riss seinen Kriegshammer in die Höhe und arbeitete sich fluchend durch einen Pulk von Zwergensoldaten. Der alte Herr von Kazhad Mekral wollte ehrenvoll kämpfend untergehen.

So sehr Grimzhag die khuzische Rasse auch hasste, so musste er dem hartnäckigen Feind doch Respekt zollen. Schreiend griff Albarach eine Gruppe Orks an; sein Kriegshammer raste nach oben und zerschmetterte einer Grünhaut den Unterkiefer. Grimzhag stach derweil auf die Zwerge vor sich ein und rammte einem von ihnen die Schwertklinge zwischen Schulterpanzer und Hals in den Leib. Gurgelnd taumelte der Khuz zurück. Einen Wimpernschlag später war Zugrakk zur Stelle und erschlug einen weiteren Zwerg mit dem Streitkolben.

„Eine Lücke im Ring! Rein da!", röhrte Grimzhag, während er einen gefährlichen Axthieb parierte.

Mehrere muskelbepackte Grauaugenorks stießen ihre rangniederen Artgenossen zur Seite und brachen wie eiserne Rammböcke durch die zwergischen Ränge. Sie warfen ein paar der Khuz zu Boden und vergrößerten dadurch die Lücke im Verteidigungswall. Das war das Ende. Zugrakk schnellte in die Höhe, er schubste einen Zwergenkrieger zurück.

Am Ende füllte ein Meer aus kreischenden Orks und Goblins die Königshalle aus. Sie umschlossen die letzten Zwergensoldaten und drängten sie zusammen. Allmählich gaben selbst die Veteranen der Khuz ihren Widerstand auf. Sie waren halb verdurstet und mit den Kräften völlig am Ende. Albarach schwang noch immer seinen Hammer, von dem dunkles Blut herabtropfte. Plötzlich jedoch ging er in die Knie und griff sich an die Brust. Der alte

König stieß ein lautes Röcheln aus, sein Gesicht wurde kreidebleich. Entsetzt schrien die letzten Zwergenkrieger auf, als sie sahen, dass Albarach zur Mitte des Kreises torkelte und dort zusammenbrach. Der König von Kazhad Mekral blieb auf dem Rücken liegen. Er keuchte und fluchte mit letzter Kraft.

Speere, Schwerter, Äxte und Keulen hagelten währenddessen von allen Seiten auf die Khuz ein. Der Abwehrring zerbrach endgültig. Ein Zwerg stand nun bis zu zehn Orks gegenüber. Ein letztes Mal schwangen die Verteidiger ihre Waffen. Dann fielen sie – einer nach dem anderen.

Grimzhag hob sein mächtiges Breitschwert und seine Stimme donnerte über die Köpfe der Orks hinweg.

„Überlasst Albarach mir! Niemand tötet den Zwergenkönig!", brüllte er.

Nachdem der letzte Zwergenveteran gefallen war, stampfte Grimzhag wütend auf den am Boden liegenden Herrscher von Kazhad Mekral zu. Dieser hob den Kopf; mit Zorn in den Augen sah er Grimzhag an. Der Häuptling der Mazauk setzte ihm seinen eisenbeschlagenen Stiefel auf die Brust.

„Es ist vorbei, Albarach!"

„Du hast meinen Sohn Hignir? getötet! Verflucht sollst du sein, du dreckiger Ork!", grollte der graubärtige Zwerg in der Sprache der Dunklen Lande.

Grimzhag brummte verwirrt. „Was? Ich habe deinen Sohn nicht getötet! Das ist eine Lüge!"

„Ihr Orks habt ihn getötet! Die Götter mögen eure elende Rasse verfluchen!", keuchte Albarach.

Grimzhag nahm den Fuß von der Brust des Khuzherrschers, seine Schwerklinge sank herab. Um ihn herum standen die Orks, sie warteten darauf, dass ihr König den Herrn von Kazhad Mekral niederstreckte.

„Bring ihn endlich um, diesen stinkenden, alten Wicht!", hörte Grimzhag seinen Freund Zugrakk rufen.

Nachdenklich blickte Grimzhag auf den todgeweihten Zwergenherrscher herab. „Ich habe deinen Sohn nicht ermordet. Warum hast du meine Boten töten lassen? Warum hast du nie mit mir geredet? Dieser Krieg hätte nicht sein müssen. Ich wollte keinen Krieg mit Kazhad Mekral."

Albarach, der kaum die Hälfte von Grimzhags Worten verstanden hatte, stieß einen Fluch auf Khuzisch aus. Er griff sich erneut an die Brust und röchelte.

„Es ist allein deiner Dickköpfigkeit zu verdanken, dass wir nie miteinander gesprochen haben. Du wolltest diesen verdammten Krieg, ich aber habe ihn nie gewollt. Außerdem ist mein eigener Sohn Kulghor tot. Wegen dir und deinen Verbündeten, den Menschlingen, ist mein Sprössling getötet worden."

In den Augen des Zwerges zeigte sich für einen kurzen Moment ein Anflug von Verwirrung.

„Dein Sohn?", stöhnte der Alte leise. „Ich habe deinen Sohn nicht getötet, Ork."

Tief im Inneren verspürte Grimzhag plötzlich den Drang, mit dem Zwergenkönig zu reden, obwohl dieser schon so gut wie tot war. Albarach würde diesen Tag nicht überleben, selbst wenn er ihn verschone, dachte der junge Brüller.

„Wir hätten miteinander sprechen sollen, dann wäre all das Blut nicht vergossen worden", murmelte der Orkkönig leise. Grimzhag musste aufpassen, was er sagte, immerhin wurde er von zahllosen Orks, darunter ranghohen Rottenführern, beobachtet.

Alle warteten sie darauf, mit anzusehen, wie der Zwergenkönig von ihm erschlagen wurde.

„Ich habe deinen Sohn nicht getötet, Khuz! Ich schwöre es bei Goffrukk und allen unseren Göttern! Das ist eine Lüge!", sagte Grimzhag ein letztes Mal. Er hob sein Schwert und ließ es niedersausen.

„Nun gehe zu deinen Göttern, Albarach!"

Der Kopf des Herrschers von Kazhad Mekral rollte zur Seite und blieb in einer sich schnell ausbreitenden Blutlache liegen. Grimzhag wischte den roten Lebenssaft mit einem Tuch von der Klinge seines Schwertes.

Um ihn herum brach ohrenbetäubender Jubel aus, der von den hohen Wänden der Königshalle in ein unbeschreibliches Getöse verwandelt wurde. Doch Grimzhag wirkte nicht glücklich, obwohl er das als uneinnehmbar geltende Kazhad Mekral in die Knie gezwungen hatte. Was Albarach zu ihm gesagt hatte, sollte von diesem Tage an unaufhörlich in seinem Kopf schwelen.

„Prinz Hignir getötet? Ich? Ich habe Hignir nicht getötet! Das muss eine Intrige der Menschlinge sein! Irgendetwas geht hinter den Kulissen vor, ich habe es schon die ganze Zeit über geahnt. Irgendjemand will mich in einen Krieg mit den Zwergen und Menschlingen treiben. Ich muss wissen, wer dahinter steckt."

Grimzhags Worte versanken in dem Siegesgeschrei, das aus hunderten von Kehlen erschallte. Zugrakk kam herangelaufen und umarmte seinen besten Freund mit einem glücklichen Leuchten in den Augen. Kazhad Mekral war gefallen. Nun war Grimzhag auch für die Grünhautstämme des Felssäulengebirges die leibhaftige Inkarnation des Kriegsgottes.

Die angeblich uneinnehmbare Zwergenstadt Kazhad Mekral lag in Trümmern. Durch das endlos erscheinende Labyrinth aus Gängen und Hallen, das sich bis tief hinab in die Eingeweide des Gebirges ausdehnte, streiften nun Scharen aus siegestrunkenen Orks und Goblins. Grünhäutige Krieger tanzten zwischen den Leichen erschlagener Zwerge; raue Schlachtgesänge hallten von den hohen Decken der Gewölbe wider, während Goblins zankend kreischten und dabei zwergische Teppiche von den Wänden rissen.

In all dem ohrenbetäubenden Chaos schritten Grimzhag und Zugrakk durch die gefallene Stadt. Nun war der Orkkönig aus den Steppen auch für die Grünhäute des Felssäulengebirges zu einem göttlichen Wesen aufgestiegen; der geniale Kriegsherr hatte das geschafft, was noch keinem Ork zuvor gelungen war. Er hatte das als unbezwingbar geltende Kazhad Mekral, den ganzen Stolz der Zwergenrasse, eingenommen und geplündert.

Seit der Gründung der mächtigsten aller Khuzstädte war es noch keinem Eroberer gelungen, auch nur einen Fuß in die heiligen Hallen der Kleinwüchsigen zu setzen. Jetzt aber lag ihr König Albarach in seinem Blut zwischen den Kämpfern seiner Leibgarde, die bis auf den letzten Zwerg gefallen war. Was für eine Demütigung des khuzischen Volkes!

In sich gekehrt und nachdenklich spielte Grimzhag an einem seiner Fangzähne herum. Er schwieg schon seit einer Weile, während er durch einen Saal nach dem anderen ging und die von seinen Kriegern hinterlassene Zerstörung begutachtete. Trotz seines spektakulären Erfolges fühlte Grimzhag keine Freude oder Genugtuung über das, was er erreicht hatte. Mochten ihn die Grünhautstämme des großen Gebirges in Zukunft auch als den Bezwinger von Kazhad Mekral preisen, so war dies dennoch kein Grund für Zuversicht. Die Gedanken des Kriegsherren lagen bereits in der Zukunft, sie befassten sich schon mit den Folgen dieses Sieges.

Unbeschwert und vollkommen euphorisch rannten Grimzhags Soldaten derweil durch die unterirdische Welt, sie plünderten alles, was sie in die Finger bekamen und genossen es, die Steinstatuen der zwergischen Ahngötter in Stücke zu schlagen.

Grimzhag aber wusste, dass die Eroberung der mächtigen Zwergenstadt erst der Prolog zu einem folgenreichen Konflikt mit den Völkern des Westens war. Was hier geschehen war, würde bald nicht nur jeder Zwerg im gesamten Felssäulengebirge wissen, sondern auch jeder Mensch jenseits des schwarzgrauen Bergwalles.

„Jetzt können wir nicht mehr aufhören, Zugrakk", murmelte Grimzhag. Er blickte auf den Boden und betrachtete einen alten Zwerg, dessen struppiges Bartgeflecht mit getrocknetem Blut verklebt war.

Neben dem Alten lagen zwei Zwergenfrauen und ein noch nicht ausgewachsener Khuzbube. Die toten Augen des Kindes schauten glasig in die Ewigkeit. Grimzhag würgte leise. Am liebsten hätte er die Bewohner dieser Stadt verschont, doch dies wäre aus strategischen Gründen nicht sinnvoll gewesen.

Welchen Sinn hätte es gehabt, die Khuz ziehen zu lassen, nur damit sie sich morgen im Rücken der Orkhorde wieder sammeln und erneut angreifen konnten?

„Khulgor ist gerächt, seine Seele wird frohlocken, wenn sie aus dem Jenseits hinab auf unsere Welt sieht", sagte Zugrakk.

„Vielleicht ist es Khulgor gar nicht mehr wichtig. Dort, wo er jetzt ist. Vielleicht ist dort alles nicht mehr wichtig, was in dieser Welt von Bedeutung gewesen ist", antwortete Grimzhag philosophisch.

„Das sehe ich nicht so!", sagte Zugrakk ein wenig überfordert. Er kratzte sich an seiner grünen Glatze. „Du hast wieder einmal einen großartigen Sieg errungen. Jetzt müssen wir nur noch die Menschlinge des Westens, Arasigs elende Nachfahren, in den blutigen Schlamm treten. Und dann wirst du für alle Zeiten der größte Kriegsherr unserer Art sein."

„Ja, ich weiß", brummte Grimzhag. „Nur noch – das hört sich so einfach an."

„Ihre Zwergenverbündeten sind tot, sieh dich doch um!", meinte Zugrakk und deutete mit verächtlichem Blick auf die vielen niedergemetzelten Khuz, die den Boden der Halle bedeckten.

Blutige Spritzer hatten die eckigen Säulen aus grauweißem Stein überall besprenkelt.

„Man müsste ein Bild malen lassen von diesem denkwürdigen Augenblick. Wir stehen in einer Halle von Kazhad Mekral – als die großen Sieger", stieß Zugrakk mit geballter Faust aus.

„Ich weiß, mein treuer Freund, du kannst niemals genug vom Krieg bekommen, nicht wahr?"

Zugrakk lachte bellend. „Das sagt der Richtige. Der Eroberer der Welt!"

Grimzhag reagierte mit einem kaum hörbaren Würgen. Dann erwiderte er: „Diese Gemetzel erfreuen meine Herzen schon lange nicht mehr. Ich habe längst genug Unheil angerichtet, doch ich muss weiter kämpfen, denn sie lassen mir ja keine andere Wahl. Ich muss den Kampf fortführen, damit unsere Art eine Zukunft hat und nicht morgen ein zweiter Arasig auftaucht und uns doch noch vernichtet."

„Unheil?", knurrte Zugrakk verständnislos. Grimmig sah er auf einen Zwerg zu seinen Füßen herab und spuckte ihm in sein graues Gesicht. „Nur ein toter Khuz ist ein guter Khuz!"

„Und nur ein toter Menschling ist ein guter Menschling. Und nur ein toter Elb ist ein guter Elb. Ich weiß, ich weiß", meinte Grimzhag.

„Bedeutet dir der Ruhm denn gar nichts mehr?", wollte Zugrakk wissen.

„Ich habe mich viele Sonnenzyklen in dem Jubel, den ihr mir alle entgegenbringt, baden können. Längst habe ich genug Ruhm erlangt, mehr als genug. Eigentlich müsste ich das Leben in Manchin ordnen, Straßen und Städte bauen lassen, die Grauaugen vermehren. Stattdessen führe ich schon wieder Krieg – am anderen Ende der Welt. Ich bin wie ein wahnsinniges Raubtier, das pausenlos frisst und doch niemals satt wird."

„Sie haben uns dazu gezwungen, Grimzhag. Du hast ihnen Frieden angeboten und ihre Heere ziehen lassen. Doch sie kamen immer wieder, um uns anzugreifen. Was hättest du denn noch tun sollen?"

Der Orkkönig brummte zustimmend. „Das ist auch der einzige Grund, warum ich die Horde nach Kazhad Mekral geführt habe. Es ging mir weniger um Kulghor, es ging mir darum, diese Stadt zu vernichten, damit wir ungestört durch das Gebirge nach Westen marschieren können. Hätte ich diese Khuz nicht ausgeschaltet, dann hätten sie uns den Weg zu den Menschlingen von Leevland versperrt."

„Ha!" Zugrakk machte einen Luftsprung. „Dann kämpfen wir bald doch gegen die Nachfahren von Arasig? Echt?"

„Es wird sich wohl nicht vermeiden lassen. Entweder wir kommen zu ihnen oder sie zu uns. Da die Zwerge des Felssäulengebirges durch den Fall von Kazhad Mekral derzeit geschwächt sind, werde ich die Gelegenheit nutzen und gegen Leevland ziehen. Mein Ziel ist es, die Menschlinge des Westens auf dem Schlachtfeld nieder zu werfen und ihnen anschließend einen Frieden aufzuzwingen. Dann müssen sie unser Reich anerkennen und werden es hoffentlich auch nicht mehr wagen, noch einmal ein Heer gegen uns aufzustellen."

„Hört sich gut an! Da mache ich mit!", rief Zugrakk mit einem breiten Orkgrinsen. Er machte einen weiteren Luftsprung.

Die überall um ihn herum marschierenden Krieger sangen so laut, dass Grimzhag kaum sein eigenes Wort verstehen konnte. Er schaute zur Seite und sah ein schwer gerüstetes Grauauge, dessen Gnogg fast unter der Last erbeuteten Zwergengoldes zusammenbrach. Münzen, Schmuck, Edelsteine und Goldteller quollen aus diversen Säcken, die rund um das bullige Tier herunterhingen. Immer wieder blickte der Orkreiter auf seine wertvolle Fracht, als ob er fürchtete, er könnte einen der vollgestopften Säcke verlieren.

Grimzhag grinste erleichtert. „Kulghors Tod ist ehrenvoll gerächt worden und die Zwerge von Kazhad Mekral haben mit ihrem Blut bezahlt", dachte er mit einem Gefühl tiefer Genugtuung.

Irgendwo in der riesigen Masse aus marschierenden Orksoldaten ritt auch Zugrakk auf seinem Gnogg, das nicht weniger mit Zwergengold behängt war. Dieser Triumph über die Todfeinde der Grünhäute würde ihn auch bei den westlichen Orkstämmen zur Legende erheben und ihm zugleich ihre Ergebenheit sichern, sinnierte Grimzhag. Allerdings konnte er sich als Ork der Steppen bloß im Ansatz vorstellen, was der Sieg über Kazhad Mekral tatsächlich für die Grünhäute des Gebirges bedeutete, die seit Jahrhunderten gegen die Khuz Krieg führten.

Der Häuptling der Mazauk jedenfalls spürte, wie sich allen Zweifeln zum Trotz eine gewisse Zuversicht in ihm ausbreitete. Dieser Erfolg, das hoffte er inständig, würde ihn vielleicht doch von weiteren Feldzügen gegen die Völker des Westens freimachen. Mit ein wenig Glück und dem Wohlwollen der Götter beruhigte sich die Lage am Ende doch.

Außerdem hatte Grimzhag sein Gesicht vor den verbündeten Orkkönigen und seinen Untertanen gewahrt. Kulghors Tod war gerächt, ebenso wie der Einfall der Zwerge in die Dunklen Lande. Aber jetzt war es vorbei, vielleicht waren die ewigen Kämpfe, derer Grimzhag längst überdrüssig war, doch endlich vorüber.

„Schöner kann es einfach nicht sein!", schallte es aus rauen Kehlen zu ihm herüber; der König lächelte still in sich hinein, als seine Soldaten das alte Kriegslied anstimmten. Dann schloss er sich dem Gesang an und die Stimmen der Orks brandeten durch das karge Land am Fuße des Felssäulengebirges.

Mit jedem verstreichenden Sonnenzyklus wuchs das von Grimzhag eroberte Land mehr zu einem Weltreich heran. Dies änderte jedoch nichts daran, dass sich der Orkkönig beständig Sorgen machte. Der weiterhin drohende Krieg gegen die Völker des Westens konnte für alles, was er aufgebaut hatte, furchtbare Folgen haben.

Noch immer waren Tausende von Arbeitern damit beschäftigt, die Hauptstadt Karokum auszubauen; ebenso stampften sie neue Städte aus dem Boden, die Grimzhag in den Weiten der Steppe gegründet hatte. Bisher waren diese Neugründungen allerdings bloß gigantische Baustellen, auf denen sich Holz- und Steinberge auftürmten. Trotzdem wurden die Bauvorhaben unbeirrt vorangetrieben. Selbst die gepflasterte Straße, die von Nordmanchin bis in die Dunklen Lande führen sollte, war bereits in Angriff genommen worden.

Allmählich mussten aus den Arbeitern jedoch wieder Krieger werden. Die Horden wurden neu organisiert und vergrößert, denn im Grunde, auch wenn es sich Grimzhag nicht eingestehen wollte, standen alle Zeichen auf Krieg.

Der Mazaukhäuptling beschäftigte sich dennoch am liebsten mit dem Aufbau seines Weltreiches. In Manchin ließen sich immer mehr Orkstämme in den eroberten Gebieten nieder und zogen in die Städte, die ihnen die Menschen hinterlassen hatten. Eines Tages, so schwebte es Grimzhag vor, sollten diese Siedlungen alle im Sinne von Chaar-Ziggrath umgebaut werden. Doch auch die alte Hauptstadt der Khuzbaath war noch lange nicht so orkisch, wie es dem ehrgeizigen König vorschwebte.

Eine kleine Gruppe von Khuzbaath; die wenigen, die den von Grimzhag entfesselten Vernichtungskrieg überlebt hatten, waren über das Meer in ein weit entferntes Land im Norden geflohen. Dies hatte Grimzhag jedenfalls ein Schamane erzählt. Doch auch der Geistesbegabte hatte bloß Gerüchte gehört. Was aus der kleinen Schar überlebender Khuzbaath geworden war, wusste niemand. Allerdings führte dies dazu, dass sich Grimzhag immer weiter in einen paranoiden Wahn hineinsteigerte. Er fühlte sich beobachtet, witterte überall Verräter und potentielle Attentäter. Seit ihm Nidmethes erzählt hatte, dass die Galatholelben ihre Späher durch sein Reich schleichen ließen, sorgte sich Grimzhag noch mehr.

Er redete sich ein, dass die Khuzbaath die Zwergenkönige des Felssäulengebirges mit Informationen über ihn versorgen könnten. Immerhin wussten sie, wie es in Chaar-Ziggrath aussah. Sicherlich würden sie den Khuz und damit auch den Menschen des Westens erzählen, wie man die Stadt am besten zurückerobern konnte.

Von Kaiser Fushang, der weit entfernt im Süden Manchins regierte, hatte Grimzhag schon seit einer gefühlten Ewigkeit nichts mehr gehört. Ab und zu erreichte den König eine Nachricht aus Kaifeng, wo Hordenführer Oglok noch immer mit eiserner Faust regierte und versuchte, das besetzte Land zu halten.

Konnte ein derart großes Weltreich überhaupt dauerhaft existieren? Diese Frage peinigte Grimzhag inzwischen Tag und Nacht. Seine Horden hatten die Feinde überall zerschmettert und gewaltige Räume erobert, doch nun musste das gewonnene Land besiedelt und in orkischen Lebensraum verwandelt werden. Eine Aufgabe, die selbst einen genialen Herrscher wie Grimzhag stets vor neue Schwierigkeiten stellte.

Und was würde geschehen, wenn er eines Tages in den Wirbel der Seelen zurückkehrte? Kulghor, sein Thronerbe, war bereits auf dem Schlachtfeld geblieben. Grimzhag schwankte ständig zwischen Trauer und Wut, wenn er an seinen toten Sprößling dachte. Viel zu wenig Zeit hatten Kulghor und er miteinander verbracht – im Grunde hatten sie sich gar nicht richtig kennenlernen können.

Nun war Kulghor jedoch bei den Göttern und bereitete sich auf das nächste Leben vor. Würde er demnächst als stolze Cramogg in die Welt der Lebenden zurückkehren? Dies wussten nur die Götter, doch diese schwiegen wie immer.

Gelegentlich besuchte Grimzhag seine Tochter Ongrakku?, mit der er sich mittlerweile recht gut verstand. Dann erzählte sie ihm die neuesten Geschichten aus dem Lager der Orkweibchen. Leider war die grauäugige Cramogg noch immer nicht trächtig geworden, was sie sehr belastete. Gerade sie, die von Grimzhag selbst gezeugt worden war, schien nicht in der Lage zu sein, Leben zu geben. Eine furchtbare Demütigung für die Tochter des Welteroberers.

Was die organisierte Vermehrung der Grauaugenorks betraf, lief es jedoch sehr gut. Das gezielte Begatten ausgewählter Weibchen durch grauäugige Adelskrieger funktionierte hervorragend. Inzwischen waren schon mehrere Tausend dieser wertvollen Orks geboren worden. Der Tempel der Zucht wurde indes weiter von den orkischen Baumeistern vergrößert, so dass die Orkzucht in noch größerem Stil vorangetrieben werden konnte. Dies beruhigte Grimzhag, wenn ihm ansonsten auch alles über den Kopf wuchs.

„Die Grauaugen werden wiederkommen. Sie werden die starken Säulen sein, die mein Weltreich am Ende tragen werden", ermutigte sich der Mazaukhäuptling selbst, wenn er zu verzagen drohte.

Die grüne Gefahr

„Kazhad Mekral ist gefallen. Die größte und mächtigste Wehrstadt des Felssäulengebirges wurde von den Orks überrannt!", rief Carolus II. mit ausgebreiteten Armen durch das Rund des großen Ratssaals von Asenburg.

Adelige und Kleriker sahen den Imperator mit ungläubigen Gesichtern an. Neben dem Monarchen stand ein zwergischer Bote, ein stämmiger Khuz mit einer Brust so breit wie ein Faß und großen, klobigen Händen. Der Zwerg, dessen feuerroter Bart bis zu seinen Knien herabreichte, starrte grimmig vor sich hin. Er fletschte immer wieder die Zähne und seine Fäuste öffneten und schlossen sich, als wollte er einen Feind am Hals packen, um ihm die Kehle zuzudrücken.

„Ja, es ist wahr", bestätigte der Zwerg die Worte des Kaisers.

Carolus hatte heute die ranghöchsten Fürsten und Kleriker des Reiches zusammengerufen, um mit ihnen das weitere Vorgehen zu besprechen.

Kazhad Mekral, die als uneinnehmbar geltende Zwergenfeste, war von Grimzhag dem Eroberer überwunden worden. Ein weiteres Ereignis, mit dem niemand gerechnet hatte.

Irmynar war heute ebenfalls unter den Anwesenden. Immerhin war er der Regent der Ostmark, jener Provinz, die dem Felssäulengebirge am nächsten lag. Und man hatte ihn nicht drängen müssen, an dieser Zusammenkunft teilzunehmen, denn diesmal ging es weder um Verwaltungsfragen, noch um Steuererhöhungen. Nein, es ging um eine immer größer werdende Gefahr: Die Grünhäute, die hinter den Felswänden des Ostens lauerten.

„Wie kann das sein? Meines Wissens ist Kazhad Mekral noch niemals von einem Angreifer überrannt worden. Nicht in all den Jahrhunderten seines Bestehens", rief ein Herzog, der die Worte des Kaiser nicht so recht glauben konnte. Die neben ihm sitzenden Adeligen nickten zustimmend.

Carolus richtete den Blick auf ihn. Und auch der Zwerg, der das Gemetzel in den unterirdischen Hallen seiner Heimatstadt überlebt hatte, funkelte den vorlauten Menschen boshaft an.

„Noch nie!", brüllte der Zwerg dann, wobei er mit den Fäusten drohte. Respektvoll entfernte sich der Imperator ein paar Schritte von dem wutschnaubenden Khuz. Die Kleinwüchsigen waren dafür bekannt, dass sie sich in Zustände schlimmster Raserei hineinsteigern konnten, wenn ihr Stolz verletzt worden war.

Zwar war es dem Khuzboten anzumerken, dass er gegen seine inneren Dämonen ankämpfte, doch war es unverkennbar, dass er kurz vor einem Tobsuchtsanfall stand.

„Wir sollten uns jetzt erst einmal beruhigen!", rief Carolus, denn etwas Besseres fiel ihm in diesem Augenblick nicht ein.

„Aber wie haben es die Orks geschafft, eine derart gut befestigte Stadt einzunehmen? Das kann ich mir überhaupt nicht vorstellen. Selbst hunderttausend Grünhäute können die in den Fels geschlagenen Portale der Zwerge nicht überwinden", schallte die Stimme eines Adeligen durch die Ratshalle.

„Offenbar doch!", gab ein anderer zu bedenken.

Als Kaiser Carolus gerade zu einer Erwiderung ansetzen wollte, bellte der Zwergenbote mit sich überschlagender Stimme dazwischen.

„Gift! Die Orks haben uns vergiftet!"

„Könnt Ihr das etwas genauer erläutern, mein Freund?" Carolus hob beschwichtigend die Hände, der kastenförmige Kopf des Zwerges fuhr herum und zwei eisgraue Augen funkelten ihn voller Zorn an.

„Gift!", knurrte der Zwerg. „Sie haben unser Wasser vergiftet! Wo auch immer Wasser herauskam, haben sie alles vergiftet!"

Der Khuzbote gestikulierte wild herum. Er suchte das leevländische Wort für „Quelle".

„Ihr meint sicherlich eine Quelle", half ihm der Kaiser.

„Wo Wasser aus dem Berg kommt!", donnerte der Zwerg.

„Das nennt man Quelle", ergänzte Carolus, der bemüht war, freundlich zu bleiben.

„Ja, Quelle! Quelle, das ist das Wort! Sie haben alles vergiftet, diese Stollenratten! Überall haben sie Gift verbreitet!"

„Eine perfide Strategie", wagte ein Kleriker zu bemerken, um den Zorn des Zwerges sofort auf sich zu ziehen.

„Was?", schnaubte der Khuz und riss die speckigen Arme hoch.

„Ich meinte, dass diese Strategie nicht ehrenhaft gewesen ist", erklärte der Priester.

„Orks kennen keine Ehre! Orks sind Ratten!", schrie der Bote aus Kazhad Mekral.

„Da dürften wir uns alle einig sein", sagte Carolus, doch der Zwerg unterbrach ihn barsch.

„Jetzt muss Leevland helfen! Jetzt müssen wir einen Krieg der Rache beginnen!", brüllte der Zwerg.

„Nicht so voreilig. Wir sind heute ja genau deshalb zusammengekommen, um die Lage erst einmal zu besprechen", antwortete der Imperator.

„Nein!", kreischte der Khuz. „Alle Orks müssen sterben! Es muss sofort Krieg geben! Jetzt!"

Der tobende Zwerg, der in der Mitte des großen Redeatriums stand und brüllte, verunsicherte die übrigen Anwesenden. Irmynar hatte sich dazu entschlossen, bloß zuzuhören und sich nicht in die Diskussion einzumischen. Aber zunächst einmal wetterte bloß der Zwerg, der wie eine haarige Wutkugel im Kreis herumlief und dabei Verwünschungen ausstieß.

Derweil traf der eine oder andere bewundernde Blick Irmynar. Viele der anwesenden Adligen wussten inzwischen, dass er der junge Mann war, der so heldenhaft gegen die Orks im Gebirge gekämpft hatte.

Loghars Sohn jedoch hatte nicht vor, noch mehr Heldenruhm auf dem Schlachtfeld zu ernten. Der Gedanke an eine Fortsetzung der Feldzüge gegen die Grünhäute erfüllte ihn vielmehr mit tiefem Unbehagen.

Von unten drang die raue Stimme des Zwergenboten, der sich inzwischen heiser gebrüllt hatte, zu ihm herauf. Der rotbärtige Khuz warf sich schließlich vor Kaiser Carolus auf den Boden, riss sich Racheschwüre murmelnd ganze Haarbüschel heraus und flehte den Herrscher von Leevland an, den Zwergen des Gebirges im Rachekrieg gegen Grimzhags Orks zu helfen. Die menschlichen Adligen sahen indes auf den sich vollkommen verrückt gebärdenden Zwerg herab und tuschelten auf den Sitzrängen durcheinander.

Der Fall von Kazhad Mekral war für die Khuz derart demütigend, dass sie ihr Rachedurst regelrecht in den Wahnsinn trieb. Allerdings waren diese gefährlichen Hitzköpfe seit ewigen Zeiten Verbündete der Leevländer. Irmynar wurde schnell bewusst, dass er angesichts der neuen Situation allen Grund zur Sorge hatte.

Ehrfürchtig stoben die Bürger auseinander, als sie den jungen Fürsten und seine Gattin erkannten; hoffnungsvolle Blicke ruhten auf Irmynar, als ob der „Orkenschlächter" die neue Hiobsbotschaft allein durch seine Anwesenheit bedeutungslos machen könnte.

Mit verkniffener Miene sah der Herr der Ostmark zu den Fassaden der vielen Fachwerkhäuser hinauf, die den Marktplatz von Richtenhof umgaben. Rötliches Brandefeu bedeckte die Außenwände der meisten Gebäude, aus den Fenstern schauten Frauen und Kinder nach unten.

Wieder einmal hatten die Ausrufer den großen Platz in Besitz genommen, sie standen inmitten von Menschentrauben und zogen die Menschen mit donnernden Stimmen in ihren Bann.

„König Grimzhag, der grausame Kriegsherr der Orks, hat die Mauern von Kazhad Mekral zerstört", brüllte ein bärtiger Mann, der einem Faß auf zwei Beinen ähnelte, mit erhobenen Armen durch das Gewühl.

Thelinda, die neben ihrem Mann durch die Menge schritt, wirkte nicht sehr angetan von dem Geschrei des Ausrufers. Der Gesichtsausdruck ihres Gemahls ließ ähnliches erahnen.

„Verzeihung, ehrwürdiger Herr", sagte eine dickliche Frau, verneigte sich tief und huschte Irmynar dann aus dem Weg.

Der Fürst der Ostmark, der bloß einen schlichten Mantel aus braunem Filz trug, verzog den Mund, als er den massigen Ausrufer endlich vor sich stehen sah. Hinter dem Mann sprang eine breitschultrige Gestalt mit einer furchteinflößenden Orkmaske und einem Fellkostüm auf der Stelle herum; sie stieß ein lautes Grunzen aus. Ein Liliputaner, dem man ein Ziegenfell als Bart ans Kinn geklebt hatte, fuchtelte vor ihr mit einem Holzschwert. Der Ork riss seine Keule in die Höhe und die beiden begannen einen stümperhaft inszenierten Schaukampf auszutragen.

„Tapfer kämpften die Zwerge von Kazhad Mekral, doch die wilden Orks waren so zahlreich wie die Sandkörner am Meeresstrand. Sie erstürmten die Wälle der Khuzfeste und erschlugen jeden in ihrem Weg. Wieder einmal ist es Grimzhag der Schreckliche gewesen, die schlimmste Orkbestie, die diese Welt jemals gesehen hat", rief der Ausrufer und sein fetter Wanst quoll unter seiner Brust hervor.

Im gleichen Augenblick sprang der Orkdarsteller den Liliputaner mit grausigem Geheul an und erschlug ihn mit seiner Keule.

„Woooah!", röhrte der Maskierte, seine Waffe in brutaler Orkmanier schwingend.

Irmynar verdrehte die Augen. Er ging einen großen Schritt auf den Mann mit der grünen Gipsmaske zu; dieser grunzte verwirrt, dann ließ er seinen Prügel sinken, während der erschlagene Zwerg hinter ihm wie durch Zauberhand wieder zum Leben erwachte.

„Genug mit diesem Unsinn!", herrschte Irmynar den bärtigen Ausrufer an. Der bullige Hüne schaute grimmig zurück, drohend stemmte er die Fäuste in die Hüften.

„Wir sollen noch bis zum Abend unser Spectaculum fortsetzen! Außerdem hat es der örtliche Fürst erlaubt! Also schwirr ab, Mann!", knurrte er daraufhin.

Irmynars Hand fegte durch die Luft. „Ich bin der Fürst, werter Herr, und ich untersage hiermit dieses widerliche Theater!"

„Aha?", schnaubte der Mann mit der Orkmaske im Hintergrund. Kurz darauf beugte er sich zu dem Liliputaner herab, der ihm etwas ins Ohr flüsterte.

Schnell wurden der Ausrufer und seine Gehilfen deutlich freundlicher.

„Verzeiht, edler Herr", sagte er, wobei er beschwichtigend die gewaltigen Hände hob. „Wir sind im Voraus bezahlt worden, um dem Volk von Richtenhof das Unglück der Zwerge vor Augen zu führen."

„Es wird Zeit, dass dieses Angsttheater beendet wird. Hiermit untersage ich euren Mummenschanz in der gesamten Ostmark", antwortete Irmynar ungehalten. Thelinda hatte sich inzwischen neben ihn gestellt und funkelte die Schausteller feindselig an.

„In der gesamten Ostmark?", stieß der Maskierte ungläubig aus. Dann zeigte er sein Gesicht, das nicht viel schöner als eine Orkfratze war.

„Ja, richtig! Und jetzt verschwindet von hier!", rief Irmynar und deutete nach Westen, wo sich das Stadttor von Richtenhof befand.

„Sie sind im Voraus bezahlt worden. Ich kann mir auch schon denken von wem", wisperte Thelinda ihrem Mann mit eisiger Miene von hinten ins Ohr. Dieser räusperte sich lautstark, die verärgerten Schausteller nicht aus den Augen lassend. Leise fluchend packten die Ausrufer ihre Sachen zusammen, während es die gewöhnlichen Bürger der Stadt plötzlich sehr eilig hatten, den Marktplatz zu verlassen, um nicht länger im Dunstkreis des fürstlichen Unmuts zu verweilen.

„Dieses widerliche Schauspiel weckt unser Volk nicht auf, es erfüllt es bloß mit noch mehr Angst", schnaubte Irmynar, den seine Frau am Oberarm festhielt.

„Du hast ja völlig Recht, Liebster", sagte sie in der Hoffnung, dass sich Imynar wieder beruhigte.

„Wenn ich noch einen dieser Ausrufer hier erwische, dann lasse ich ihn in den Kerker werfen."

„Natürlich, Schatz! Allerdings glaube ich, dass dieser Zaydan für das Theater verantwortlich ist. Er muss die Marktschreier bezahlt haben", meinte Thelinda.

„Der Berbianer! Wieder einmal!", knurrte Irmynar. „Wo er seine Finger im Spiel hat, regiert immer nur das Chaos."

„Die Götter aller Völker mögen uns schützen, Majestät!" stieß Zaydan aus; er presste die Hände mit einem Klagelaut auf das Gesicht.

Kaiser Carolus II. sah den Berbianer betreten an. Der Bankier mit dem schwarzen Vollbart war außer sich.

„Ich habe Euch immer zu warnen versucht, edler Herr! Dieser Grimzhag ist ein Dämon aus der Finsternis! Die armen Zwerge von Kazhad Mekral!"

Der Herrscher von Leevland fasste sich an den Kopf, die hohe Stirn des Monarchen verschwand unter seinen kräftigen Händen. Carolus II. war verzweifelt. Und selbst Zaydan machte sich mittlerweile tief im Inneren Sorgen.

„Diese Stadt namens Kin-Weig…dort hat Grimzhag doch alle Einwohner ermorden lassen, nicht wahr?", stammelte der Imperator.

Der berbianische Bankier setzte eine betrübte Miene auf, um daraufhin zu erwidern: „Die Orks aus den Steppen kennen kein Erbarmen. Sie sind eine Strafe der Götter. Manchin war früher ein blühendes Land, doch heute ist es nur noch eine Wüste aus Knochen."

„Arasig hilf uns! Ich…ich muss etwas unternehmen! Ganz Aurania muss jetzt gegen die Grünhäute zusammenstehen und auch die verbliebenen Zwergenreiche des Felssäulengebirges müssen wir in unsere Reihen holen. Eine gewaltige Armee! Alle freien Völker müssen nun gegen die Orks kämpfen!", stieß Carolus aus.

Der Kaiser erhob sich von dem Stuhl, auf dem er die ganze Zeit über gesessen hatte, und kam zu Zaydan herüber, um ihm die Hand auf die Schulter zu legen.

„Ihr seid ein wahrer Freund Leevlands, mein Lieber. Wenn alle Berbianer so sind wie Ihr, dann weiß ich nicht, was gewisse Leute immer zu kritisieren haben. Sie sollen doch froh sein, dass ihr alle das Imperium in der Stunde der Not unterstützt."

Zaydan nickte und schloss die Augen. „In der Stunde der Not", wiederholte er mit brüchiger Stimme. Eine Träne quetschte sich aus dem Augenwinkel des Bankiers, sie lief die Wange herunter und verschwand zwischen den grauen Bartstoppeln.

„Ich denke, dass Ihr sofort handeln müsst, Majestät. Damals hat der Kaiser von Manchin zu spät auf die Orks reagiert und auf einmal standen sie im Herzen seines Reiches. Ihr müsst früh in der Zeit…wie heißt dieses Wort noch auf Leevländisch?"

„Frühzeitig!", antwortete Carolus mit einem Lächeln.

„Ja, frühzeitig handeln. Das müsst Ihr, Exzellenz! Schickt Boten in alle Reiche von Aurania. Nur ein großes Ritterheer wird Leevland noch retten können!", meinte Zaydan.

„Leider sind die Staatsfinanzen schon mehr als überlastet, mein Freund", gab der Imperator zu, doch damit erzählte er Zaydan nichts Neues.

Der berbische Geldverleiher klopfte sich mit der flachen Hand auf die Brust. Er nahm Haltung wie ein Landsknecht an.

„Um die Finanzierung wird sich Zaydan Shargut persönlich kümmern, Eure Majestät!", gelobte er feierlich.

„Vielen Dank!" Carolus lächelte so dankbar wie ein kleiner Junge, dem man ein neues Steckenpferd geschenkt hatte.

„Ich will nicht, dass mit Leevland das gleiche Unglück geschieht wie mit Manchin. Wir müssen diesen Mörder, diesen furchtbaren Ork aufhalten. Er ist ein Ungeheuer! Schon damals in Manchin habe ich mich immer nur für den Frieden eingesetzt, Exzellenz, doch das Schicksal ist gegen mich gewesen. Was ich auch versucht habe, die orkische Gewalt hat alles im Blut ertränkt. Diese Bilder! Noch immer sind sie in meinem Kopf! Diese Berge aus Leichen, diese brennenden Städte! Ich kann die Schrecken einfach nicht vergessen!", lamentierte Zaydan.

Kurz darauf hörte der Berbianer mit seinem Schauspiel auf, wobei sich hinter all seinem Theater inzwischen ein wachsender Kern echter Furcht befand. Dass König Grimzhag Kazhad Mekral so leicht überwinden würde, war selbst von dem gerissenen Geldverleiher nicht eingeplant worden. Allmählich begann Zaydan sein Vorhaben zu bereuen, die Völker des Westens in einen Krieg mit Grimzhag zu treiben. Andererseits konnte und wollte er die Demütigungen, die ihm der Orkhäuptling zugefügt hatte, noch immer nicht vergessen.

Zaydan musste einfach seine Rache bekommen, selbst wenn ganz Leevland dafür in Flammen aufging. Auch Grimzhag der Mazauk musste eines Tages scheitern.

„Ich kann Euch kaum sagen, wie dankbar ich für Eure Hilfe bin, werter Freund", sagte Kaiser Carolus noch einmal in beinahe weinerlichem Ton. Für einen Moment wirkte der ansonsten so autoritäre Monarch schwach und verunsichert.

König Grimzhag bereitete Carolus seit einiger Zeit schlaflose Nächte und der Fall von Kazhad Mekral hatte es nicht besser gemacht. Jetzt mussten die Menschen Auranias gemeinsam die Waffen in die Hand nehmen, um den alten Feind niederzuwerfen. Zaydan Shargut sollte aus seinem unerschöpflichen Geldvorrat die Finanzmittel hervorzaubern, die der kommende Feldzug verlangte. Und als treuer Patriot und Bürger des leevländischen Imperiums war der Bankier natürlich bereit, dieses Opfer auf sich zu nehmen.

Mittlerweile hatte Zaydan ganze Schwärme von Geldverleihern und Mäklern aus Berbia nach Leevland geholt und die Masse seiner Mitarbeiter gehörig vergrößert. Wechselstuben des Shargut Bankhauses sprossen in den wichtigen Städten des leevländischen Reiches wie Pilze aus dem Boden und selbst in den benachbarten Regionen hatte sich Zaydans geschäftstüchtiges Gefolge inzwischen auf die Suche nach neuer Geldbeute gemacht.

Im Schatten des Chaos, der ganz Aurania im Zuge der drohenden Orkinvasion bedeckte, konnten sich die Berbianer ungehindert entfalten. Alle Augen waren längst auf die Gefahr gerichtet, die jenseits des Felssäulengebirges lauerte. Leevland erzitterte vor dem fremden Eroberer namens Grimzhag, der schon den anderen Teil der Welt in Schutt und Asche gelegt hatte.

Zaydan hatte trotz gelegentlicher Bedenken, die Macht der Grünhäute falsch eingeschätzt zu haben, allen Grund, zuversichtlich in die Zukunft zu blicken. Zahlreiche Adelige hatten sich bereits bei seinem Bankhaus verschuldet und sogar Kaiser Carolus stand kurz davor, sich bei Zaydan eine gewaltige Geldsumme zu leihen.

Außerdem vermittelten Sharguts Mitarbeiter auch an die einfachen Bürger und Bauern immer mehr Kredite. Die Zinsgewinne sprudelten, während sich die Völker auf den kommenden Krieg vorbereiteten und ihr gesamtes Denken darauf richteten.

Indes waren vom Asenburger Hof längst Boten zu den anderen Königreichen Aureanias geschickt worden. Die Leevländer baten ihre Nachbarn um Hilfe im Kampf gegen den gemeinsamen Feind, der Kazhad Mekral geplündert hatte und nun den gesamten Westkontinent bedrohte. Kaiserliche Unterhändler ritten in das westlich von Leevland gelegene Reich Lamagne, andere besuchten die Fürsten von Swytien, machten sich auf nach Latinien und Iberna im Süden des Kontinents oder reisten nach Osten ins Land der Slavjkaner.

Ob sich die Menschenreiche alle an der Aufstellung einer gewaltigen Armee beteiligten, konnte Kaiser Carolus II. nicht wissen. Allerdings war es niemals eine gute Idee, dem Imperium von Leevland einen Wunsch abzuschlagen. Immerhin war es die größte Hegemonialmacht auf dem Kontinent.

Währenddessen stellten die leevländischen Provinzfürsten bereits bewaffnete Heerhaufen auf. Jeder von ihnen war verpflichtet, dem Imperator als seinem obersten Lehnsherren eine bestimmte Anzahl von Soldaten zur Verfügung zu stellen. Da Leevland kaum über ein stehendes Heer verfügte und es in Aurania jahrzehntelang zu keinem großen Krieg mehr gekommen war, war die Aushebung einer so mächtigen Reichsarmee eine äußerst kostspielige und schwierige Angelegenheit.

Die meisten leevländischen Adeligen brannten jedoch darauf, Heldenruhm im Kampf gegen die Orks zu ernten. Schon begannen die Edelleute zu scherzen, dass sie bald Arasigs Werk vollenden würden. Erneut wollten sie die wiedererwachte Orkgefahr auf dem Schlachtfeld niederwerfen, so wie es ihre heldenhaften Ahnen dereinst getan hatten.

Lediglich Irmynar schätzte die Lage ein wenig nüchterner und deutlich weniger rosig ein. Er wusste inzwischen, dass das Bild von den Orks als dumme und halbnackte Barbaren, welches die meisten Westmenschen hatten, nicht der Realität entsprach. Der junge Fürst hatte bereits gegen gut gerüstete und äußerst gefährliche Krieger gekämpft. Zwar brannte auch Irmynar darauf, Orkblut zu vergießen und den Tod seines Vaters Loghar zu rächen, doch sorgte er sich im Gegenzug um seine Ostmärker, die im Falle einer feindlichen Invasion als erste den Schrecken des Krieges zu spüren bekommen sollten.

Als neuer Fürst der Ostmark rief Irmynar die Männer seiner Provinz mit flammenden Reden auf den Marktplätzen der Städte zusammen, um sie auf einen möglichen Kampf gegen die Grünhäute vorzubereiten. Zudem ließ Irmynar die Verteidigungsanlagen von Richtenhof warten und

Vorräte in den Mauern der Stadt horten. Sollten es die Grünhäute tatsächlich wagen, bis nach Leevland vorzudringen, so durften die Ostmärker nicht unvorbereitet sein. Wenn der grausame Feind das Gebirge überwand, um sich auf Aurania zu stürzen, dann mussten die Menschen zusammenstehen und ihre Heimat gemeinsam verteidigen.

Zaydan Shargut, der Irmynar sehr genau beobachtete, ließ indes noch einmal einige Aushänge in Richtenhof anbringen. Auf den bedruckten Papieren, die seine Mitarbeiter in den Gassen der Provinzhauptstadt an die Wände schlugen, sah man nun Irmynar mit einem Langschwert in der Hand im Kampf gegen einen furchtbar hässlichen Ork. Darunter stand: „Der Held der Ostmark".

„Es gibt zwei Dinge, die man braucht, um einem Ork zu begegnen", rief Kaiser Carolus gedehnt und wartete einen Moment, um in die Gesichter der versammelten Adeligen und Kleriker zu schauen, die heute nach Asenburg gekommen waren, um seine Proklamation zu hören.

„Ein Schwert, um die Bestie abzustechen, und einen Streitkolben, um ihr zur Sicherheit noch den Schädel einzuschlagen."

Ein träges, abgehacktes Lachen wogte zu dem streng und kämpferisch dreinblickenden Monarchen herüber, der im Herzen der Ratshalle hinter einem Rednerpult stand.

„Ein Grundsatz, den die leevländischen Ritter seit den Tagen Arasigs stets berücksichtigt haben", schob Carolus hinterher, während er mit der Faust auf das Pult hämmerte. „Ich weiß, dass mir von Seiten gewisser Fürsten in letzter Zeit Vorwürfe gemacht worden sind. Ich weiß, dass behauptet worden ist, ich würde die Orkgefahr in den Dunklen Landen nicht ernst genug nehmen..."

„Das ist wohl wahr", murmelte Irmynar, der als Regent der Ostmark heute ebenfalls nach Asenburg gekommen war, um der Rede des Kaisers beizuwohnen.

„Ich muss zugeben, dass ich König Grimzhag und seine barbarische Brut lange Zeit bloß für ein Schreckgespenst gehalten habe, dass trotz seiner Grausamkeit keine ernsthafte Bedrohung für unser Imperium darstellt, doch diese Ansicht habe ich inzwischen revidiert."

„Arasig sei Dank!"

Mehrere Köpfe drehten sich Irmynar zu, der seine Gedanken ein wenig zu laut geäußert hatte, doch das interessierte den jungen Fürsten in diesem Augenblick nicht. Sollten die älteren Adeligen, allen voran die hochnäsigen Kerle aus den Westprovinzen, doch von ihm denken, was sie wollten.

„Inzwischen verfüge ich über Nachrichten, die äußerst beunruhigend sind. König Grimzhag ist ein brandgefährlicher Ork, der nicht nur das ferne Manchin verwüstet hat, sondern auch über ein Reich herrscht, das weitaus größer als das unsere ist."

Zornige Empörung brach sich auf den Sitzreihen der Zuhörer Bahn. Carther von Prehl erhob sich mit ungläubig aufgerissenen Augen von seinem Platz, doch Carolus ließ nicht beirren, auch wenn das, was er soeben ausgesprochen hatte, das Selbstbild der leevländischen Adeligen zutiefst erschütterte.

„Orkbarbaren sind mächtiger als wir? Das ist doch verrückt!", vernahm Irmynar hinter sich. Ein paar Edelleute aus Soigien lachten abfällig durcheinander.

„Grimzhag der Schreckliche beherrscht die Nordhälfte der Dunklen Lande von Chaar-Ziggrath aus. Von dort aus überfällt er die Zwerge des Felssäulengebirges, so wie er es im Falle von Kazhad Mekral getan hat. Also wird es Zeit, der Gefahr mit der entsprechenden Härte und Brachialgewalt zu begegnen, die hier notwendig ist. Leevland wird jetzt ein Heer aufstellen, das gewaltig ist. Die Zeiten der Halbherzigkeiten sind vorbei.

Unser Imperium wird diesmal unerbittlich zuschlagen mit einer nicht aufzuhaltenden Armee. Nun werden wir den Krieg zu den Wilden tragen und Chaar-Ziggrath dem Erdboden gleich machen. Deshalb gebe ich als oberster Lehnsherr des Reiches heute an euch alle den Befehl, mich bei der Aufstellung eines schlagkräftigen Heeres zu unterstützen, damit die Orkbrut endlich vernichtet werden kann."

Irmynars Herz verkrampfte sich, ebenso wie seine Eingeweide. Ein Kreuzzug in die Dunklen Lande? Mitten in ein Gebiet, das die Grünhäute seit Jahrtausenden bewohnten? Damit hatte er nicht gerechnet!

„Als Kaiser von Leevland werde ich die anderen Königreiche Auranias nun noch entschlossener zum Krieg gegen die Orks aufrufen. Die zivilisierte Menschheit wird sich unter meiner Führung erheben, um die Zukunft Auranias zu verteidigen, genau wie es der heilige Arasig dereinst getan hat. Auch er hat den Grünhäuten in den Dunklen Landen den Tod gebracht – bedauerlicherweise jedoch nicht allen, wie wir heute sehen."

„Arasigs Segen möge für alle Zeit auf unserem Volk liegen!", stieß Carther von Prehl mit weit ausgebreiteten Armen aus. Offenbar hatte der oberste Kleriker des Reiches sofort erkannt, dass ein Kreuzzug gegen die Todfeinde der Menschheit eine enorme Stärkung des Glaubens bewirken konnte.

Loghars Sohn jedoch war alles andere begeistert von dem Vorhaben, leevländische Ritterscharen über das Felssäulengebirge nach Osten zu führen, denn er hatte die tödliche Effizienz der orkischen Horden bereits mit eigenen Augen gesehen. Doch seine Meinung war für Carolus, der einen geradezu fanatischen Tatendrang ausstrahlte, nicht von Belang. Um Irmynar herum änderte sich die Stimmung der Anwesenden indes mit jedem markigen Wort, das den Mund des Imperators verließ. Leevlands Ritter, die einen jeden Feind wie eine gepanzerte Walze zermalmen konnten, würden auch die Orks zur Strecke bringen. Daran gäbe es keinen Zweifel, rief der Kaiser.

Die Adeligen und Kleriker erhoben sich mit lautem Jubelgeschrei von ihren Plätzen und stießen die Fäuste in die Höhe. Kurz darauf erbebte die Ratshalle im Kaiserpalast von Asenburg unter dem euphorischen Getöse eines alten Kriegsliedes, welches der Oberste Deuter angestimmt hatte. Lediglich Irmynar blieb auf seinem Stuhl sitzen; unbeeindruckt von der kriegerischen Vorfreude seiner Landsleute. Der Blick des jungen Fürsten wurde düster; er begann, sich Sorgen zu machen.

Aurania muss kämpfen

Längst waren Gesandte aus Asenburg in die benachbarten Königreiche und Fürstentümer geschickt worden; das wusste Irmynar, denn Kaiser Carolus war fest entschlossen, der Orkgefahr mit einer gewaltigen Streitmacht entgegen zu treten.

Nach und nach trafen Boten an den Höfen von Lamagne, Latinien, Iberna und sogar bei den Königen der Insel Hyberia ein. Seit dem Fall von Kazhad Mekral nahmen die Menschen Auranias den Eroberer aus den Steppen endlich ernst.

Wie es den Grünhäuten gelungen war, die als uneinnehmbar geltende Zwergenstadt zu überrennen, war vielen Menschen allerdings nach wie vor ein Rätsel. Überall wurde das Gerede um König Grimzhag lauter. Manche sprachen sogar von dunklen Zaubern, die der Orkherrscher benutzte, um seine Gegner zu vernichten.

Wer in Arasigs Namen war dieser Grimzhag, von dem inzwischen halb Aurania sprach, in Wirklichkeit? War er tatsächlich nur ein gewöhnlicher Ork?

Mittlerweile überschwemmten die Gerüchte nicht bloß Leevland, sondern auch die umliegenden Königreiche des Westkontinents. Sogar auf der fernen Insel Galathol zerbrachen sich die elbischen Weisen die Köpfe über Grimzhags Herkunft und seine Ziele.

Diesmal müssten die Orks jedenfalls die geballte Macht der westlichen Könige zu spüren bekommen, predigten die von Carolus II. ausgesandten Boten an den auranischen Höfen, während die Ausrufer in den Städten das gemeine Volk zugleich zum Krieg gegen die Grünhäute anstachelten.

Schließlich sagten immer mehr Könige und Fürsten, selbst jene, die kein gutes Verhältnis zu Leevland hatten, Carolus ihre Unterstützung zu, so dass sich Tausende von Rittern und Landsknechten unter der Führung des leevländischen Imperators versammelten.

Zaydan Shargut tat derweil alles dafür, die Kriegsstimmung noch weiter anzuheizen. Die von ihm bezahlten Marktschreier waren pausenlos auf den Beinen und verwandelten die Städte in brodelnde Kessel des Völkerhasses und der paranoiden Furcht.

Dunkle Götter aus den Tiefen der Unterwelt hätten Grimzhag erschaffen, auf dass er die Art der Menschen vertilge und ihre Zivilisation auslösche, erklärten die Ausrufer den einfachen Bauern und Bürgern. Voller Angst strömten diese daraufhin in gewaltiger Zahl in die Arasigentempel, um ihre Sünden zu bekennen und den Priestern ihre Abgaben zu überbringen.

Stillschweigend duldeten die Geistlichen die immer lauteren Marktschreier in den Städten, die damit auch ihre Tempel und Taschen füllten. Dass der gemeine Pöbel an den Lippen des Kaisers hing und ihn als Retter in der Not verehrte, war ein weiterer Nebeneffekt, der dem gesamten Adel des Imperiums zu Gute kam.

Irmynar, der Fürst der Ostmark, wurde von den bezahlten Marktschreiern indes überall im Reich als heldenhafter Kämpfer gegen die Grünhäute hervorgehoben, obwohl er die Ausrufer eigentlich aus seiner Heimatprovinz verbannt hatte. Doch das hinderte diese nicht daran, ihn dem einfachen Volk als gesegneten Ritter, dessen Klinge von Arasig selbst geschwungen wurde, zu verkaufen.

Inzwischen rankten sich die wildesten Gerüchte um Irmynars Schlacht im Gebirge, bei der er angeblich Hunderte von Orks niedergestreckt hatte. Bedruckte Papiere voller Bilder, die die Ausrufer den Bürgern überreichten, zeigten Irmynars unglaubliche Heldentaten und machten ihn allmählich zu einer Berühmtheit im gesamten Reich.

Adalbert von Reynbach murmelte vor sich hin, während er akribisch die Urkunde studierte, die ihm Zaydan überreicht hatte. Der Geldverleiher aus Berbia stand freundlich lächelnd neben seinem adeligen Klienten; allerdings blickten seine Augen so wachsam wie immer in Richtung des lesenden Mannes, der kurz davor stand, das Dokument zu unterzeichnen.

„Der Zinssatz ist schon happig, das muss ich ja sagen. Arasigs Zorn, so etwas wäre früher nicht erlaubt gewesen", grummelte der Edelmann, dessen langes Gesicht von einem rotblonden Bart eingerahmt wurde.

Zaydan lächelte weiterhin, dann nickte er verständig. Allerdings hatte er nicht vor, sich auf ein Streitgespräch mit dem Adeligen einzulassen.

„Wie auch immer, ich werde meine Unterschrift jetzt da drunter setzen. Es ist ja nicht zu ändern", raunte sich der Mann mehr oder weniger selbst zu, wobei ihm Zaydan den bereits in Tinte getauchten Federkiel unter die Nase hielt.

„Mein Junge, da bist du ja...", ertönte im nächsten Augenblick eine krächzende Stimme im Hintergrund. Jemand hatte die Tür von Zaydans Arbeitszimmer aufgestoßen und war in den Raum gekommen.

Verdutzt drehte sich Shargut um, seine Augen fixierten eine auf dünnen Beinen stehende Greisin, die sich an einen Gehstock klammerte. Daneben tauchte eine weitere Gestalt auf, Zaydans jüngerer Bruder Zenech.

„Lass mich! Ich will zu meinem Jungen!", keifte die Alte, ihre letzten Zahnstümpfe entblößend und nach Zenechs Unterarm schlagend.

„Bitte entschuldigt mich, ehrwürdiger Herzog", sagte Zaydan, um sich schnellen Schrittes auf seine Mutter zuzubewegen.

„Es geht jetzt gerade nicht!", fauchte er in Richtung seines Bruders, der die Alte zu beruhigen versuchte.

„Lass mich, Zenech! Ich will zu meinem Jungen! Ihn noch einmal in den Arm nehmen! Komm zu deiner Mama, Zaydan!"

Shargut eilte nervös zu seinem Klienten zurück, der mit fragendem Blick im Raum stand, die Pergamentrolle in der einen und den Federkiel in der anderen Hand haltend.

„Ich bitte vielmals um Entschuldigung, werter Herzog", säuselte er peinlich berührt.

„Zaydan, was ist denn nur los mit dir? Nie besuchst du deine arme, kranke Mutter", schallte es hinter dem Rücken des Bankiers.

Adalbert von Reynbach drückte ihm daraufhin das Schriftstück wieder in die Hand, was Zaydan entsetzt erbeben ließ.

„Ich muss ehrlich sagen, dass ich noch ein paar Tage über die Sache nachdenken muss. Ob ich mir eine derartige Summe mit einem so hohen Zinssatz leihen soll, muss ich mir wirklich noch überlegen. Sie hören dann von mir, Herr Shargut."

Der bärtige Adelige verabschiedete sich hastig und stiefelte dann aus dem Raum. Zaydan schaute ihm fassungslos hinterher.

„Mein Junge, jetzt komm endlich zu deiner Mutter!"

Gleich einem angriffslustigen Wüstenschleicher schnellte Zaydan herum, seine Augen versprühten grenzenlosen Zorn.

„Was gibt es denn? Verflucht, was wollt ihr hier?", kreischte er.

„Sie wollte dich heute unbedingt sehen und hat einfach keine Ruhe gegeben. Es tut mir leid, Zaydan."

Zenech wich vor der Wut seines älteren Bruders zurück und stellte sich vor seine Mutter, die wie ein mit Haut überzogenes Gerippe an ihrer Krücke hing.

„Wenn ich Geschäftstermine habe, darf hier niemand rein!"

„Aber Zaydan, mir geht es nicht gut. Deine Mutter geht bald zu den Göttern", keuchte selbige.

Der Bankier, dem das Alter selbst schon aus dem Gesicht sprach, ignorierte die Alte, aus deren Poren der Gestank von Urin und fauligem Fleisch strömte; sein strafender Blick traf Zenech.

„Schaff sie hier raus, du Idiot! Und bring sie nie wieder ohne meine Erlaubnis in mein Haus! Ich habe zu tun!"

Zaydans Mutter versuchte das Hemd ihres ältesten Sohnes zu ergreifen, doch dieser wehrte ihre knochige Hand ab wie eine umherschwirrende Schmeißfliege.

„Schaff sie raus, Zenech! Ich habe hier noch eine Menge Papierkram zu erledigen!", befahl Zaydan seinem Bruder, der die Alte am Oberarm packte und sie entschlossen aus dem Zimmer geleitete.

Mühsam wankend kam Cuglakk auf seinen dürren Beinen näher. Der greise Orkdenker, der Grimzhags Aufstieg zum Welteroberer von Anfang an miterlebt hatte, schielte aus seinem faltigen Gesicht heraus in Richtung des Mazaukhäuptlings, dem eine tiefsitzende Erschöpfung anzusehen war. Zu Grimzhags Rechten stand Soork, der ebenfalls längst kein junger Ork mehr war. Der Schamane der Mazauk hielt seinen knorrigen Stab mit beiden Klauen umklammert und blickte ebenso müde ins Leere wie sein jüngerer Freund.

Cuglakks Goblindiener überreichte seinem Herrn einen Becher mit kühlem Pilzbier; in letzter Zeit hatte der exzentrische Altork eine gewisse Affinität zu berauschenden Säften entwickelt.

„Das löst die Zunge", sagte Cuglakk schmatzend, während er sich einen Sabberfaden von der Lippe wischte und daraufhin ein glückliches Orklächeln aufsetzte.

„Mir ist heute irgendwie nicht nach einem philosophischen Gespräch zu Mute, ehrwürdiges Hirn. Die letzte Nacht war ruhelos, Bilder des Schreckens haben mich wieder einmal heimgesucht, als ich ruhen wollte", murrte Grimzhag.

Cuglakk verzog das fast zahnlose Maul, anschließend erwiderte er: „Es gibt kein Volk, das stark wurde, ohne dabei Opfer zu hinterlassen."

„Durchaus wahre Worte", meinte Soork.

„Ihr könnt Euch also denken, was in meine Träume kriecht. Nachts, wenn ich schutzlos daliege", sagte Grimzhag mit missmutigem Blick.

„Wie der Wind oder das Wasser, ist auch der Krieg ein Teil unserer Welt. Völker und Reiche kämpfen um Lebensraum und Macht seit dem Anbeginn der Zeit. Was du...was wir alle in Manchin getan haben, war das Recht des Siegers", merkte Soork aufstampfend an.

„Ich weiß von den Alpträumen, die der junge Brüller hat", sagte Cuglakk.

Grimzhag entblößte die Fangzähne, sein Blick wurde düster.

„Woher wisst Ihr das, Großdenker? Bisher habe ich nicht einmal mit Soork über diese Dinge gesprochen. Vielleicht habe ich ein paar Andeutungen gemacht, aber ihm niemals wirklich gesagt, was mich im Schlaf peinigt."

Der knochige Schamane aus Roughfort drückte sich die Klauen auf das runzlige Maul, um seinen chronischen Husten zu unterdrücken. Angestrengt schnaufend stieß er aus: „Nun, auch ein Ork wie ich hat diese Träume, in denen die Toten Anklage erheben. Für die vielen toten Menschlinge in Manchin ist doch nicht allein Grimzhag der Mazauk verantwortlich, sondern auch seine Helfer. Der alte Cuglakk, der den Orkmassen den heiligen Krieg gepredigt und ihre Mordlust gesteigert hat. Und auch sein jüngerer und nicht ganz so begabter Kollege Soork."

Der Mazaukschamane brummte giftig. Dass Cuglakk wieder einmal in Stänkerlaune war, war offensichtlich.

„Manchmal sehe ich die Geister der toten Menschlinge als klagenden Nebel umherziehen. Menschlingskinder tanzen um mich herum, wobei ihnen die faulige Haut von den Knochen rutscht und sie langsam zu kleinen Skeletten werden. Sie krächzen meinen Namen und strecken ihre Knochenhändchen nach mir aus", gestand Grimzhag den beiden Geistesbegabten.

„Ich muss zugeben, dass auch ich bereits ähnliche Träume gehabt habe und noch immer gelegentlich habe", brummte Cuglakk.

„Wird sich das jemals ändern, hochfliegender Geist?",
wandte sich Grimzhag an den Orkgreis, den die einfache
Grünhaut als Sprachrohr der Götter verehrte.

Cuglakk würgte sofort. „Was wir getan haben, lässt sich
nicht mehr ändern. Wir alle haben – jeder von uns auf
seine Weise – dieses Weltreich auf den Gebeinen von
Millionen Toten errichtet. Doch genau das ist das Gesetz
der Stärke. Wenn unsere Rasse nicht stark ist, dann ist sie
schwach und wir selbst werden zu Opfern. So war es damals, als Arasig unseren Vorfahren fast die Ausrottung
gebracht hat."

Grimzhag und Soork schwiegen, als sie die Worte des alten Schamanen vernahmen; diese Erklärung wurde immer
hervorgeholt, wenn es darum ging, die Gemetzel der Vergangenheit zu rechtfertigen.

„Manchmal kehre ich im Schlaf nach Hijkang zurück, der
ersten Stadt, in der wir im Manchinkrieg jeden Einwohner abgeschlachtet haben. Dann irre ich unter einem blut-
roten Himmel durch die Straßen, in denen die Leichen so
dicht nebeneinander liegen, dass ich über sie stolpere",
erzählte Grimzhag, den beiden Geistesbegabten seinen
geheimsten Seelenschmerz offenbarend.

Cuglakk zog die Augenlider zu einem dünnen Schlitz zusammen, er stieß ein Zischen aus.

„Es ist zu spät für Reue, junger Brüller! Viel zu spät! Tun
dem größten Eroberer plötzlich die toten Menschlinge
leid, die seine Krieger auf seinen Befehl hin erschlagen
haben?", schnarrte er.

„Nun, es war nicht sehr ehrenhaft...", sagte Grimzhag,
doch der Schamane aus Roughfort unterbrach ihn barsch.

„Die Kinder der Manchinen waren Feinde, die noch nicht
ausgewachsen waren, um gegen uns kämpfen zu können.

Wenn wir wollen, dass das Manchinenvolk nördlich des Jadeflusses verschwindet, damit wir Orks das Land besiedeln können, dann beinhaltet das auch die Vernichtung ihrer Jungen."

„Ich weiß, Großdenker", gab Grimzhag zerknirscht zurück.

„Es ist besser, ein Volk, mit dem es auf Dauer keinen Frieden geben kann, konsequent auszulöschen. Wir oder sie, junger Brüller!", sagte Cuglakk mit einer Kälte, die seine ansonsten so charakteristische Schalkhaftigkeit verschluckt hatte.

„Vermutlich!", raunte Soork nachdenklich.

Cuglakk ballte seine knochigen Fäuste. „Er muss hart bleiben, der Welteroberer. Wir oder sie, so lautet das Gesetz des Krieges. Arasig hat Aurania auf den Gebeinen unserer Ahnen für die Menschlinge gewonnen. Jetzt tun wir nichts anderes für unser Volk in Manchin."

Es war das erste Mal, dass Zaydan Shargut den ansonsten so autoritär wirkenden Kaiser derart aufgelöst erlebte. Die Orks im Osten würden ihm schlaflose Nächte bereiten, hatte der Imperator dem Geldverleiher noch einmal gestanden. Dass es ihnen gelungen war, das mächtige Zwergenreich von Kazhad Mekral zu überrennen, schockierte Carolus über alle Maßen.

Und auch Zaydan, der den besorgten, leevländischen Patrioten mimte, hatte mit einem anderen Kriegsverlauf gerechnet. Inzwischen war die Illusion der unbezwingbaren Zwergenfeste Kazhad Mekral von Grimzhags grüner Faust zerschmettert worden. Carolus II. hatte also allen Grund, besorgt zu sein.

„Ihr hattet mit jeder Silbe Recht, Herr Shargut. Wie konnte ich nur an Euren Warnungen zweifeln? Könnt Ihr mir meine Ignoranz verzeihen?"

Carolus, der mit verkniffener Miene neben seinem deutlich kleineren Gast herlief, sah auf den Berbianer herab. Dieser lächelte freudlos zurück und ließ dann ein traurig klingendes Schnaufen erklingen. Einen Augenblick später blieb er stehen, um den Kaiser zu betrachten. Nachdenklich strich sich Zaydan über den grauweißen Bart.

„Manchin hat damals nicht schnell genug reagiert, mein Imperator. Diese glücklosen Narren hatten Grimzhag gänzlich unterschätzt und nicht einmal eine Armee aufgestellt. Irgendwann hatten die Orks die Große Mauer überwunden und standen inmitten des Reiches, wo sie nur Tod und Zerstörung zurückließen."

Carolus Gesicht verwandelte sich in eine blutleere Maske des Schreckens.

„Ich denke an nichts anderes mehr, als an die Aufstellung eines Ritterheeres, das diesen Ungeheuern entgegen treten kann. Wir Leevländer müssen auch die anderen Königreiche und Fürstentümer Auranias überzeugen, dass sie sich unseren Bannern anschließen. Nur gemeinsam werden wir dieser furchtbaren Gefahr Herr werden können."

Der berbische Bankier nickte zustimmend. „Das ist der einzige Weg, Eure Majestät. Nur zusammen können diese elenden Grünhäute zurückgetrieben werden."

„Ein jeder Landesfürst wurde von mir verpflichtet, ein Aufgebot an Rittern und Fußsoldaten aufzustellen. Ich beschäftige mich seit Monaten nur noch mit dem kommenden Krieg gegen die Orkbrut. Zudem habe ich Lamagne und alle anderen Reiche des Westens aufgefordert, uns ebenfalls zur Seite zu stehen. Es wird ein großer und äußerst kostspieliger Feldzug werden."

Zaydan lächelte verständig, immerhin hatte er die Reise nach Asenburg nicht aus Langeweile angetreten. Schließlich legte ihm der Imperator die Hand auf die Schulter und sagte: „Mir ist bewusst, dass gerade Ihr schon sehr viel für Leevland getan habt. Die vielen Projekte, die Ihr finanziert habt, vergesse ich Euch nicht. Aber jetzt muss ich im Namen des Reiches um noch mehr Hilfe bitten als jemals zuvor. Die Aufstellung eines so gewaltigen Heeres wird das Imperium Unsummen kosten, wie Ihr Euch sicherlich denken könnt."

„Das ist mir bewusst, ehrwürdiger Herr." Shargut senkte andächtig den Blick als würde er in einem Arasigentempel vor einer Statue des Reichsheiligen stehen.

„Es ist also alles vorbereitet?"

„Selbstverständlich, Eure Majestät. Ich werde Euch heute die Gelder für die Rettung Leevlands zur Verfügung stellen. Arasig möge uns seinen Segen schenken. Ich hoffe, es reicht aus, was ich Euch geben kann."

„Das hoffe ich auch", murmelte Carolus, während Zaydan eine mit einem wächsernen Siegel versehene Pergamentrolle aus seiner Manteltasche zog und ein beruhigendes Lächeln aufsetzte.

In den letzten Monaten hatte sich Irmynar immer wieder über seine eigene Ignoranz gewundert. Die Fähigkeit, das unvermeidliche Unglück zu verdrängen, hatte er geschult, um überhaupt noch weiterleben zu können. Leevland rüstete auf; die Schmieden rauchten und die Männer strömten für den großen Feldzug gegen die Orks zusammen. Auch in den Straßen von Richtenhof regierte eine kriegerische Hochstimmung, die der Fürst der Ostmark allerdings nicht teilte. Genauso wenig wie Thelinda, die ihren Kopf an seine Brust schmiegte und in das Morgenrot blinzelte.

„Hast du denn ein wenig schlafen können?", fragte die blonde Fürstin.

„Ja...und in meinem Traum bin ich von Orks angegriffen worden", brummte Irmynar.

Thelinda lächelte gequält. Ihr fehlten für eine Weile die Worte. Irmynar lag mit geschlossenen Augen da und grübelte über das nach, was ihn in den nächsten Tagen erwartete. Bald würde er seine Soldaten nach Osten führen, um erneut gegen die Grünhäute anzutreten. Diesmal jedoch als Vasall unter dem Kommando des leevländischen Kaisers, der halb Aurania zusammengerufen hatte, um den wiedererwachten Todfeind niederzuwerfen.

„Ich muss gleich nach Milchhagen, um die Aufstellung eines weiteren Landsknechtshaufens zu überprüfen. Das wird bis heute Abend dauern", murmelte Irmynar, während er Thelinda mit den Fingerkuppen über das Hinterhaupt strich.

„Zuerst sollten wir in Ruhe frühstücken, Liebster. Deine Männer werden sich so lange gedulden müssen."

Ein freudloses Schmunzeln zeigte sich auf Irmynars Gesicht; Thelinda erhob sich, sie band die Haare hinter dem Kopf zusammen.

„Du hast ja Recht. Ich werde einen der Diener rufen, damit er uns ein Omelett macht", sagte Irmynar, dessen Blick leer blieb.

„Ihr werdet die Grünhäute besiegen. Daran habe ich keinen Zweifel. Diesmal bekommen sie es mit ganz Leevland zu tun. Der Imperator selbst führt unsere Armee an", bemerkte Thelinda in der Hoffnung, die ewigen Sorgen ihres Gatten vertreiben zu können.

„Wir werden sehen." Irmynar blieb skeptisch. Schließlich kletterte er aus dem Bett und rieb sich die müden Augen.

„Das werden wir! In der Tat!", erwiderte Thelinda entschlossen, beinahe grimmig. „Und wenn dieser verfluchte Feldzug vorbei ist, dann machst du mir endlich ein Kind."

„Versprochen, Eure Hoheit!" Irmynar grinste. Er gab seiner Frau einen Kuss auf die Wange.

Nachdem die beiden in der Küche ihr Frühstück zu sich genommen hatten, war Loghars Erbe allerdings wieder genauso besorgt und mürrisch wie zuvor. Allein der Gedanke an den Marsch durch das Felssäulengebirge, bereitete ihm Magenschmerzen. Irmynar wollte sein junges Leben nicht mit Feldzügen gegen die Orkbarbaren verschwenden und es dabei schlimmstenfalls verlieren.

Unerbittlich rückte der Tag des Abmarsches näher. Schon zogen des Kaisers Heerscharen mit lauten Kriegsgesängen durch die westlichen Provinzen, um schließlich die Ostmark zu erreichen, in der Irmynar mit seinem Gefolge wartete. Was der junge Fürst und seine Gattin auch immer wünschten, die Götter hatten nicht vor, ihnen Gehör zu schenken.

Welch stolzes Heer

Einer der berittenen Adeligen, ein kahlköpfiger Mann mit breiten Wangenknochen und schiefem Mund, schürzte die Lippen, als Irmynar näher kam und die Hand zum Gruß erhob. Die übrigen Edelleute nickten ihm mit beschränkter Freundlichkeit zu, ohne sich zu einem Lächeln hinreißen zu lassen.

„Das Aufgebot der Ostmark! Welch stolzes Heer!", sagte der Kahlkopf, der einen mit Goldbeschlägen verzierten Topfhelm unter dem Arm trug. Seine Meine verriet unzweideutige Verachtung; er sah an Irmynar vorbei und musterte die hinter dem Fürsten herziehenden Scharen aus Reitern und Fußsoldaten.

Irmynar betrachtete indes den endlosen Menschenwurm, den das leevländische Reichsheer darstellte. Er schlängelte sich bis zum Horizont und bestand aus einer Unmenge von Speeren, Piken, Rüstungen, Helmen, Fahnen und Proviantkarren. Hier, südlich der ostmärkischen Hauptstadt Richtenhof, stieß schließlich auch das von Irmynar geführte Kontingent zur großen Reichsarmee, die den Fuß des Felssäulengebirges in den nächsten Tagen erreichen sollte.

Soldatenlieder drangen aus der gewaltigen Masse der Marschierenden zu Irmynar herüber; er vernahm Sprachfetzen, die seinen Ohren fremd waren. Kaiser Carolus hatte es tatsächlich geschafft, auch die anderen Königreiche Auranias dazu zu bewegen, sich an dem Feldzug gegen die Orks zu beteiligen. Mochten sich die verschiedenen

Menschenvölker einander ansonsten nicht einmal den Dreck unter den Fingernägeln gönnen, so vereinte sie die Furcht vor Grimzhag unter einem gemeinsamen Banner.

Endlich, nach Monaten des bangen Wartens auf den Beginn des Unvermeidlichen, zogen auch Irmynars Ostmärker wieder in den Kampf. Tausende waren dem Ruf des jungen Fürsten gefolgt; gut gerüstete Edelleute, aber auch einfache Bauern, die kaum mehr als einen Speer und ein Holzschild trugen. Im Vergleich zu den Soldaten aus den anderen Reichsprovinzen wirkten Irmynars Gefolgsleute recht ärmlich. Die abfälligen Blicke der Adeligen, die ihn soeben begrüßt hatten, ließen es ihn schmerzhaft spüren.

Schließlich kam auch Kaiser Carolus mit einem Gefolge ranghoher Edelleute auf Irmynar zugeritten. Der bärtige Monarch hob die Hand zum Gruß, dann nickte er grimmig.

„So, jetzt sind meine Ostmärker auch da. Sehr gut!", knurrte Carolus mit einem Blick, der keinen Widerspruch zuließ. „Seid gegrüßt, Sohn des Loghar! Bereit, noch ein paar weitere Orks zu erschlagen?"

„Selbstverständlich, Eure Majestät!" Irmynar rang sich ein Lächeln ab, das Gesicht des Kaisers blieb jedoch maskenstarr.

„Gut, junger Fürst! Das da hinten sind mehr als 100000 Mann. Beeindruckend, was?"

„Ohne Zweifel, Eure Hoheit. Auranias geballte Macht!", gab Irmynar demütig zurück und betrachtete den Heereswurm, der von Westen kam.

Carolus II. hob den Zeigefinger und richtete ihn auf Irmynar, während sich seine Mundwinkel zu einem kurzen Grinsen verzogen.

„In meinem Heer sind sogar Ritter von der hybernischen Insel und Pikeniere aus dem Süden. Die Streitkräfte der Zwerge werden im Felssäulengebirge zu uns stoßen. Dieser verfluchte Grimzhag sollte beten…"

„Wir werden die Wilden zerschmettern", fügte ein neben Carolus reitender Edelmann hinzu.

„Chaar-Ziggrath wird vom Antlitz der Erde getilgt werden. Das schwöre ich bei allen Göttern unseres Volkes!", grollte Carolus.

„Natürlich, Eure Majestät." Irmynar nickte dem Kaiser zu.

„Und von Euch erwarte ich noch mehr tote Orks, junger Fürst."

„Ich werde mein Bestes geben, Exzellenz."

„Gut, dann bis später!", rief Carolus und ritt mit seinem Gefolge wieder davon, während Irmynar zu seinen Ostmärkern zurückkehrte.

Fasziniert betrachtete Grimzhag die gewaltigen Malereien, die begabte Goblinkünstler auf den Wänden aus gelbbraunem Stein hinterlassen hatten. Szenen, die die Gewalt des Krieges und die Freuden der Begattung zeigten, schmückten die Haupthalle des Zuchttempels. Das imposante Gebäude, das sich gleich einer Feste inmitten der Rankensteppe erhob, stand kurz vor seiner Fertigstellung. Noch immer waren Hunderte von Arbeitern ohne Pause damit beschäftigt, den Tempel der Zucht in ein Mahnmal orkischer Lebenskraft zu verwandeln.

„Bei den Göttern! Für die Ewigkeit!", stieß Grimzhag hingerissen aus, während er die Klaue an eine mit grimmigen Orkfratzen verzierte Ecksäule legte und über ihre raue Oberfläche strich.

„In der Tat, größter Herrscher der Erde", antwortete ein Orkdenker. „Dieses Gebäude wird auch noch in tausend Sonnenzyklen von Eurer unermesslichen Macht zeugen." Grimzhag entblößte die Fangzähne. „Wichtig ist mir vor allem, dass in diesen Mauern noch mehr Grauaugen gezeugt werden."

„Selbstverständlich, Wütender! Inzwischen kommen edelblütige Cramogg von nah und fern, um sich hier begatten zu lassen", erläuterte der Geistesbegabte.

Ein Orkweibchen mit muskulösen Schenkeln und langen Armen, das die ganze Zeit hinter dem Orkdenker hergelaufen war, wandte sich Grimzhag zu. Die Cramogg brummte demütig, dann sagte sie: „Mein Name ist Buroggu. Ich bin vom Stamm der Agram, Häuptling Artux hat mich in den Tempel geschickt, um bei der Einweisung der neuen Weibchen zu helfen. Ich kann gut organisieren, Mächtiger."

„Aha?", erwiderte Grimzhag ein wenig amüsiert, während er die noch sehr junge Cramogg begutachtete, in deren rötlichen Augen ein leichter Graustich zu erkennen war.

„Wie alt bist du, brütwilliger Bauch?", wollte Grimzhag wissen.

„Dreiundzwanzig Sonnenzyklen, größter aller Orkkrieger. Ich kann, will und werde noch zahlreiche Grauaugen gebären", gelobte das Weibchen feierlich.

Grimzhag strich ihr mit der Klaue sanft über den kahlen Kopf.

„Shubbukus Segen ruht auf dir, fanatischer Brutbauch", sagte der junge Brüller mit einem Hauch echter Begeisterung.

„Ich werde dabei helfen, die besten unter den Cramogg zu vereinen, damit in ihnen unsere neue Herrenkaste heranwachsen kann, mein König."

„Das gefällt mir!", freute sich Grimzhag, bekräftigend aufstampfend.

„Wir werden brüten wie noch niemals zuvor Cramogg gebrütet haben, Wütender!", schwor die Andersgeschlechtliche mit einem aufgeregten Flackern in den Augen.

„Euer Geist hat mittlerweile die gesamte orkische Art durchdrungen und mit neuer Tatkraft erfüllt", fuhr der Denker fort, während die Cramogg zustimmend aufstampfte und langgezogen knurrte.

„So wie der Krieger nach Kampf dürstet, soll die Cramogg danach streben, das beste Blut zu vermehren", sprach der Mazaukhäuptling beschwörend; er hob die Klauen.

Grimzhags Blick wanderte nach oben zur Decke der gewaltigen Halle, die von zahlreichen Fackeln an den Wänden erhellt wurde. Auf einem Podest, das über ein paar breite Stufen zu erreichen war, befand sich eine riesenhafte Statue von Shubbuku, der Urmutter des Kosmos. Die oberste Orkgöttin war der Inbegriff der gebärwütigen Drallheit mit einem kugelrunden Bauch und kraftvollen Beinen.

Vier geschwollene Zitzen wuchsen aus ihrem gerundeten Leib heraus; ihre Augen, zwei leuchtende Grellsteine, schienen Grimzhag kritisch zu mustern. Im Gegenzug schenkte der Orkkönig der Urmutter ein respektvolles Brummen. Anschließend drehte er den Kopf wieder der jungen Cramogg und dem Geistesbegabten zu.

„Meine Tochter Ongrakku wird bei der nächsten Paarung in diesem Tempel ebenfalls anwesend sein und dabei helfen, die große Zucht vorzubereiten."

Nachdem sich Grimzhag noch ein wenig in der größten Halle des Tempels umgesehen hatte, ließ er sich von dem Denker einen Trakt zeigen, den die Arbeiter erst vor kurzem neu errichtet hatten. Am Ende des Tages war Grimzhag zufrieden. Zumindest die Vermehrung der Grauaugen verlief nach Plan.

Dies war das Heer der Zwerge. Khuzkrieger aus Dutzenden von Wehrstädten hatten sich auf Befehl des Königs von Kazhad Harush zusammengeschlossen, um mit den Leevländern gegen die Orks zu ziehen. Als die Kleinwüchsigen näher kamen, blickte Irmynar in ihre vor Wut und Gram verzerrten Gesichter.

„Niemand ist so nachtragend wie ein Zwerg", lautete ein leevländisches Sprichwort und in diesem Ausspruch steckte eine Menge Wahrheit.

Waren die Grünhäute schon immer die Erzfeinde der Khuz gewesen, so hatte Hignirs grausame Ermordung und die Plünderung von Kazhad Mekral nun eine Blutfehde entfacht, die sich über Jahrhunderte hinziehen konnte.

Zwerge mit roten, blonden oder dunklen Haaren, manche auch bereits ergraute Veteranen, kamen auf die Menschen zu. An ihrer Spitze stand der König von Kazhad Harush; er hob seine große Hand und knurrte so etwas wie eine Begrüßung. Der weißbärtige Zwergenherrscher steckte in einem kunstvoll verzierten Eisenpanzer und trug einen Helm mit goldenen Flügeln an den Seiten. Seine Fäuste hielten einen schweren, mit Zwergenrunen geschmückten Streithammer.

„Wir sind bereit, Orks zu töten. Ziehen wir in die Dunklen Lande", rief Colmir.

Kaiser Carolus stieg derweil von seinem Pferd und reichte dem Khuzkönig die Hand. Dieser schüttelte sie ohne erkennbare Emotionen. Die vielen tausend Zwerge, die sich hinter Colmir auf der Passstraße zusammendrängten, musterten den Anführer des Menschenheeres mit einer gewissen Skepsis.

Der gewöhnliche Zwerg hielt die Menschen für eine verweichlichte Art, wobei sich die Khuz selbst zugleich für die härtesten Krieger und Arbeiter hielten. Aber auch hier hatten sie nicht ganz Unrecht. Khuz konnten sehr fanatisch werden und häufig kämpften sie auf dem Schlachtfeld lieber bis zum Tod, als auch nur einen Meter zurückzuweichen.

„Die Orks werden mit Strömen von Blut bezahlen!", war das nächste, was über Colmirs Lippen kam.

„Natürlich werden sie das! Leevland ist auf der Seite der tapferen Zwerge!", rief Carolus II. feierlich, wobei er sich zu den hinter ihm wartenden Hauptleuten umdrehte, als wollte er ihre Zustimmung haben.

Der eine oder andere Zwerg kam näher. Die Kleinwüchsigen waren stämmige Kerle mit muskelbepackten Armen, breiten Schultern und kantigen Gesichtern, die allesamt hinter Bärten verborgen waren. Irmynar musste beim Anblick der Khuz an quadratische Felsblöcke denken; die Zwerge passten zu ihrer Heimat aus grauschwarzem Gestein, die so hart und rau war wie sie selbst. Es war besser, nicht den Zorn der Khuz zu wecken, dachte der junge Fürst, während er die Fremden interessiert musterte.

„Ich denke, dass wir uns auf Leevländisch unterhalten können, nicht wahr? Euer Leevländisch ist doch gut genug, oder nicht?", fragte Carolus den Zwergenkönig.

„Selbstverständlich!" brummte dieser. „Ich kann mehrere Sprachen sprechen, Leevländisch am besten."

„Sehr gut! Dann können wir uns auf dem Weg in die Dunklen Lande ja über eine gemeinsame Taktik unterhalten, damit wir unsere Truppen so aufstellen, dass sie einander am besten ergänzen", meinte Carolus.

„Ja, was sollen wir auch sonst tun?", gab der Khuzherrscher mürrisch zurück.

Irmynar, der den Kaiser und seinen Verbündeten schweigend betrachtete, konnte spüren, dass sich der leevländische Monarch und der König von Kazhad Harush nicht sonderlich sympathisch waren. Er sorgte sich, dass die Allianz vielleicht irgendwann aufgrund eines falschen Wortes wieder zerbrechen könnte, was kurz vor einer so wichtigen Schlacht einer Katastrophe gleichkam.

„Hier im Gebirge kommt der Schnee früher vom Himmel als bei euch unten", hörte Irmynar den Zwergenkönig sagen, was zugleich auch seiner eigenen Sorge Ausdruck verlieh, denn er hielt es für fahrlässig, den Zug über die Berge noch vor dem Winter zu beginnen.

Allerdings war Kaiser Carolus der Anführer der menschlichen Streitkräfte und nicht er, so dass er sich dem Willen des Imperators fügen musste.

„Die Grünhäute werden einem solchen Heer nichts entgegensetzen können", antwortete Carolus dem Zwergenkönig.

Irmynar schüttelte den Kopf. Er hielt sein Pferd an. Neben ihm zogen Hunderte von gepanzerten Zwergen ihrem Anführer hinterher. Sie schwatzten in ihrer rauen Sprache durcheinander, gelegentlich lugten sie zu den Menschen herüber. Irgendwann stimmte einer der Khuz ein Kriegslied an und immer mehr Zwerge begannen zu singen. In der Ferne riss Colmir seinen Hammer in die Höhe; die ihm hinterher marschierenden Khuz brüllten: „Huah! Huah!"

Mittlerweile war das Heer, das sich seinen Weg durch enge Gebirgspässe und über gefährliche Hochstraßen bahnen wollte, zu einer gewaltigen Masse aus bewaffneten Kriegern angewachsen. Wie viele Zwerge Colmir IX. unter seinem Banner versammelt hatte, konnte Irmynar kaum ahnen, aber er schätzte ihre Anzahl auf mindestens 40000. Von allen Seiten strömten die Khuz die Berghänge herunter und es wurden nicht weniger.

Gerade für die Kleinwüchsigen war dieser Krieg ein heiliger Kreuzzug zur Wiederherstellung ihrer verlorenen Ehre. Sie waren starke und zuverlässige Verbündete, dachte Irmynar. Doch ihre Starrköpfigkeit und ihr Hang zu Wutausbrüchen konnte in gewissen Situationen auch ein Nachteil sein.

Nachdenklich blickte der Fürst der Ostmark zu den blauen Gipfeln des Felssäulengebirges hinauf, die sie hinter sich lassen mussten, um in die Dunklen Lande zu gelangen. Sein Bauch zog sich zusammen, als plötzlich eine böse Vorahnung aus den Tiefen seines Geistes hervorbrach und ihn innerlich erbeben ließ.

Es dauerte eine Weile, bis Grimzhags Hirn die Worte von Baudrogg und Haarg verarbeitet hatte. Ungläubig glotzte der junge Brüller die beiden Könige aus dem Felssäulen-gebirge an, während ihm der Kiefer langsam nach unten sank.

„Und wie groß ist das Heer der Menschlinge?", brachte Grimzhag nach einem weiteren Augenblick fassungslosen Schweigens über die Lippen.

Haarg der Zwergenwürger schob die Augen zu einem dünnen Schlitz zusammen, er ließ die Klaue über dem Kopf kreisen, um zu signalisieren, wie wichtig seine Worte waren. Zudem stampfte er bekräftigend auf und knurrte, was ihn noch furchteinflößender aussehen ließ.

„Die Späher sagen, dass die feindliche Armee riesig ist. Unsere Kundschaften berichten von einem wahren Strom aus Fahnen und blitzenden Rüstungen, der durch das Gebirge fließt. Ritter! Massenhaft schwergepanzerte Ritter, haben sie gesagt."

„Massenhaft Ritter...", wiederholte Grimzhag.

Neben dem Mazaukhäuptling standen Soork und der greise Cuglakk, der so schwach auf den Beinen war, dass er fast vorne über kippte.

„Das klingt nach einem Heer mit Soldaten aus vielen Königreichen Auranias, mutmaßte der alte Weise. Jetzt wollen die Söhne Arasigs den Krieg zu uns tragen", krächzte Cuglakk.

Grimzhag blickte auf den buckligen Schamanen herab, das Gesicht verziehend. Soork war ebenfalls überrumpelt, er rang nach Luft. Mit einem so massiven Gegenangriff hatte auch er nicht gerechnet.

„Ein letztes Mal schlagen wir sie auf unserem Boden und befrieden dann endgültig unsere Westgrenze. Sie werden jetzt unsere geballte Macht zu spüren bekommen", sprach Grimzhag seine Gedanken laut aus.

Baudrogg trat vor und bemerkte: „Dieses Heer ist, wenn ich unsere Späher richtig verstanden habe, nicht nur sehr groß, sondern auch sehr gefährlich. Leevlands Ritter sind überall gefürchtet. Tausende davon können durch unsere Horde pflügen wie eine Flut wütender Gnoggs."

„Ich werde mich bemühen, schnell auf die neue Situation zu reagieren", gab Grimzhag mit herunterhängenden Schultern zurück.

„Unsere Späher schätzen die Anzahl der feindlichen Soldaten auf mindestens 100000. Dazu werden im Gebirge sicherlich noch weitere Truppen der Zwerge stoßen", sagte Haarg.

Grimzhag setzte sich mit einem leisen Schnaufen auf seinen Thron; er stützte das Kinn auf den Klauenrücken und stierte apathisch ins Leere.

„Wir beide sind persönlich nach Chaar-Ziggrath gekommen, um Euch vor diesem Angriff zu warnen, Wütender", fuhr Haarg fort.

Der Häuptling der Mazauk betrachtete den narbengesichtigen Orkkönig mit müdem Blick.

„Ich werde mir etwas einfallen lassen. Wie immer in diesem niemals enden wollenden Krieg", murmelte Grimzhag, für den das Wort „Frieden" schon längst keine Bedeutung mehr hatte.

Bevor noch einer der anderen Orks etwas erwidern konnte, hämmerte der König wie von Sinnen auf die Lehnen seines Throns. Grimzhag fletschte die Zähne und begann lauthals zu fluchen und zu brüllen. Als er aus seinem Thron sprang, wich selbst Haarg ein paar Schritte zurück.

„Bei allen Göttern, ist es denn niemals genug?", kreischte er, die Klauen verzweifelt an die Schläfen pressend.

„Du musst dich beruhigen, Grimzhag", kam es von der Seite. Soork hatte sich neben seinen Freund gestellt, wobei er selbst nicht weniger schockiert wirkte.

„Beruhigen?", brüllte Grimzhag.

„Hier, Kauwurzeln...habe zufällig welche dabei." Der Schamane kramte ein paar getrocknete Triebe aus der Ledertasche an seinem Gürtel.

„Dann kann ich mich ja sofort wieder auf mein Gnogg schwingen und nach Chaar-Ziggrath reiten. Wieso bin ich überhaupt nach Karokum gekommen?", lamentierte der junger Brüller.

„Größter Eroberer der Welt, die Zeit drängt leider. Wir brauchen Euch in den Dunklen Landen", setzte Baudrogg an, um sich Grimzhags zornigen Blick zu sichern.

„Schon gut! Ich werde mich auf den Weg machen! Wo ist Zugrakk? Holt mir sofort Zugrakk!"

„Ich gehe ihn suchen", sagte Soork und verschwand schnellen Schrittes aus der Thronhalle.

„Verflucht! Irgendwann verliere ich noch den Verstand!", grummelte Grimzhag. Daraufhin schlich er mit gebeugtem Haupt wieder in Richtung seines Throns, wo er sich mit einem langgezogenen Stöhnen niederließ.

Wie erwartet hatte Grimzhag keine Probleme, in kürzester Zeit eine gewaltige Horde zusammenzurufen. Kaum hatten die von ihm ausgesandten Boten die Dunklen Lande und die östlichen Steppen erreicht, da zogen auch schon ganze Grünhautstämme unter lautem Jubel nach Chaar-Ziggrath.

Diesmal jedoch bedurfte es einer noch gewissenhafteren Vorbereitung als sonst, denn das Menschenheer aus Aurania war riesig und sehr schlagkräftig. Reine Kriegseuphorie reichte nicht aus, um Leevlands gepanzerte Ritterscharen aufzuhalten; das war zumindest Grimzhag klar.

Die Goblins in Chaar-Ziggrath stellten bereits weitere Stein- und Speerschleudern her, um den Feind mit Wolken tödlicher Geschosse zu begrüßen, sollte er es bis vor die Mauern der Stadt schaffen. Zudem wurden Trolle aus den Gehegen rund um die alte Khuzbaathhauptstadt kampffertig gemacht und sogar die Rhinophanten aus ihren Zwingern geholt.

Arasigs blutiger Kreuzzug gegen das Orkvolk lag bereits zweitausend Sonnenzyklen zurück; jetzt wollten seine Nachkommen einen weiteren Vernichtungsfeldzug beginnen, doch Grimzhag war nicht unvorbereitet geblieben.

In Wahrheit hatte er die Aufrüstung niemals unterbrochen, auch wenn er sich selbst oft genug mit der Illusion des Friedens getäuscht hatte.

Wie schon am ersten Tag, als Grimzhag beschlossen hatte, ein Kriegsherr zu werden, war sein Leben vom Kampf bestimmt. Dass er längst der ewigen Konflikte müde war, schien die Götter nicht zu interessieren. Sie verlangten noch mehr Blut und ließen die Flammen des Hasses zwischen den Völkern unbeirrt auflodern.

Und so tat Grimzhag das, was er seit vielen Sonnenzyklen am besten beherrschte: Horden aufstellen und sie in den Krieg führen.

Die mittlerweile perfekt durchorganisierte Militärmaschinerie seines Reiches begann sich in Bewegung zu setzen. Rotte um Rotte strömte bei Chaar-Ziggrath zusammen und eine riesige Streitmacht formierte sich, an deren Spitze der grauäugige Orkadel stand.

Derweil kam der Feind unbeirrt näher. Die Menschen kämpften sich inzwischen schon mühsam durch die tückischen Felsenschluchten des Gebirges und hofften, bald die andere Seite des steinernen Walls zu erreichen. Jenseits der Berge taten sich die graubraunen Ebenen der Dunklen Lande auf, ein von zahllosen Grünhautstämmen bewohntes Gebiet, dass die meisten Menschen zu Recht fürchteten. Kaiser Carolus jedoch duldete keine Feigheit vor dem Feind – und die Zwerge kannten in ihrem endlosen Hass keine.

So zog das Heer aus Leevland immer weiter nach Osten in Richtung der alten Khuzbathhauptstadt, die dem Erdboden gleich gemacht werden sollte. Doch dort wartete bereits der Bezwinger von Manchin, dessen Ruf immer mehr kriegswütige Orks und Goblins folgten.

Die berittenen Adeligen hatten sich ein wenig von dem laut singenden Fußvolk entfernt, um sich besser unterhalten zu können. Irmynar steuerte sein Schlachtross, dessen massiger Körper unter einer orangefarbenen Schabracke bebte, geschickt um einen Proviantkarren, der bedrohlich nahe am Rande der Bergstraße voraus rumpelte.

Zwei unrasierte Bauern mit Lederkappen auf den Köpfen grüßten den jungen Fürsten der Ostmark freudestrahlend, als sie ihn neben sich vorbeireiten sahen.

„Ehrwürdiger Herr, Arasig möge Euch segnen!", rief der Fahrer des Karrens, wobei er die Hand hob.

Irmynar nickte und versuchte zu lächeln. Die anderen Adeligen schenkten den Bauern keine Beachtung. Stattdessen blieben sie in ihr Gespräch vertieft.

Der Marsch entlang einer Wand aus turmhohen Felsen zog sich schon seit dem Morgengrauen dahin. Das Heer, welches Aurania verlassen hatte, war gewaltig und wuchs immer weiter an, da sich ihm mit jedem verstreichenden

Tag neue Zwergentrupps aus dem Gebirge anschlossen. Tausende Landsknechte, Ritter und bewaffnete Bauern schlängelten sich durch die engen Bergpässe.

„Diese Orks müssen recht klug sein, wenn sie es schaffen, Kazhad Mekral zu plündern", merkte ein prunkvoll gekleideter Edelmann aus dem Vogtland an.

„Oder die Khuz sind recht dumm, wenn sie sich von Wilden besiegen lassen!", antwortete ein anderer, wobei er den Kopf lachend in den Nacken warf.

Es folgte ein allgemeines Schmunzeln auf den Gesichtern der berittenen Adeligen. Irmynar hörte sich das leere Geschwätz nun schon seit Stunden an; er hatte allerdings beschlossen, die Edelleute reden zu lassen und wollte sich nicht an ihrer Unterhaltung beteiligen.

Allerdings drehten sich die Köpfe der Männer in regelmäßigen Abständen immer wieder in seine Richtung, als ob die Adeligen eine Antwort von ihm erwarteten.

„Nun, Fürst der Ostmark", sprach ihn ein Ritter aus Lykwald schließlich direkt an. „Habt Ihr nichts zu all dem zu sagen? Immerhin seid Ihr doch der berühmte Orkenschlächter, der bereits in das Auge der Bestie geblickt hat."

Der nicht sonderlich subtile Sarkasmus der Frage war Irmynar nicht verborgen geblieben. Ein wenig missmutig sah er zu dem Edelmann herüber, der ihn geradezu herausfordernd aus seinem dunkelbraunen Vollbart angrinste.

„Ich kann nur sagen, dass die Orks bereits oft genug unterschätzt worden sind. Zu oft, wie ich meine. Die Resultate waren stets blutig."

Ein paar verwundert dreinblickende Augenpaare folgten Irmynar, der mit ausdrucksloser Miene zurückstarrte.

„Ihr wollt uns also ernsthaft erzählen, dass das größte Ritterheer seit Jahrhunderten nicht mit ein paar Wilden fertig werden kann?", ereiferte sich der Lykwalder und deutete auf die marschierenden Soldaten neben sich.

„Ich will nicht hoffen, dass auch diese Streitmacht gegen Grimzhag versagt", erwiderte Irmynar, ohne auf den giftigen Unterton des Fragenden einzugehen.

Ein paar der Irmynar umgebenen Edelmänner hielten sich mit ihrer Abneigung gegen ihn nun nicht länger zurück. Dass der Neid in ihren Bäuchen brodelte wie ein Hexengebräu, war Irmynar durchaus bewusst. Das einfache Volk bewunderte und liebte ihn viel zu sehr, was seine Sympathien bei den Hochgeborenen nicht unbedingt steigen ließ.

„Ein solches Heer wie das unsere können nicht einmal die Götter besiegen! Haltet Ihr uns für einfältige Narren, Fürst der Ostmark? Glaubt Ihr, dass wir keine Ahnung vom Militärwesen haben?", rief ein bulliger Ritter mit roten Pausbacken in Irmynars Richtung.

„Wir werden sehen, was passiert. Möge uns Arasig schützen", wich dieser aus.

Der Adelige aus Lykwald fixierte ihn mit zornigem Blick, um daraufhin zu bemerken: „Man erzählt sich, dass Ihr Euch dem Pöbel als neuer Arasig verkauft. Und vermutlich wollt Ihr Euch dem Bauernpack bald auch als Retter des Reiches verkaufen, wenn wir diese Wilden geschlagen haben. Aber da haben auch wir noch ein Wörtchen mit zu reden, Ostmärker."

„Ich habe keinem dieser Ausrufer, auf die Ihr sicherlich anspielt, in den Mund gelegt, mich als neuen Arasig anzupreisen. Ganz im Gegenteil, ich habe derartige Blasphemien in der gesamten Ostmark unter Strafe gestellt", verteidigte sich Irmynar.

Der vollbärtige Edelmann aus Lykwald ritt ein wenig näher an Loghars Sohn heran; ihn streitlustig anfunkelnd flüsterte er: „Diese dreckigen Orks werden bald vernichtet sein und Euer Ruhm wird sich dann ebenso verflüchtigen wie Rauchschwaden im Wind. Darauf könnte Ihr Euch verlassen, Orkenschlächter."

Irmynar schenkte dem Adeligen einen Blick aus kalten Augen, seine Mundwinkel zuckten nach oben und enthüllten ein starres Lächeln.

„An Eurer Stelle würde ich mich auf gar nichts verlassen. Nicht, wenn es gegen König Grimzhag geht", zischte der blonde Fürst seinem Rivalen ins Gesicht.

Goffrukk hilf!

„Raus! Alle!" Grimzhag legte einem noch jungen Geistesbegabten die Klaue in den Nacken und verwies ihn aus
der großen Halle des Tempels, den die Khuzbaath einst
zu Ehren ihres finsteren Gottes Madrok errichtet hatten.
Inzwischen wurde hier das orkische Pantheon mit der
heiligen Urmutter Shubbukku und dem mächtigen
Kriegsgott Goffrukk an der Spitze angebetet. Grimzhag
wartete, bis der Schamane endlich die Tür hinter sich ver-
schlossen hatte. Respektvoll blickte er das steinerne Abbild von Goffrukk an, welches ihn grimmig anstarrte.
Dann beugte der König das Haupt.
Goffrukk saß auf seinem Thron, die mächtige Keule, die
ganze Länder zerschmettern konnte, in den riesigen Klau-
en haltend. Die Statue reichte bis an die Decke der gewaltigen Tempelhalle. Begabte Goblinkünstler hatten das
furchteinflößende Götterbild aus dem Stein gehauen.
Goffrukk hasste nichts mehr als Schwäche; dennoch war
Grimzhag heute bereit, seine eigene einzugestehen. Oder
war es gar keine Schwäche? War es bloß Vernunft? Er
konnte es sich selbst nicht richtig erklären, was ihn seit
Monaten quälte.
Der steinerne Gott jedenfalls sah aus, als würde er sich jeden Moment von seinem Thron erheben, um die Welt in
einen blutigen Krieg zu stürzen.
„Äh, mächtiger Goffrukk", begann Grimzhag zaghaft,
„ich wollte mit dir über etwas reden…"

Selbstverständlich antwortete das steinerne Abbild nicht, doch das war dem Orkkönig in diesem Augenblick nicht so wichtig.

„Natürlich würde ich jederzeit einen neuen Krieg gegen die Menschlinge führen. Also wenn du unbedingt willst, dann gib mir ein Zeichen und ich lasse die Horde sofort losmarschieren. Sie steht ja eh schon mehr oder weniger bereit. Aber abgesehen davon, würde ich vorschlagen, in Zukunft vielleicht auch mal auf Krieg zu verzichten. Naja, ich selbst habe ja genug Krieg geführt, meine ich…"

Es war still in Goffrukks heiliger Halle. Glühende Kohlebecken strahlten wohltuende Wärme aus, die Luft war geschwängert vom betörenden Geruch verbrannter Beulenfarnblüten, die auch die anderen Völker Antariksas in ihren Gebetshäusern duften ließen. Dutzende Talgkerzen flackerten vor dem Abbild des orkischen Kriegsgottes; sie tauchten die Statue in einen orangeroten Schein. Dadurch wirkte Goffrukk noch größer und bedrohlicher, gleich einem Schattenwesen ragte er vor Grimzhag in die Höhe.

Der junge Brüller überlegte. Er wollte nicht wie ein schüchterner Snag vor seinem Gott stehen und nur Unsinn vor sich hin murmeln. Aber es fiel ihm unglaublich schwer, die richtigen Worte zu finden.

„Nein!", sagte der Häuptling der Mazauk dann mit Nachdruck. „Nach dem Feldzug gegen die Khuz von Kazhad Mekral wollte ich keinen Krieg mehr führen. Auch wenn mich meine Mitorks pausenlos bedrängt haben, Rache an Arasigs Nachkommen zu üben. Doch ich werde weiterhin vernünftig bleiben. Ich habe mehr erreicht als alle anderen Häuptlinge in den letzten Jahrhunderten, da wirst du mir doch sicherlich zustimmen, großer Goffrukk, oder?

Zwar kämpfe ich jeden Tag mit meinen eigenen Gefühlen und auch mit meinem Zorn, weil sie mir Kulghor genommen haben, doch bin ich trotzdem froh, wenn es friedlich bleibt. Ich habe nämlich Angst, alles, was ich aufgebaut habe, zu verspielen. Mein Lebenswerk will ich nicht vernichten durch meinen Wahn, noch mehr Krieg führen zu müssen.

Aber offenbar ist dir das alles egal. Immerhin rückt ja schon wieder ein Heer der Menschlinge an, so dass ich erneut zum Kämpfen gezwungen werde. Vielen Dank auch! Wirklich großartig!"

Grimzhag unterbrach sich selbst. Er hob den Kopf und sah ein wenig verängstigt zu Goffrukks kaum vom Kerzenschein erleuchteten Fratze hinauf. Würde nun Leben in das Steinbild fahren? Würde sich Goffrukk gleich grollend erheben, um den Orkkönig, der ihm soeben all seine Schwäche gestanden hatte, mit der Keule zu erschlagen?

„Wenn du unbedingt willst, dass ich gegen die Menschlinge des Westens ziehe, dann gib mir jetzt ein Zeichen!", rief Grimzhag.

Der Häuptling der Mazauk stierte auf die vielen Kerzenfeuer, die am Fuße der Statue auf einem Meer aus geschmolzenem Wachs tanzten. Nach und nach fasste er neuen Mut. Goffrukk war der mächtigste und kriegerischste der Orkgötter, doch war er kein geistloser Narr. Er hatte den Wirbel der Seelen erobert und die anderen Götter der Grünhäute nicht nur mit Gewalt, sondern auch mit List zu seinen Vasallen gemacht. Oft genug hatte Goffrukk weise gehandelt, er war kein Schlächter, der bloß stark und brutal war.

Grimzhag erinnerte sich an die vielen Geschichten aus der orkischen Mythologie, die Goffrukks Charakter erahnen ließen. Schließlich sah der König noch einmal zu seinem Gott auf. Diesmal mit trotziger und entschlossener Miene.

„Wenn die Orks das Weltreich, das ich erobert habe, groß und stark machen, dann können meine Nachfolger noch genug Krieg führen, wenn sie es für richtig halten. Dann werden wir Grünhäute eines Tages die mächtigste Rasse der Welt sein. Aber jetzt müssen wir dem Frieden eine Chance geben."

Plötzlich war Grimzhags Stimme wieder leise geworden. Am Ende glich sie nur noch einem kaum hörbaren Murmeln, das nicht mehr herauf zu Goffrukks Antlitz dringen konnte. Im Grunde rede der Mazaukhäuptling bloß mit sich selbst; mit den vielen verschiedenen, widerstreitenden Grimzhags, die noch immer hitzig über die Frage debattierten, ob ein Krieg gegen die Völker des Westens tatsächlich sinnvoll war.

Goffrukks Zeichen war jedenfalls ausgeblieben, wobei Grimzhag nichts anderes erwartet hatte. Warum sollte sich der mächtigste aller Orkgötter auch in die Belange der Sterblichen einmischen? Vielleicht stand er in der jenseitigen Welt sogar vor ähnlichen Problemen?

Rang er dort mit den Göttern der Menschen, Zwerge und Elben um die Macht? Oder war er auch nur ein König wie Grimzhag, der schon seit Ewigkeiten keinen Krieg mehr führen wollte, doch vom Schicksal immer wieder dazu gezwungen wurde?

„So!" Grimzhag drehte sich um. „Dann gehe ich mal wieder meinen Aufgaben nach und reite zurück ins Lager der Horde, wo alle schon auf mich warten. Die Menschlinge

müssen ja aufgehalten werden. Ich muss die Horde organisieren, Schlachtpläne schmieden und den ganzen anderen Warnoxkack. Wird alles gemacht, der große Eroberer
ist schon dabei. Bis die Tage dann mal, mächtiger
Goffrukk. Ich werde ein paar Schädel für dich einschla-
gen…"

„Ich habe extra mehrere dieser Monster nach Chaar-Ziggrath bringen lassen. Allerdings haben sie offenbar Probleme mit dem Klima in den Dunklen Landen.
Feuchtigkeit und Graustaub machen den Tieren zu schaffen, sagen die Gehegewarte."
Grimzhag, der neben seinem Freund Zugrakk auf einem
gepanzerten Gnogg ritt, deutete auf einen Rhinophanten,
dessen graubrauner Körper aus der Masse der marschierenden Orksoldaten herausragte wie ein Schiff aus den
Wellen.
Zugrakk verzog mürrisch das Maul. „Diese Mistviecher
mag ich noch immer nicht, auch wenn sie diesmal zum
Glück auf unserer Seite sind."
„Im Grunde sind Rhinophanten recht friedliche Kreaturen, erzählte mir ein Gehegewart neulich. Die Kurasten
und Manchinen geben ihnen mit Schwarzpilz angerei-
chertes Wasser, das sie erst so aggressiv macht", dozierte
Grimzhag mit erhobener Klaue.
„Aha? Dann sind die Viecher also eigentlich ganz nett,
wie? Das kam mir auf den Feldern von Yang-Weig aber
nicht so vor", meinte Zugrakk, dann musste er grinsen.
„Snaghirn! Unsere Rhinophanten werden auch nicht nett
sein, wenn wir den Menschlingen gegenüber stehen.
Auch wir werden ihnen vor der Schlacht Futter geben,
das wir zuvor mit Schwarzpilz angereichert haben. Die

Völker des Westens kennen Rhinophanten nur aus Legenden, sie werden vor Angst zittern, wenn sie diese Ungeheuer sehen."

Grimzhag hatte ein ganzes Dutzend der fremdartigen Riesentiere nach Chaar-Ziggrath holen lassen, allerdings waren bereits zwei der Kreaturen am Hornfieber gestorben. Tief im Inneren taten die Rhinophanten dem Orkkönig leid; sicherlich hätten sie ihr Leben lieber friedlich in ihrem Dschungel verbracht, als den Orks als Kriegsbestien zu dienen; doch waren sie eine zu wertvolle Terrorwaffe, um sie bei einer so wichtigen Schlacht nicht einzusetzen.

Eine Niederlage gegen Auranias mächtiges Ritterheer konnte Grimzhags Herrschaft über das einstige Khuzbaathreich beenden und sogar sein Weltimperium nachhaltig erschüttern. Für die Orkstämme der Dunklen Lande konnte sein Versagen auf dem Schlachtfeld sogar in einer noch größeren Katastrophe enden.

Wichtiger als sämtliche Rhinophanten war jedoch der rechtzeitige Abschluss der Vorbereitungen am Vorabend des Kampfes. Mit ihnen stand und fiel Grimzhags Taktik gegen Arasigs Nachfahren.

Still vor sich hin grübelnd blickte der Mazaukhäuptling zu Zugrakk herüber, dieser glotzte mit seinen großen, roten Augen zurück.

„Was `n los? Schon wieder nur am Denken?", rief er.

„Ja, lässt sich nicht verhindern", brummte Grimzhag.

„Du bereitest wie immer alles vor und wir verprügeln die Menschlinge dann so richtig schön."

„Ich mache mir Sorgen, dass unsere Strategie nicht aufgehen könnte", meinte der junge Brüller.

„Meine Strategie kennst du ja: Wir rennen einfach laut brüllend nach vorne und hauen alles um, was nicht grün ist."

„Gnoggschädel! Dich hätten sie lieber in der Jurte lassen sollen."

Zugrakk lachte bellend und fiel dabei fast von seinem Reittier, das genervt knurrte. Sein königlicher Freund rollte mit den Augen, nicht weniger genervt stöhnte auch er auf.

Derweil marschierte die gewaltige Horde siegesgewiss nach Westen in Richtung des Felssäulengebirges. Allem Anschein nach würde die denkwürdige Schlacht zwischen Mensch und Grünhaut nahe des Schlammbuckels geschlagen werden.

Zweitausend Sonnenzyklen hätten sie auf diesen Kampf warten müssen, sagten die Krieger, was den Druck für Grimzhag nicht unbedingt kleiner machte.

Rotte um Rotte zog an ihm vorbei, ungezählte Blicke streiften den größten Orkfeldherren der letzten Jahrhunderte. Die gemeine Grünhaut blickte zu Grimzhag hinauf wie zu einem lebendigen Gott. Allerdings konnte auch ein Gott schnell aus dem Himmel fallen und im Dreck landen, wenn er sich doch nicht als unfehlbar erwies.

Cuglakk und Soork hatten gestern noch gemeinsam vor der euphorischen Horde verkündet, dass Goffrukk selbst Rache für die von Arasig verübten Massaker an der Orkrasse verlangte. Und da Grimzhag die Faust des Kriegsgottes war, wäre der Sieg über den Erzfeind aus dem Westen ohnehin so gut wie sicher.

„Am liebsten würde ich mit dir zusammen durch das Getümmel fegen wie früher, aber das wirst du wohl nicht mitmachen", riss Zugrakk seinen Freund aus dem Sinnieren.

Grimzhag würgte. „Nein, ich muss die Hordenführer im Auge behalten und die Bewegungen der Rotten koordinieren. Erst wenn das Heer der Menschlinge aufgerieben ist, kann ich daran denken, selbst in die Schlacht einzugreifen."

„Bis dahin habe ich schon jede Menge Ritter niedergemacht", rief Zugrakk voller Vorfreude.

„Werde bloß nicht zu übermütig. Ich will deine Leiche nicht nachher aus dem Dreck ziehen müssen."

„Als ob ich auf dich hören würde", gab Zugrakk neckisch zurück.

„Hast Recht!", brummte Grimzhag. „Irgendwelche Appelle an den gesunden Orkverstand kann ich mir bei dir tatsächlich sparen."

„Etwas südlich des Schlammbuckels befindet sich das Crombfeld, eine ausgedehnte Ebene, die für unsere Zwecke wie geschaffen erscheint. Außerdem liegt dieses Feld auf dem Weg, den das Menschlingsheer zwangsläufig nehmen muss, um die Kalksümpfe zu umgehen. Sie werden also gar nicht anders können, als unmittelbar am Crombfeld vorbei zu marschieren", erklärte Grimzhag

„Und an dieser Stelle sollen wir die Menschlinge mit unserer Horde erwarten?", wollte ein junges Grauauge wissen.

Grimzhag brummte zustimmend. „Dort haben wir alle Vorteile für unsere Reiterei und ausreichend Platz, um unsere Rotten aufmarschieren zu lassen."

„Aber mächtiger Brüller, diese Vorteile haben die Menschlinge doch dann auch. Immerhin führen sie zahlreiche leichte und schwere Pferdereiter mit sich", wandte Baudrogg ein und hob die Klauen.

Der Mazaukhäuptling zeigte ihm die Fangzähne. Dann würgte er und stampfte bekräftigend auf. „Ja, die Menschlinge sollen ruhig glauben, dass auch für sie alle Vorteile bereitstehen. Dann werden sie nämlich umso leichter in meine Falle tappen. Ich bereite dort schon etwas vor…"

„Ich bin gespannt", murmelte Artux.

Der alte Cuglakk klopfte ihm mit seinem Schamanenstab ans Bein. Er blickte zu dem hochgewachsenen Hordenführer auf. „Glaubt das Grauauge vielleicht, dass König Grimzhag irgendetwas dem Zufall überlässt? Nein, niemals würde er das. Dafür ist er viel zu klug, ja, ja."

„Natürlich werden wir das Schlachtfeld erst einmal vorbereiten, weshalb wir so schnell wie möglich mit den Arbeiten beginnen müssen", sagte Grimzhag. „Daher habe ich mehrere hundert Goblins auf das Crombfeld geschickt."

„Arbeiten? Was denn für Arbeiten?", wunderte sich ein Rottenführer aus den Steppen.

„Arbeiten, die notwendig sind, um den Menschlingen ihre stärkste Waffe zu nehmen", antwortete ihm Grimzhag vieldeutig. Der Orkkönig ließ die Klaue über dem Kopf kreisen, um sämtliche Aufmerksamkeit auf sich zu ziehen. Doch das war längst nicht mehr nötig, denn alle um ihn herum stehenden Orks brannten darauf zu erfahren, was sich der geniale Feldherr diesmal hatte einfallen lassen, um den Feind zu zerschmettern.

Artux begann breit zu grinsen, obwohl nicht einmal er wusste, was Grimzhag plante. Die Goblinarbeiter waren der marschierenden Horde bereits in tiefer Nacht vorausgeschickt worden und wurden ihrerseits von Orktreibern überwacht, damit sie schnell und effektiv arbeiteten.

Wie immer fürchtete Grimzhag Geschwätz und Verrat in den eigenen Reihen mehr als alles andere, so dass lediglich die Orktreiber und die Goblins wussten, wie die Schlachtvorbereitungen aussahen. Letztere durften nach Abschluss der Arbeiten nicht mehr in die Nähe der Horde gelangen und wurden unter strenger Aufsicht direkt nach Chaar-Ziggrath zurückgeleitet.

„Wie immer habe ich volles Vertrauen in unseren Anführer", unterbrach Artux die Stille, die sich rund um Grimzhag ausgebreitet hatte.

Cuglakk lachte krächzend. „Und ich erst! Diese blöden Menschlinge sind schon so gut wie erledigt und können bald vor ihren geliebten Arasig treten. Dann können sie ihm berichten, dass sie diesmal gegen uns verloren haben."

„Wenn es bloß immer so einfach wäre", dachte Grimzhag derweil und verzog das Maul. In der kommenden Schlacht stand das Schicksal der westlichen Orkvölker auf Messers Schneide.

Andererseits bestand auch die Möglichkeit, die Macht des leevländischen Imperiums nachhaltig zu schwächen, wenn es ihm gelang, das Ritterheer der Menschen vernichtend zu schlagen. Vielleicht, ging es Grimzhag mit einem letzten Hoffnungsschimmer gepaart durch den Kopf, war ja dann so etwas wie ein Waffenstillstand möglich, der ihn vor weiteren Feldzügen bewahrte und ihm endlich Zeit gab, sein Weltreich aufzubauen.

„Gut!", sagte Grimzhag schließlich zu den Unterführern, die sich um ihn geschart hatten. „Mehr gibt es derzeit von meiner Seite aus nicht zu sagen. Ein jeder von euch hat seine Krieger, die er befehligt. Wir werden die Horde im Morgengrauen in Marsch setzen, so dass wir die Menschlinge rechtzeitig auf dem Crombfeld stellen können."

Milchige Nebelschwaden hielten das Crombfeld hartnäckig besetzt, obwohl sich die Schatten der Nacht bereits verzogen und einem trüben Morgenlicht Platz gemacht hatten.

Das auranische Heer hatte die gesamte Nacht mit einem erschöpfenden Gewaltmarsch verbracht, nachdem einige Kundschafter dem Kaiser gemeldet hatten, dass sich die Grünhäute auf dem Crombfeld zum Kampf stellen wollten.

Müde, mit schmerzendem Kopf und einem unangenehmen Ziehen in den Schultern blickte Irmynar in die Ferne. Das Donnergrollen gutturaler Stimmen drang durch die grauweißen Schleier, die sich nur widerwillig verzogen.

„Mal sehen, wie viele von diesen Wilden hier zusammengekommen sind", hörte der Fürst der Ostmark einen jungen Hellebardenträger neben sich murmeln. Er schaute von seinem Ross auf den Fußsoldaten herab; dieser zog ehrfürchtig den Kopf ein, als er Irmynar erkannte.

„Ehrwürdiger Herr..."

Etwas besseres viel dem Mann nicht ein. Unterwürfig grinsend nickte er. Irmynar schwieg und nickte zurück, ohne eine Miene zu verziehen.

Die karge Region östlich des Felssäulengebirges, die nicht ohne Grund als „Dunkle Lande" bezeichnet wurde, hatte Loghars Sohn schon einmal durchquert und war nur knapp dem Tode entronnen. Jetzt stand er schon wieder auf einem graubraunen Feld, um gegen die Orks das

Schwert zu ziehen. Überall wuchsen zackige Felsen aus dem bloß von Dornengestrüpp und Sträuchern bedeckten Boden. Der zähe Morgennebel, der sich mit einer ungewöhnlich scharfen Kälte verbündet hatte, machte den Moment noch unangenehmer.

„In Reih und Glied! Vorwärts! Marsch!", brüllte irgendwo ein Hauptmann in der riesigen Masse aus marschierenden Soldaten, was ein heftiges Getrommel entfachte.

Mit einem unterdrückten Gähnen wandte sich Irmynar um und musterte einen Heerhaufen aus toscalinischen Pikenieren. Die Soldaten aus dem Süden Auranias riefen laut durcheinander, wobei ihr Anführer gestikulierend vorauslief.

Im Hintergrund wurden die Orks indes immer lauter. Ihr Gekreische empfand Irmynar als unerträglich, er spähte zum Horizont, wo sich zahllose dunkle Schemen über die Sichtlinie schoben. Dazwischen schwankten Banner und Schädelstandarten über den Helmen der Krieger.

Schließlich ritt der blonde Fürst zum Kaiser herüber, um den sich bereits eine Traube namhafter Adeliger geschart hatte. Mehrere von Neid zeugende Blicke begrüßten ihn, als er näher kam. Irmynar behielt seine undurchdringliche Miene bei.

„Ah, der Erbe des ostmärkischen Fürsten. Seid gegrüßt!", sagte Carolus förmlich.

„Ich grüße Euch auch, Eure Majestät", gab Loghars Sohn zurück.

Hinter und neben Irmynar tuschelten ein paar der anderen Adeligen, einer zeigte sogar mit dem Finger auf ihn.

„Heute werden diese stinkenden Wilden die wahre Macht Leevlands kennenlernen!", knurrte der Imperator, dem die Strapazen des Feldzuges im Gesicht standen.

„Die Geschichten über die ach so kampfstarken Orks, die Euch zugeschrieben werden, Irmynar von Richtenhof, werden wir heute als Ammenmärchen bloßstellen", höhnte der Fürst von Rathien und erntete ein paar hämische Lacher.

„Die Götter mögen Euch Recht behalten lassen. Im Sinne unseres geliebten Reiches", antwortete Irmynar sardonisch, der Provokation ausweichend.

Carolus II. lachte grimmig; er klatschte in die Hände und sagte: „Diese Primitiven werden nicht wissen, wie ihnen geschieht, wenn sie auf unsere Ritterscharen treffen."

Für einen Moment hielt der Kaiser seine lange, fleischige Nase in den Wind, als wollte er eine Fährte aufnehmen. Dann richtete er den Blick wieder auf die Orkhorde, die sich in einiger Entfernung formierte. Inzwischen war die Siegesgewissheit ein wenig aus den Gesichtern der leevländischen Adeligen und ihrer Verbündeten gewichen, so kam es Irmynar zumindest vor.

Die Anzahl der Feinde, die den Menschen und Zwergen gegenüber stand, war gewaltig: Tausende und Abertausende von Grünhäuten, dazwischen sogar riesige Trolle und zähnefletschende Ograi aus dem Eisgebirge, dazu noch die gefürchteten Gnoggreiter.

Irmynar blickte skeptisch zu den anderen Adeligen herüber, doch diese beachteten ihn kaum. Für die Hochwohlgeborenen war er bloß ein aufgeblasener Jüngling, der eine nicht sonderlich attraktive Randprovinz verwalten musste. Was er zu sagen hatte, war nicht von Belang. Selbst der Kaiser schien diese Ansicht zu teilen.

Der Sohn des gefallenen Loghar betrachtete die übrigen Edelmänner in ihren polierten Plattenrüstungen, die auf mit Schabracken bedeckten Schlachtrossen saßen. Die Adeligen musterten die Grünhäute in der Ferne mit verkniffenen Gesichtern. Irmynar konnte es ihnen nicht verdenken, denn auch er sorgte sich. Neben Carolus II. hatten sich allerdings nicht bloß Adelige aus Leevland postiert, sondern auch Edelleute aus Lamagne, Kartua, Latinien und diversen Kleinstaaten Auranias. Sogar der weithin bekannte Gormo von Todeel aus dem im Süden gelegenen Iberna hatte fast 5000 Söldner mit langen Piken in die Dunklen Lande geführt.

Die Anführer der zwergischen Verbündeten aus dem Felssäulengebirge hatten sich hingegen an einem anderen Ort zusammengefunden. Offensichtlich legten sie wenig Wert darauf, mit den Menschen zu kommunizieren. Sie hatten ihre Krieger, tapfere und unnachgiebige Streiter mit Hämmern, Zweihandäxten und Kurzschwertern, mitgebracht – das musste genügen. Die Kleinwüchsigen waren Eigenbrötler, so war es schon immer gewesen. Geschwätz lag ihnen nicht. Vor allem nicht, wenn es galt, das Blut ihrer Erzfeinde, der Orks und Goblins, zu vergießen. Die Plünderung von Kazhad Mekral hatte das Selbstbewusstsein der Khuz jedoch schwer erschüttert. Noch immer saß der Schock tief in den Köpfen der grimmigen Bergbewohner, die heute mehr als alle anderen auf Rache sannen.

„Seht!", rief Carolus und deutete auf die rechte Flanke des sich in alle Himmelsrichtungen ausdehnenden Orkheeres, auf der offenbar nur große Rotten aus Goblins standen.

„Keine Gnoggreiter, nicht einmal echte Orks. Nur diese kleineren Kreaturen", kommentierte einer der Adeligen die Aussage des Monarchen.

Irmynar schwieg indes; er harrte der Dinge und beschloss, nicht auf den Zuruf des bärtigen Kaisers zu reagieren. Währenddessen lachten die anderen Adeligen rund um Carolus auf.

Der Anführer der befreundeten Truppen aus dem Königreich Lamagne im Westen von Leevland ließ seinen kunstvoll verzierten Löwenhelm wackeln, als er dem Herrscher von Leevland zunickte.

„Allem Anschein nach sind die grünen Häute sehr dumm", sagte er in gebrochenem Leevländisch.

„Die Orks sind zwar zahlreich, doch ändert das nichts an der Tatsache, dass sie ihre rechte Flanke unzureichend gesichert haben", meinte ein Herzog aus Rathien.

„Das wäre doch etwas für unsere Panzerreiter, nicht wahr? Unsere Ritter werden diese Goblins niederreiten und dann die Orkhorde von der Flanke aus aufrollen. Was meinen die Herren?" Carolus sah zu den Adeligen herüber.

„Vielleicht sollten wir bedenken…", wandte Irmynar ein und ritt auf den Imperator zu. Dieser jedoch grinste ihn überheblich an, dann schüttelte er den Kopf.

„Bitte nicht jetzt, Sohn des Loghar", erwiderte er barsch.

„Wir sollten unsere Reiter allesamt konzentriert angreifen lassen, Majestät. Ihr Ansturm würde die Goblins wie ein Sturmwind hinwegfegen, davon bin ich überzeugt", rief ein Hauptmann mit ockergelbem Bart.

Carolus rückte seinen Mantel zurecht, er fuchtelte aufgeregt mit der Hand und mahnte die Unterführer zur Aufmerksamkeit.

„Ich denke, dass dies eine Chance ist, die wir uns nicht entgehen lassen sollten", rief er schließlich mit donnernder Stimme. „Wenn sie die ganze rechte Flanke nur mit

Goblins schützen wollen, dann sollten wir ihnen zeigen, dass dies keine gute Idee ist. Ja, unsere Ritter werden dort alles niederwalzen. Anschließend werfen wir unser Fußvolk in die Schlacht und binden den Rest der Orkhorde. Das halte ich für eine gute Taktik."

„Was ist mit den Speerträgern der Orks?", wollte der Söldnergeneral wissen. Immerhin wusste er über die verheerende Wirkung langer Lanzen bestens Bescheid.

„Diese stinkenden Goblins sind keine Gegner für unsere schwere Reiterei. Wenn unsere Kavallerie die Flanke überrannt hat und unsere Infanterie die Grünhäute im Nahkampf bindet, dann werden unsere Ritter eine Rotte nach der anderen von der Seite aus angreifen können. Das wäre eine Katastrophe für den Feind", antwortete ihm der graubärtige Kaiser von Leevland. Carolus II. zupfte am Saum seines im Winde wehenden Mantels, während seine Mundwinkel nach oben zuckten und sich ein schiefes Lächeln auf seinem Gesicht ausbreitete.

Irmynar war keineswegs so zuversichtlich wie der Imperator. Schließlich wagte er doch noch einen Einwand, der ihm sofort Carolus Unmut zuzog.

„Die Orks haben ebenfalls zahlreiche Reiter. Wir sollten sie im Auge behalten", meinte er.

„Ritter und Ross im Harnisch sind diesen dummen Bestien überlegen!", würgte ihn der Kaiser ab.

Als Irmynar noch etwas erwidern wollte, fiel ihm der Monarch noch schärfer in die Parade.

„Wisst Ihr, Fürst der Ostmark, ich weiß ja, dass Ihr schon ein paar Orks erschlagen habt und wir nicht, doch deshalb sind wir noch lange keine Dummköpfe. Ich bin kein dahergelaufener Narr, sondern der Herrscher von Leevland. Also weiß ich auch, wie man Krieg führt. Und dieser nichtmenschliche Abschaum dort drüben macht mir keine Angst."

„Bitte vergebt mir, Eure Majestät", setzte Irmynar an.

„Schon gut!", knurrte Carolus und sein kantiges Gesicht verfinsterte sich. „Zudem habe ich einige Bücher über die Schlachten gegen die Orks in der Vergangenheit gelesen. Diese Monster kennen keine Strategie, sie sind bloß brutal und wild. Besäßen sie auch nur einen Funken Verstand, dann würden sie nicht eine ganze Flanke nur mit wertlosen Goblins schützen."

Mehrere Hauptleute lachten hämisch. Der Fürst der Theutmark sah Irmynar kopfschüttelnd an.

„Wenn die Grünhäute so dumm sind, wie haben sie es dann geschafft, eine Wehrstadt wie Kazhad Mekral zu überrennen?", hakte dieser nach, die unfreundlichen Blicke der älteren Adeligen ignorierend.

„Das könnt Ihr die Zwerge fragen, Sohn des Loghar. Allem Anschein nach hatten sich die Khuz nicht auf eine Belagerung vorbereitet. So, und jetzt befehle ich Euch, endlich den Mund zu halten. Nicht Ihr, sondern ich habe hier das Sagen!", giftete Carolus.

Kurz darauf schickte der Kaiser sämtliche Reiter auf die den Goblins gegenüberliegende Flanke, so dass sie eine große Masse aus schweren, waffenstarrenden Kriegern bildeten. Die kleineren Grünhäute würden vom Ansturm der Panzerreiter hinweggefegt werden, versicherte Carolus seinem Gefolge.

Derweil überlegte Irmynar, warum die Orkhorde in der Ferne plötzlich so still wie ein Gräberfeld war. Normalerweise, so erzählte man es sich in Aurania, brüllten sich die Grünhäute vor dem Beginn eines Kampfes die Kehlen aus dem Leib. Diese jedoch waren schlagartig ruhig geworden; sie standen bloß da und beobachteten die Menschen, nicht den leisesten Laut von sich gebend. Irgendwie fühlte Irmynar, dass etwas nicht stimmte, doch konnte er nicht bestimmen was.

„Arasig, nimm deine schützenden Hände nicht von unseren Häuptern", flüsterte der junge Fürst, während er einen flüchtigen Blick gen Himmel schickte.

Tag der Entscheidung

Der eindringliche Klang donnernder Kriegshörner mischte sich mit dem dumpfen Getöse geschlagener Trommeln. Während Irmynars Herz vor Aufregung schneller zu schlagen begann, setzten sich die Reiterscharen nach und nach in Bewegung. Gemäß den Befehlen des Kaisers formierten sich die schwergepanzerten Ritter fast gänzlich auf der linken Flanke, wo sie ein eindrucksvolles Bild der Stärke abgaben.

Irmynar, der seine ostmärkischen Soldaten befehligte, war im Zentrum der auranischen Armee geblieben. In etwa fünfzig Metern Entfernung konnte er den Kaiser erkennen. Der bärtige Monarch unterhielt sich mit dem Hauptmann seiner Leibgarde und weiteren Adeligen aus Asenburg. Ab und zu warf er den Grünhäuten einen finsteren Blick zu, doch diese schien das nicht zu stören. Noch immer war der Feind still; er wartete bloß stumm ab. Goblins mit Schwertern und Rundschilden standen der tödlichen Phalanx aus Rittern gegenüber, wie Irmynar erkannte. Die schmächtigen Kreaturen würden vom Reiteransturm zermalmt werden, gleich einem Wurm, der zwischen Hammer und Amboss geraten war.

Die Ritter der Reichswacht aus der Kaisermark sollten die Speerspitze des Angriffs auf der linken Flanke bilden. Auch Irmynar betrachtete die gefürchteten Reiter voller Ehrfurcht. Kaminrote Schabracken bedeckten die muskulösen Körper ihrer Schlachtrösser, welche unruhig durcheinander schnaubten und auf der Stelle traten.

Hinter den Rittern der Reichswacht stellten sich die verbündeten Reiter aus Lamagne auf; sie waren in ganz Aurania für ihre Schlagkraft und Tugendhaftigkeit berühmt. Bunte Banner und Wimpel tanzten im Wind über ihren Helmen, dazwischen ragten lange Lanzen mit blitzenden Spitzen in die Höhe.

Derweil dröhnten die Trommeln immer lauter. Was hier aufmarschierte, konnte selbst durch die größte Orkhorde pflügen wie ein Brecheisen. Dem Ansturm hunderter Ritter, die mit angelegten Lanzen zum Angriff übergingen, konnten die Grünhäute unmöglich widerstehen.

Allmählich beruhigte sich Irmynar wieder. Der Anblick der gewaltigen Ritterschar war für ihn derart erhebend, dass er seine Zweifel für einen Augenblick völlig vergaß und nur staunend zusah.

Die Männer mit ihren Topf- und Flügelhelmen, den mit altehrwürdigen Wappen und Insignien geschmückten Rössern und Schilden, ihren Lanzen, Schwertern, Streitkolben und Morgensternen. Stolz blickte Irmynar auf das riesige Reichsbanner von Leevland, auf dem Arasig mit wallendem, blonden Haar sein Schwert siegreich in den Himmel stieß. Die heilige Standarte, die heute nach langer Zeit noch einmal auf ein Schlachtfeld geführt worden war, flatterte hinter dem Imperator und seinem Gefolge streitlustig im Wind.

Wie anders wirkten dagegen die Grünhäute. Selbst eine Flanke, an der sich die gefährlichsten Panzerreiter der bekannten Welt in Massen formiert hatten, schien sie nicht in Panik zu versetzen.

Als hätten die Grünhäute Irmynars verwunderte Gedanken empfangen, beendeten sie plötzlich ihr stilles Gaffen. Schlagartig wurden sie laut. Sie begannen zu brüllen und zu gröhlen, schlugen Schilde und Waffen gegeneinander oder hämmerten auf ihre Trommeln. Vor allem die Goblinrotten veranstalteten ein unbeschreibliches Getöse, sie verspotteten die Ritter Auranias, machten obzöne Gesten oder benahmen sich anderweitig daneben. Zwar waren die Grünhäute den Menschen zahlenmäßig nicht unbedingt unterlegen, doch standen sie diesmal einer Elite aus Rittern gegenüber. Selbst Irmynar, der sich noch einen gesunden Rest Skepsis bewahrt hatte, konnte sich nicht vorstellen, wie der Feind diese Schlacht gewinnen wollte.

Schließlich verkündeten die Trommler den Vormarsch der Fußtruppen, die sich als träger Brei aus tausenden Soldaten in Bewegung setzten. Hellebardiere, Schützen, Pikenträger und Schwertkämpfer formierten sich zu gewaltigen Blöcken unter dem strengen Blick des leevländischen Kaisers.

„Wooooah! Wooooah!", brandete derweil das raue Orkgebrüll zu Irmynar herüber. Der Fürst rümpfte verächtlich die Nase, während er die feindliche Horde in der Ferne anstarrte.

Gefährlich waren ohne Zweifel die Gnoggreiter, Trolle und jene schrecklichen Kreaturen, die die Ostvölker „Rhinophanten" nannten. Doch selbst diese Monstrositäten würden dem mächtigen Heer, das Carolus diesmal auf das Schlachtfeld geführt hatte, nicht trotzen können. Das hatte der Kaiser seinen Hauptleuten zumindest versichert.

„Wenn wir an der Goblinflanke mit den Rittern durchbrechen, können wir die feindliche Armee von der Seite her aufrollen. Zwischen unseren Reitern und unserem Fußvolk werden die verdammten Orks zerquetscht werden", flüsterte Irmynar seinem Pferd ins Ohr. „Oder nicht?"

Das Tier schnaubte als Antwort und drückte ein paar kleine Dampfwölkchen aus den Nüstern.

„Oder doch nicht?", sage Irmynar, den plötzlich ein Gefühl drohenden Unheils übermannte, leise zu sich selbst.

Ungezählte Pferdehufe wirbelten graubraunen Staub auf, nachdem ein Hornstoß endlich den großen Sturmangriff der Reiterei eingeleitet hatte. Gleich einer Flut aus Lanzen, Helmen, Panzerplatten und flatternden Fahnen preschten die Ritterscharen auf breiter Front voran, während die Goblins in der Ferne ein irrsinniges Geschrei ausstießen.

Irmynar hielt den Atem an, als die Ritter mit unbeschreiblicher Gewalt an seinen Ostmärkern vorbeirasten und immer schneller wurden. Das Gepolter der Pferdehufe steigerte sich zu einem unterschwelligen Donnergrollen, das den Boden erzittern ließ. Kriegsrufe, gedämpft von eisernen Helmen, fanden ihren Weg in Irmynars Ohr; schon senkten die ersten Ritter ihre Lanzen, während sie mit immer größerer Wucht auf die Goblins zuhielten, die offenbar nicht einmal genug Verstand besaßen, die Beine in die Hand zu nehmen.

„Zerschmettert sie!", zischte Irmynar, die Ritterscharen betrachtend, die den Grünhäuten schon bedrohlich nahe gekommen waren.

Der ostmärkische Fürst drehte den Kopf für einen kurzen Augenblick dem Kaiser zu, der mit einem ebenso zufriedenen wie eisigen Lächeln darauf wartete, dass die Reiter in die feindliche Horde krachten.

Noch immer standen die Goblins kreischend da und schwangen ihre Waffen. Die Ritter rasten wie ein eiserner Besen auf sie zu; Pferde wieherten, Männer schrien im Kampfrausch; Lanze um Lanze wurde gesenkt für den tödlichen Stoß, der Boden erbebte, während Irmynars aufgeregtes Herz wie wahnsinnig hämmerte.

„Arasig!", gellte ein machtvoller Ruf aus hunderten Kehlen, kurz bevor die ersten Ritter in die Goblinrotten krachten. Irmynar riss die Augen auf, er biss auf die Zähne. Es war soweit!

Einen Wimpernschlag später gab der Boden jedoch unter den Hufen der schnaubenden Schlachtrosse nach. Die ersten der Ritter stürzten in einen tiefen Graben, in welchem sie ungezählte, angespitzte Holzpfähle erwarteten. Pferde wieherten in Panik, während ihre Reiter scheppernd von ihren Rücken geschleudert wurden. Irmynar konnte zunächst nicht genau erkennen, was mit den angreifenden Rittern geschah; er sah bloß, wie der wütende Ansturm auf einmal abgebremst wurde und immer mehr Pferde im Boden versanken.

Während die erste Schar der Panzerreiter in den tiefen Graben gestürzt war, drängten die von hinten kommenden Berittenen nach und prallten mit voller Wucht gegen ihre Kameraden. Aufgeregtes Geschrei schallte zu Irmynar herüber. Er selbst stand nur mit offenem Mund da und traute seinen Augen nicht.

Spitze Holzpfähle hatten sich durch die Bäuche der Pferde gebohrt; ihre Reiter lagen mit gebrochenen Knochen auf dem Grabenboden, auf dem sich Blut und Schlamm vermischten. Der gesamte Angriff der leevländischen Kavallerie hatte sich in ein heilloses Chaos verwandelt. Die Ritter, welche die Goblins in den Staub hatten treten wollen, versuchten nun verzweifelt, ihre Rösser anzuhalten. Nicht wenige Reiter stürzten dabei von ihren Pferden herunter.

Irmynar konnte es nicht fassen, um ihn herum erklang ein Raunen aus tausend Kehlen. Was war dort vorne geschehen? Warum setzten die Ritter ihren Angriff nicht fort?

Auf einmal stoben die Goblins auseinander, die Rotten teilten sich und gaben den Blick auf große Scharen gepanzerter Orksoldaten frei. Grauäugige Anführer bellten mit rauen Stimmen ihre Befehle und Hunderte von Orks mit langen Speeren in den Klauen marschierten wie eine Wand vorwärts. Zeitgleich tauchten dunkle Wolken aus Pfeilen über den panisch durcheinander reitenden Rittern am Himmel auf. Sekunden später hagelten sie auf die Menschen herab, was deren Ansturm endgültig zusammenbrechen ließ.

Indes rückten die orkischen Speerkrieger unbeirrt bis an den Rand des Grabens vor, um die heruntergefallenen Ritter wie Schweine abzustechen. Verzweifelt versuchten die Menschen den langen Graben zu umgehen, doch stellten sich ihnen schon überall Orkrotten mit überlangen Speeren entgegen. Wo die Reiterscharen in die Wälle aus Eisenspitzen hineinrasten, erlitten sie schwere Verluste. Ihre eigene Angriffswucht wandte sich nun gegen sie, denn das Gewirr aus Orkspeeren riss die Ritter aus den Sätteln, noch bevor sie selbst mit ihren Lanzen zustechen konnten.

Entsetzt preschte Irmynar los, um sich weiter vorne ein Bild von dem Debakel der Ritter zu machen.

Währenddessen gingen die Grünhäute selbst auf breiter Front zum Gegenangriff über. Abertausende Orks und Goblins stürmten unter zornigem Geheul heran, schnaubend kamen ungezählte Gnoggreiter näher und hielten auf die Reiterscharen der Leevländer zu.

„Diese Bestie muss das alles geplant haben! Das kann einfach nicht sein!", rief Irmynar ein bewaffneter Bauer nach, als der junge Fürst an ihm vorbeiraste. Doch dieser gab ihm keine Antwort, denn er war selbst noch so verdutzt, dass ihm die Worte fehlten.

Zaydan Shargut wartete vor einem Regal, in dem zahlreiche Miniaturen aus Zinn standen; die Hände hinter dem Rücken verschränkt. Der Bankier grinste und betrachtete die Figuren, die ein kaiserlicher Hofkünstler einst liebevoll modelliert, gegossen und bemalt hatte. Die Soldaten stellten leevländische Landsknechte und Pikenträger dar, die gegen eine Horde grünhäutiger Ungeheuer, unschwer als Orks zu erkennen, zu Felde zogen.

Mit wehenden Papierfahnen rückten sie gegen die Bösewichte vor, im Namen des Imperiums von Leevland, das sich den Schutz Auranias auch im echten Leben zur Aufgabe gemacht hatte.

Zaydan jedoch interessierte sich nicht sonderlich für derartige Dioramen. Das Kunstwerk verriet ihm höchstens noch mehr über den Geist der Leevländer. Arasigs Nachfahren liebten das Heldenhafte, wobei sie aus Zaydans Sicht zugleich äußert einfältig und gutgläubig waren. Diese Leevländer waren in der Regel leicht zu beschwatzen, ihnen fehlte die Gerissenheit eines berbischen Händlers völlig. Zaydan musste noch breiter grinsen, als er daran dachte, wie einfach die Fremden zu beeinflussen waren, wenn man ihr Seelenleben einmal durchschaut hatte. Und jetzt, da der Geldverleiher schon im Kaiserpalast von

Asenburg ein- und ausgehen konnte, würde er es in Zukunft noch leichter haben.

Finanzrat Caulburg, ein Vertrauter des Kaisers, empfing Zaydan heute im Asenburger Palast. Der bärtige Minister mit dem grauen Haarkranz und den kleinen Schweinsäugelchen, der die personifizierte Sachlichkeit war, hatte Shargut im Auftrag des Imperators zu dieser Audienz eingeladen.

„Gefallen Euch die Miniaturen?"

Zaydan drehte sich um. Er hatte längst bemerkt, dass der Würdenträger hinter ihm ins Zimmer gekommen war, doch hatte er so getan, als würden die kleinen Figuren aus Zinn seine Aufmerksamkeit völlig vereinnahmen. Lächelnd verneigte er sich vor dem Finanzrat; Caulburg lächelte gütig zurück, dem Gast die Hand zum Gruß reichend. Dieser ergriff sie demütig, anschließend deutete er auf das Diorama.

„Diese Figuren sind wunderschön, echte Kunstwerke", sagte Zaydan. Der Kaiser stellte sich neben den Bankier und betrachtete die Miniaturen seinerseits.

„Ein schon vor vielen Jahren verblichener Künstler hat dies angefertigt. Ich sehe es mir manchmal an, wenn ich ein wenig Zeit zum Sinnieren habe. Seht, die Landsknechte tragen die Farben des damaligen Fürsten der Moormark, der die Orks im Grenzland zu Swytien geschlagen hat. Der letzte, große Orkeinfall – vor etwa sechshundert Jahren. Damals haben meine Vorfahren die Unholde mit Schwert und Speer zurück in die Dunklen Lande getrieben", erklärte Caulburg.

„Orks, ein furchtbares Volk", meinte Zaydan, wobei er ein betretenes Gesicht aufsetzte.

Der Finanzrat, der im Auftrag des Kaisers sprach, wirkte für einen Augenblick grimmig. „Da gebe ich Euch recht, werter Herr."

Der Bankier aus Berbia zupfte sich das teure Gewand zurecht. Große Goldknöpfe blinkten auf seinem leicht hervorquellenden Bauch; Zaydan hatte den Vollbart noch einmal stutzen lassen und sich in ein Bad voll duftendem Blauwurzöl geworfen, bevor er sich nach Asenburg aufgemacht hatte. Das heutige Treffen war enorm wichtig für Zaydans zukünftige Vorhaben.

„Und jetzt wird unser Kaiser der Mann sein, der die bösen Orks vernichtet. Carolus wird in die Geschichte eingehen", meinte Shargut schmunzelnd.

Der Finanzrat warf den Kopf in den Nacken und lachte laut auf. „Ja, vermutlich. Der Sieg über diesen Barbarenhäuptling namens Grimzhag wird ihm wohl mehr als bloß eine Fußnote in einem Geschichtswälzer bringen. Ich bin gespannt auf die Berichte über die Schlacht gegen die Orks. So etwas hatten wir lange nicht mehr, das wird sicherlich interessant zu hören sein."

„Der Zwinger der grünen Monster", sagte Zaydan in beinahe akzentfreiem Leevländisch.

„Wahrscheinlich meint Ihr „Bezwinger", nicht wahr?", gab Caulburg zurück.

„Genau, ja, Bezwinger der Orks, ehrwürdiger Herr."

Carolus Vertreter führte den Geldverleiher zu einem Sessel, der vor einem flackernden Kaminfeuer stand. Der Finanzrat setzte sich dem Bankier gegenüber. Das Kinn auf die Hände gestützt blickte Caulburg seinen Gast für einen Augenblick nachdenklich an.

„Ihr wollt das Reich also weiterhin finanziell unterstützen, wie ich gehört habe", sagte er schließlich.

„Richtig!", antwortete Zaydan. „Leevland ist jetzt meine Heimat und ich möchte mein Vermögen einsetzen, um diese Heimat vor dem Bösen zu bewahren. Die Ausrüstung eines so großen Heeres war wohl doch teurer, als es unser Kaiser anfangs eingeplant hat. Das habe ich zumindest gehört."

Caulburg nickte. „Teurer ist noch untertrieben. Dieser Feldzug belastet die Staatsfinanzen außerordentlich. Ich denke schon wieder über eine Steuererhöhung nach, doch das wird nur Unmut im einfachen Volk hervorrufen."

Zaydan zog eine Pergamentrolle aus seiner Westentasche und legte sie auf die Knie. Der Finanzrat des Imperators konnte sich bereits denken, was sein Gast hervorgeholt hatte, er schob die Augenbrauen leicht nach oben.

„In Manchin bin ich ein sehr erfolgreicher Kaufmann gewesen und habe für den Himmelskaiser gearbeitet. Lange liefen die Geschäfte gut, bis die Grünhäute kamen und alles verwüsteten. Aber einen Teil meines Geldes konnte ich retten, den Göttern sei Dank. Und jetzt möchte ich helfen, ehrwürdiger Herr, denn ich will nicht, dass das arme Volk von Leevland leiden muss", sprach Zaydan mit betroffener Miene.

„Ein Ansinnen, das Euch zur Ehre reicht", meinte der Finanzrat gerührt.

Shargut wunderte sich indes einmal mehr, wie leicht sich Carolus Würdenträger durch einfachste Schmeicheleien beeinflussen ließ. Die leevländische Ehrlichkeit, eine der großen Tugenden dieses seltsamen Volkes, war für Zaydan der Ausdruck endloser Dummheit.

„Bitte sagt mir doch, werter Herr, wie viel Geld ich Euch leihen soll. Dann werde ich tun, was in meiner Macht steht", fuhr der Bankier fort.

„Wie viel Geld?" Caulburg überlegte.

„Kein falsche Scheu, Ehrwürdiger."

„Nun, dieser Krieg ist extrem teuer und hat bereits Unsummen verschlungen. Wir haben seit langer Zeit kein Heer von solcher Größe mehr aufgestellt. Ausrüstung, Verpflegung, Bezahlung der Söldner – ein Fass ohne Boden", meinte der Finanzrat zerknirscht.

„Dann lasst uns über die Summe sprechen. Ich werde sehen, was ich für Euch tun kann", antwortete Zaydan mit einem milden Lächeln.

Grimzhag befand sich, von seinen Leibwächtern umgeben, auf einer kleinen Anhöhe, von wo aus er das Schlachtgeschehen beobachten konnte. Seit Beginn dieses epischen Kampfes hatte Zugrakk die ganze Zeit schon unruhig an der Seite seines besten Freundes gestanden, doch nun hatte er es nicht länger ausgehalten.

„Ich greife mit meinen Leibwächtern nur in die Schlacht ein, wenn es unbedingt notwendig ist. Aber wahrscheinlich werden wir sie auch so gewinnen", hatte ihm Grimzhag zugesichert.

Zugrakk jedoch freute sich schon seit einer gefühlten Ewigkeit auf dieses Gemetzel. Endlich ging es gegen Arasigs verfluchte Nachfahren, die Menschlinge des Westens. Und das durfte sich eine Grünhaut wie er nicht entgehen lassen. Grimzhag hatte ihm erlaubt, von seiner Seite zu weichen, um sich in das Kampfgetümmel zu stürzen – und auch er selbst rang mit der rumorenden Kriegseuphorie, die tief in seinem Inneren brannte. Doch musste er sich zurückhalten und die Horde führen. König Grimzhag durfte heute nicht fallen, denn sein Genie hielt das Weltreich der Grünhäute zusammen.

Zugrakk betraf dies nicht. Er war ein Ork mit den zwei Herzen am rechten Fleck. Und er fieberte dem Kampf voller Inbrunst entgegen. Sollte Grimzhag doch im Hintergrund bleiben und die Truppen mit seinem überlegenen Geist leiten; Zugrakk hatte nicht vor, wie ein Snag herum zu stehen und den anderen dabei zusehen, wie sie die Menschlinge auseinander nahmen. Außerdem hatte er als Held der Mazauk einen Ruf zu verlieren.

Mittlerweile hatte er sich bis in das vorderste Glied einer brüllenden Rotte aus Orks mit überlangen Speeren durchgekämpft. Es ging gegen die Reiter von Leevland, schwergepanzerte Ritter, harte und sehr gefährliche Gegner.

„Das ist doch genau das Richtige für uns!", rief Zugrakk den Speerkämpfern entgegen und diese johlten durcheinander, als sie Grimzhags besten Freund erkannten.

Wieder und wieder schlug Zugrakk seine beiden Waffen, einen stachelbewehrten Streitkolben und eine große Axt, gegeneinander. Sein raues Geschrei feuerte die grünhäutige Meute an. Heute trug Zugrakk die Rüstung, die er schon auf den Feldern von Yang-Weig, am anderen Ende der Welt, getragen hatte. Seine roten Augen spähten zu den Menschenreitern herüber; Zugrakk knurrte, er schob die Fangzähne nach vorne.

Derweil marschierten die orkischen Speerträger unter lautem Getrommel auf die Scharen aus Panzerreitern zu. Es galt die Leevländer, deren Angriff von dem Graben gestoppt worden war, hart zu treffen.

„Weg da!", röhrte Zugrakk, der jedwelche Disziplin vergaß und mehrere kleinere Orks aus dem Weg schubste.

Brüllend sprang der Mazauk aus dem Speerwall heraus, sprintete los und warf sich waffenschwingend auf einen schwergepanzerten Menschenritter, der ihn mit zum Schlag erhobener Klinge empfing. Der Leevländer, dessen Kopf unter einem Topfhelm aus grauschwarzem Eisen verborgen war, gab seinem Pferd die Sporen und ritt direkt auf Zugrakk zu.

Dieser jedoch sprang zur Seite und rollte sich ab, während das scharfe Schwert des Ritters durch die Luft fauchte. Schnell war Zugrakk wieder auf den Beinen. Der Panzerreiter ließ sein schnaubendes Ross wenden, riss das Schwert in die Höhe und wollte den Orkkrieger angreifen, doch dieser kam ihm zuvor. Zugrakk sprang in die Höhe und hieb ihm die langen Eisenstacheln seiner Keule in die Seite. Das Kettenhemd des Ritters knirschte, der Mensch brüllte auf. Schon in der nächsten Sekunde traf Zugrakk Axt scheppernd auf den Eisenhelm des Reiters und dieser kippte benommen aus dem Sattel.

Hinter Zugrakk rückten die Speerträger wie eine Wand vor. Sie stachen mit ihren Spießen auf die berittenen Leevländer ein und diese wichen zurück. Währenddessen versuchte sich der heruntergefallene Ritter mit einem leisen Keuchen wieder aufzurichten. Das Schlachtroß des Reiters raste indes verwirrt durch das Getümmel, es torkelte in den Speerwall und wurde dort von mehreren Spießen durchbohrt.

Bevor der sich der Ritter richtig orientieren konnte, verbeulte ihm Zugrakk den Schild und brach ihm dabei die Hand. Zeitgleich fuhr die Axt hernieder, um dem Menschen die Schulter zu spalten. Der Ritter schrie auf und ließ sein Schwert fallen; Zugrakk aber setzte nach und drosch mit dem Streitkolben auf seinen Helm ein, bis das Blut aus dem Sehschlitz spritzte. Schließlich kippte der

Leevländer nach hinten und blieb reglos auf dem Rücken liegen.

„Ich kann wirklich nicht verstehen, dass sich Grimzhag dieses Gekloppe entgehen lässt. Und wenn wir heute sterben – Goffrukk wird uns belohnen!", sagte Zugrakk freudig zu sich selbst.

Dann raste er los, immer entlang des Grabenrandes. Zu Zugrakks Rechten lagen aufgespießte Pferde und tödlich verwundete Reiter, der gesamte Graben war voll mit blutenden Rittern. Zugrakk grinste. Das geschah den Menschlingen recht!

Der kampffreudige Orkkrieger wandte sich dem nächsten Feind zu. Sein schwerer Streitkolben zertrümmerte einem vorbeirasenden Schlachtroß das Knie und das Tier taumelte wiehernd zur Seite, um schließlich in den Schlamm zu krachen. Ein weiterer Ritter fiel und Zugrakk brüllte begeistert auf.

Doch bevor er den auf dem Boden liegenden Menschen erschlagen konnte, hatte sich schon ein Orgaisöldner dem Leevländer angenommen und ihn mit seinem Speer durchbohrt.

„Was soll das?", schrie ihn Zugrakk den kahlköpfigen Riesenmenschen an.

Der Ograi zuckte bloß mit den Schultern und verzog dabei sein breites Maul voller schiefer Zähne. Dann grunzte er etwas in seiner rauen Sprache, das Zugrakk jedoch nicht verstehen konnte.

„Bei euch im Eisgebirge weiß man wohl nicht, wie man sich benimmt, wie?", schnauzte der Mazauk den monströsen Söldner an, doch dieser rannte schon wieder mit lautem Geheul an ihm vorbei, um sich auf den nächsten Ritter zu stürzen.

Als Irmynar nahe genug herangeritten war, stand ihm das blanke Entsetzen im Gesicht. Endlich begriff er, was der leevländischen Kavallerie tatsächlich widerfahren war. Dutzende von Orgai, die den Grünhäuten als Söldner dienten, kamen aus den Orkrotten herausgelaufen und schleppten große Bretter in Richtung des Grabens. Dort ließen sie sie niederkrachen, um anschließend als Erste auf die Ritter zuzustürmen. Ihnen folgten furchterregende Trolle mit mächtigen Zweihandäxten oder schweren Hämmern in den Klauen. Die grauhäutigen Monster stampften über die Holzbrücken und ungezählte Orkkrieger rannten ihnen hinterher. Zornig kreischend warfen sich die Wilden in immer größerer Zahl auf die Leevländer.

Wo die Ritter den langen Graben zu umgehen versucht hatten, versperrten ihnen Orks mit langen Speeren den Weg. Sie trieben die Panzerreiter zurück und stachen ihre Pferde nieder. Irmynar schluckte, als er mit ansehen musste, wie seine Kameraden in eine immer auswegloser Lage gerieten.

Doch die Orks beließen es nicht dabei, den Kavallerieangriff zu vereiteln. Den wütend brüllenden Mobs aus Grünhäuten kamen nun mehr und mehr Gnoggreiter zu Hilfe; von beiden Seiten fielen sie über die Leevländer her und fegten mit furchtbarer Urgewalt durch die Ritterscharen.

„König Grimzhag hat eine perfekt konstruierte Falle aufgestellt", sagte Irmynar zu sich selbst und sein Gesicht erstarrte zu einer Maske des Entsetzens.

Der junge Fürst gab seinem Roß die Sporen und ritt so schnell er konnte zu den verwirrt dastehenden Fußtruppen zurück, wo ihn schon mehrere Adelige erwarteten.

Die Männer glotzten ihn ratlos an, ihre Mienen sprachen Bände. Irmynar jedoch riss die Arme in die Höhe und rief: „Wir müssen uns geordnet zurückziehen! Erst werden sie unsere Reiterei vollständig niedermachen und dann sind wir dran! Zieht euch geordnet zurück, so lange noch Zeit ist!"

Im Hintergrund tobte ein furchtbares Gemetzel vor dem Graben, den Grimzhag hatte ausheben lassen. Tausende Grünhäute hieben die Ritter, deren schwere Rüstungen sie im dichten Handgemenge unbeweglich machten, zusammen. Vor allem die Ograi und Trolle droschen die Leevländer regelrecht von ihren Pferden oder rissen sie herunter, um sie am Boden abzuschlachten. Wo die Gnoggreiter in die Menschenreiter hineinkrachten, da verursachten sie ein schreckliches Blutbad und hinterließen nur Tod und Panik.

„Wir müssen den Reitern helfen! Bereitmachen zum Vorrücken!", schallte es aus des Kaisers Mund zu Irmynar herüber. Loghars Sohn schnellte herum, fassungslos blickte er auf Carolus, der mit den Armen ruderte und Befehle brüllte.

Der junge Fürst der Ostmark spürte, wie sich sein Herz verkrampfte. Genau das wollte der Feind doch!

Nach und nach setzten sich die Regimenter aus Landsknechten, Speerträgern und Bauernkriegern in Bewegung, allerdings recht halbherzig und ohne die üblichen Schlachtrufe auf den Lippen. Verunsichert, beinahe widerwillig folgten sie den Anweisungen ihrer Hauptleute.

Verzweifelt blickte Irmynar in die Gesichter der einfachen Soldaten und sah dort bloß Furcht und Verwirrung. Schließlich raste er zu den berittenen Hauptleuten und Kaiser Carolus herüber, um den Oberbefehlshaber des leevländischen Heeres doch noch zu warnen. Dieser jedoch schenkte dem jungen Fürsten keinerlei Beachtung und dachte nicht daran, den Befehl zum Vorrücken zu widerrufen.

Schließlich beugte sich auch Irmynar Carolus Autorität und zog sein Langschwert aus der Scheide. Mit dem Mut der Verzweiflung schlug er seinem Schlachtross die Sporen in die Seite und trieb es in Richtung des blutigen Getümmels, in dem die leevländische Kavallerie gerade unterging. Irmynar biss auf die Zähne, bat Korhas um seinen Beistand und ritt dann direkt in das mörderische Chaos hinein, um mit dem Schwert durch einen ganzen Pulk von Orks zu pflügen. Einem der feindlichen Krieger schlitzte er mit einem gezielten Schlag die Kehle auf, einem anderen hieb er gar den Kopf von den Schultern, so dass er neben dem Schlachtroß in den aufgewühlten Schlamm purzelte.

Tief im Inneren wusste Irmynar jedoch, dass Kaiser Carolus den feindlichen König gehörig unterschätzt hatte. Ein Fehler, der schon vielen Menschen das Leben gekostet hatte. Unter Aufbietung all seiner Kraft schlug Irmynar um sich, streckte einen Ork nach dem anderen nieder und versuchte, seinen bedrängten Kameraden zu helfen, wo er es vermochte.

Währenddessen stürmten immer mehr leevländische Fußsoldaten in den Nahkampf, der für die Menschen zunehmend verlustreicher wurde.

Bald war der Fürst der Ostmark am Ende seiner Kräfte. Ströme von Schweiß liefen ihm in die Augen, so dass er kaum noch etwas sehen konnte. Plötzlich bohrte sich eine Speerspitze in Irymnars Unterschenkel und er brüllte auf. Dann jedoch preschte er weiter voran, bevor ihn ein

Orksoldat aufspießen konnte. Irmynars Herz hämmerte mit nie gekannter Geschwindigkeit, er japste und keuchte und war kurz davor, vom Rücken seines Pferdes hinab in den Schlamm zu fallen. Blutige Fäden liefen von der langen Klinge seines Schwertes herunter; seine Waffe hatte zwar Orkblut gekostet, doch änderte dies wenig am Gesamtverlauf der Schlacht.

Erschöpft und nach Luft ringend ritt der blonde Fürstensohn durch das Schlachtgetümmel, um irgendwo einen Ort zu erreichen, an dem er für einen Augenblick verschnaufen konnte. Irmynar hoffte bloß, dass ihn nicht gleich ein Schwertstreich von seinem Ross holte, während er einfach immer weiter durch das tödliche Chaos jagte. Irgendwann hatte er es heil aus dem Gemetzel heraus geschafft. Leevländische Soldaten rannten in Massen an ihm vorbei. Irmynar ritt mit erhobenem Schwert durch die Schwärme aus Landsknechten, wobei ihm diese aus dem Weg sprangen.

Mit letzter Kraft krallte sich Loghars Sohn an der Mähne seines grauweißen Schlachtrosses fest, dessen Schabracke zerrissen und schmutzig war. Doch fand er keine Zeit, sich auszuruhen und neue Kraft zu schöpfen. Ein panisches Geschrei schreckte ihn aus seiner erschöpften Lethargie; verdutzt drehte er den Kopf und schaute in die Richtung, aus der das Gekreische kam.

Jenseits des Meeres aus Eisenhelmen und Kriegsbannern brüllte ein Hauptmann aus Leibeskräften. Dann griff das Getöse auf die Soldatenhaufen über und breitete sich von einem Regiment zum nächsten aus.

„Was geht da vor?", stieß Irmynar aus. Er holte tief Luft, gab seinem Pferd die Sporen und ritt an hunderten Soldaten vorbei in Richtung des Kaisers und seiner Hauptleute.

Als er Carolus erreicht hatte, blickte er in ein Gesicht der Furcht. Der bärtige Imperator mit der hohen Stirn und dem ansonsten so trotzigen Gehabe, sah Irmynar beinahe hilfesuchend an.

„Was ist?"

„Sie haben uns ins offene Messer laufen lassen! Gnoggreiter kommen von hinten und von beiden Seiten! Tausende Gnoggreiter!", antwortete ein Edelmann an Stelle des Kaisers, dem es die Sprache verschlagen hatte.

Irmynar riss die Augen auf. „Dann gebt sofort den Befehl zum Rückzug! Wenn uns der Feind umzingelt, dann werden wir hier alle sterben!"

„Nein!", herrschte ihn Carolus an. „Wir werden hier stehen und kämpfen! Wir sind Leevländer und keine Goblins!"

„Ehrwürdige Majestät, die Grünhäute werden uns vollständig einschließen und anschließend jagen und niedermachen! Das habe ich schon einmal erlebt! Gebt den Befehl zum Rückzug, bevor wir uns in einer tödlichen Umklammerung befinden!", gellte Irmynar wild mit den Armen gestikulierend.

„Die Regimenter im hinteren Bereich sollen sich drehen und die Gnoggreiter erwarten", erwiderte der starrköpfige Imperator.

„Bitte, Exzellenz, wenn sie uns einkreisen, dann werden wir hier alle sterben! Das ist die übliche Taktik der Orks!", fuhr ihn Irmynar mit zornverzerrtem Gesicht an.

„Zurückziehen? Vor diesen stinkenden Orks? Kein Nachfahre von Arasig ist so unehrenhaft, jetzt davon zu rennen!", schrie den jungen Fürsten ein graubärtiger Hauptmann an.

161

„Unsere Ahnen hätten sich niemals vor Grünhäuten zurückgezogen!", rief ein anderer dazwischen.

„Unsere Ahnen hatten auch nicht König Grimzhag als Gegner!", entgegnete ihm Irmynar ohne jedes Verständnis für die Halsstarrigkeit der anderen Adeligen.

Nachdenklich kratzte sich Carolus II. am Kinn, um schließlich leise zu sagen: „Vielleicht habt Ihr doch Recht, Fürst der Ostmark."

„Ihr müsst jetzt den Befehl zum Rückzug geben! Jetzt! Bevor sie uns endgültig umzingelt haben! Die Grünhäute haben das alles von Anfang an geplant, daran gibt es keinen Zweifel!", drang Irmynar auf ihn ein.

„Korhas hilf, das darf nicht wahr sein", knurrte Carolus.

„Wir haben schon Hunderte von Rittern verloren. Aber noch haben wir die Chance, hier lebend weg zu kommen. Jedenfalls hoffe ich das. Aber wenn wir nicht sofort fliehen, dann werden sie uns jagen und abschlachten wie Vieh!"

Der Kaiser verzog den Mund. „Ich werde als der leevländische Herrscher in die Geschichte eingehen, der vor den Orks davongerannt ist."

„Wollt Ihr lieber ins Goldene Taira eingehen? Wollt Ihr alle diese Männer in den Tod schicken, nur um Euren Stolz zu bewahren? Wenn wir uns heute zurückziehen, dann können wir morgen erneut kämpfen", gab Irmynar wütend zurück.

Abwehrend hob Carolus die Hände. „Es reicht, junger Fürst! Wir ziehen uns zurück!"

„Aber Herr, das kann doch unmöglich Euer Ernst sein", stieß ein Edelmann in einer verzierten Plattenrüstung aus.

„Schweigt, Aswyn von Gorstein, der Fürst der Ostmark hat Recht!", giftete ihn der Imperator an. „Ich habe mich dazu entschlossen, den Rückzug anzuordnen."

Inzwischen war Irmynar so entkräftet, dass er dem Kaiser fast vor die Füße fiel. Er schickte ein Stoßgebet an Arasig und Korhas, hoffend, dass der Rückzug das Heer vor der endgültigen Vernichtung bewahrte.

Schließlich wurde Carolus Befehl durch Hornstöße und Getrommel an die Regimenter weitergegeben. An Irmynar rannten plötzlich Hunderte von Soldaten im Laufschritt vorbei und auch die Einheiten, die sich bereits im Kampf gegen die Orkhorde befanden, versuchten, aus dem Getümmel zu entkommen.

Doch König Grimzhag hatte auch diese Option in seinen Schlachtplan einkalkuliert. Bis zum schützenden Felssäulengebirge, wo die Menschen in den schmalen Schluchten und Passstraßen verschwinden konnten, war es noch ein langer Weg, auf dem Tausende von ihnen zu Tode gehetzt werden konnten.

Grimzhag der Orkherrscher hatte diesmal bloß ein Ziel. Er wollte so viele feindliche Soldaten wie möglich vernichten. Zwar hatte es Irmynar dank seiner Weitsicht verhindert, dass die Grünhäute die Leevländer und ihre Verbündeten gänzlich einkreisen konnten, doch war die Gefahr damit noch lange nicht gebannt. Ohne ihre Ritter war die auranische Armee eine langsame, träge Masse, die leicht ausmanövriert werden konnte. Selbst Fürst Irmynar hatte noch nicht erlebt, was es wirklich bedeutete, einen Ork wie Grimzhag zum Feind zu haben.

Blutgetränkter Grund

Zugrakk stürmte unbeirrt weiter vor und sprang über ein totes Streitross, in dessen Hals zwei Pfeile steckten. Die Schabracke des Pferdes war von Blut durchtränkt, die Zunge des Tieres hing lang und schief aus seinem Maul heraus. Dahinter erwartete den kampfeswütigen Orkkrieger der Ritter, der soeben von seinem Ross gefallen war. Es war ein von oben bis unten gepanzerter Mann, der langsam und steif in Zugrakks Richtung stampfte. Der Mensch schwang einen Morgenstern, der zischend durch die Luft sauste und beinahe Zugrakks Gesicht getroffen hätte.

Zornig fluchend wich der Mazaukkrieger aus und schlug mit dem Streitkolben zu, doch der Ritter parierte mit seinem Schild. Dumpf schmetterte die Eisenkeule auf das Metall, während der Leevländer zum nächsten Hieb ausholte und die kleinen Stachelkugeln des Morgensterns gegen Zugrakks Oberarmschützer prallten. Eine Welle stechenden Schmerzes durchfuhr den Körper des Orks und er brüllte wütend auf.

Im Gegenzug drosch Zugrakk mit Streitkolben und Axt auf den Reiter ein, doch dieser wehrte die Schläge geschickt mit dem Schild ab. Der Mensch schrie etwas in seiner fremdartig klingenden Sprache, aber Zugrakk schenkte ihm bloß ein abfälliges Knurren.

Diesmal griff der Leevländer mit einer schnellen Folge gefährlicher Hiebe an, die Zugrakk aus dem Gleichgewicht brachten. Doch dieser parierte oder sprang immer wieder zur Seite. Zugrakks Eisenkeule sauste hernieder, der Ritter fing den Streich mit dem Schild ab. Im Gegenzug kam der Leevländer einen Schritt auf den Mazauk zu, riss den Morgenstern in die Höhe und schlug zu. Die Dornenkugeln aus Eisen gingen auf Zugrakk hernieder. Dieser reagierte im letzten Augenblick, schwang die Axt und parierte den Angriff.

Unbeirrt prügelte der Ritter auf Zugrakk ein. Die Stachelkugeln des Morgensterns fegten durch die Luft und der Mazauk torkelte zurück. Wieder brüllte der Mensch etwas; er wehrte einen von Zugrakks Schlägen mit seinem Ovalschild ab und kam bedrohlich nahe, bis sein orkischer Gegner endlich wusste, was zu tun war.

Als der Ritter seine Deckung öffnete, um erneut mit dem Morgenstern zuzuschlagen, riss Zugrakk den Kopf nach hinten und donnerte ihm dann die Stirnplatte mit voller Wucht gegen das Helmvisier.

„Wenn Grimzhag heute wieder ständig seinen Kopf benutzt, dann kann ich das auch", dachte Zugrakk, während er bunte Sternchen sah.

Eine Kopfnuss hatte der Mensch nicht erwartet. Mit zerbeultem Visier taumelte er nach hinten, ging benommen in die Knie und blieb dann auf seinem Hintern sitzen.

„He, he!", stieß Zugrakk aus. „Jetzt guckst du blöd, was?"
Als sich der Leevländer zur Seite zu rollen versuchte, griff ihn Zugrakk an. Seine Axt traf den Helm des Menschen und Funken sprühten auf. Dann schlug der Orksoldat mit der Eisenkeule zu und trieb ihm die langen Stacheln zwischen Schulter und Hals ins Fleisch. Im nächsten Moment beförderte Zugrakk den tödlich verwundeten Feind mit einem Tritt in den aufgewühlten Schlamm.

„Kopfnüsse! Ja, das ist es!", rief Zugrakk, als hätte er gerade eine geistige Erleuchtung gehabt.

Zwar schmerzte sein Schädel noch immer, doch konnte das durchaus vorkommen, wenn man zu viel Kopfarbeit leistete. Das jedenfalls sagte Grimzhag manchmal.

Derweil hatten die orkischen Speerträger die leevländischen Ritter noch weiter zurückgedrängt. Eine große Anzahl von Gnoggreitern war der feindlichen Kavallerie in die Flanke gefallen, was das Chaos perfekt machte. Zwar kam mehr und mehr leevländisches Fußvolk angerannt, um den zum Untergang verurteilten Rittern beizustehen, doch schien es für eine Rettung längst zu spät zu sein.

Rasend vor Kampfeswut stürzte sich Zugrakk auf einen gerade anstürmenden Landsknecht und zerhackte den Stiel seiner Waffe, ehe der Mensch reagieren konnte. Mit der anderen Klaue den Streitkolben schwingend, hieb er auf den Leevländer ein; einen noch jungen, verängstigt wirkenden Mann mit blonden Haaren, um ihm dann die Eisendornen in die Schulter zu schmettern. Kurz darauf sackte der Mensch zusammen und blieb aufgeschlitzt im blutgetränkten Staub liegen.

„Goffrukk! Danke für diesen Tag!" Zugrakk riss seine Waffen in die Höhe und sah hinauf zum Himmel, wo ihn der Kriegsgott sicherlich gerade mit einem stolzen Orklächeln betrachtete.

Die Nachfahren Arasigs abzuschlachten, machte besonders viel Spaß. Sie hasste Zugrakk noch mehr als die Manchinen, weil sich das einfach so gehörte.

In einiger Entfernung stampfte ein laut trompetendes Rhinophantenmonster auf die Menschenreiter zu, wie Zugrakk erkennen konnte. Der mit Panzerplatten und Stoffen behängte Körper des Ungeheuers schwankte zwischen den Kriegern umher wie ein Schiff auf hoher See. Auf dem Rücken des gewaltigen Tieres befand sich ein hölzerner Turm, aus dem Goblins Speere auf die Ritter schleuderten oder sie mit Pfeilen beschossen.

Kaum hatte der Rhinophant mit seinem gepanzerten Schädel den ersten Ritter aus dem Sattel geholt, stoben dessen Kameraden panisch auseinander. Zugrakk grinste hämisch, als er die Menschen sah, die von einer Welle der Furcht verschluckt wurden.

„Lass das Vieh mal machen...", brummte er und wandte den Blick wieder von dem grauhäutigen Monster ab, um sich auf den nächsten Ritter zu stürzen.

„Goffrukk!", brüllte Zugrakk, den die um ihn tobende Gewalt noch glücklicher machte als jeder Steppenschnaps. Dann sprang er wutschnaubend in Richtung eines Menschensoldaten, der ihn mit erhobenem Schwert erwartete.

Die Menschen hatten exakt die taktischen Fehler gemacht, die Grimzhag vorausgesehen hatte. Jetzt, wo sie einen beträchtlichen Teil ihrer Reiterei verloren hatten, fehlte es dem leevländischen Heer nicht nur an Mobilität, sondern auch an Stoßkraft. Wo die Menschensoldaten mit langen Speeren oder Piken bewaffnet waren; also allem, was den Gnoggreitern gefährlich werden konnte, sollte sie das orkische Fußvolk binden, während sich die Kavallerie der Grünhäute den Bauern und Schwertkämpfern zuwandte, um dort zuerst durch die Reihen zu brechen.

Bisher hatten die Rottenführer ihre Einheiten nach Grimzhags Zufriedenheit geführt, so dass der Orkkönig nun selbst beruhigt in das Schlachtgeschehen eingreifen konnte. Die ungezählten Krieger, die er heute auf das Crombfeld geführt hatte, erwarteten, dass der mächtige Brüller noch einmal persönlich das Schwert schwang. Und das wollte Grimzhag auch tun. Außerdem trieb ihn inzwischen ein lodernder Kampfeszorn an. Er brannte regelrecht darauf, endlich in das Getümmel zu springen. Ganz wie in den alten Tagen, wo er immer in der ersten Reihe mitgekämpft hatte.

„Folgt mir! Machen wir die Menschlinge nieder! Lasst uns heute so viele von ihnen erschlagen, dass Leevland diesen Tag niemals vergisst!", gellte Grimzhag und stieß seinen Speer in die Höhe.

Die um den König versammelte Leibwache aus schwergepanzerten Gnoggreitern antwortete mit euphorischem Kriegsgebrüll. Die ehrgeizigen Grauaugen warteten schon den ganzen Tag darauf, Ruhm und Ehre an der Seite ihre Königs zu erlangen.

Schließlich schlug Grimzhag mit der flachen Klaue auf das breite Hinterteil seines Gnoggs und das Tier setzte sich schnaubend in Bewegung, seine mächtigen Hufe stampften über den schlammigen Grund und die Erde erbebte unter dem Ansturm der Orkreiter.

Es dauerte nicht lange, da hielt Grimzhag mit seiner Leibwache auf einen großen Haufen leevländischer Bauern zu. Die Menschen, die in den vorderen Reihen standen, rissen verzweifelt ihre Speere hoch, doch reichte dies nicht aus, um die Wucht des Gnoggreiterangriffs zu mindern. Knurrend zog Grimzhag die Augen zu einem schmalen Schlitz zusammen und fletschte die Zähne, genau wie sein wütendes Reittier, das den Menschen seine spitzen Hauer zeigte.

Grunzend und schnaufend kamen die Gnoggs näher; dann verloren die ersten Bauern die Nerven. Sie warfen ihre Waffen zu Boden, drehten sich um und versuchten davonzulaufen, wobei sie immer mehr ihrer Kameraden mitrissen. Noch bevor die orkischen Reiter gleich einer gepanzerten Sturmflut in die Reihen der Menschen krachen konnten, stoben diese schon auseinander.

„Feiges Pack!", brüllte Grimzhag verächtlich, um sich daraufhin den ersten Gegner vorzunehmen.

Er trieb die scharfe Spitze seines Spießes einem flüchtenden Bauern zwischen den Schulterblättern in den Rücken. Kreischend brach der Getroffene zusammen, Grimzhag riss den Speer aus dem tödlich verwundeten Mann heraus und wirbelte dabei kleine Blutspritzer durch die Luft. Sein Gnogg knurrte, zwischen seinen gelben Mahlzähnen stiegen Wölkchen auf. Die Bestie senke den Kopf und walzte in der nächsten Sekunde einen weiteren Bauern in den Morast. Dann richtete sich das Gnogg auf und ließ noch einmal seine Hufe auf den Rücken des Unglücklichen niedersausen. Grimzhag hörte das Brechen von Rippen und Knochen, er verzog das Gesicht zu einer furchteinflößenden Fratze. Plötzlich war all sein Denken nur noch auf das Abschlachten der Feinde gerichtet.

Nachdem Grimzhag den Speer in eine Lederschlaufe an der Seite seines Gnoggs gesteckt hatte, zog er ein Schwert aus der Scheide und ließ es in die Höhe fahren. Während er den fliehenden Bauern nachjagte, hieb er zu beiden Seiten auf die Menschen ein. Wo seine rasiermesserscharfe Klinge traf, spaltete sie Körper und brachte den roten Lebenssaft der Menschen hervor. Bauer um Bauer brach aufgeschlitzt zusammen, während das Gnogg immer wilder und schneller durch das Getümmel raste.

Hinter dem Haufen aus bewaffneten Bauern wurde ein Regiment aus Schwertkämpfern sichtbar. Unbarmherzig trieben die Gnoggreiter die Überlebenden auf ihre Kameraden zu und metzelten sie vor ihren Augen nieder. Anschließend donnerten sie in den Schildwall, den die Schwertkämpfer gebildet hatten. Soldaten wurden durch die Luft geschleudert, als die ersten Orkkrieger in ihre Schlachtreihen schmetterten. Als Grimzhag auf die Schwertkämpfer traf, hatte die Wucht des Gnoggreiterangriffs bereits eine klaffende Lücke in die feindliche Formation gerissen. Erneut bäumte sich das Gnogg des Orkkönigs auf, um einem Menschen die Hufe ins Gesicht zu donnern, während ihm Grimzhag den Schwertarm abschlug und ihm mit einem weiteren Streich den Kopf von den Schultern hackte.

Kurz darauf warfen auch die Schwertkämpfer ihre Waffen fort und begannen zu fliehen. Ein weiterer Fehler, dachte Grimzhag, denn nun waren sie den berittenen Orks erst recht hilflos ausgeliefert.

„Jagt sie wie das Wild der Steppe!", rief Grimzhag seinen Leibwächtern zu.

Die Grünhäute setzten den Flüchtenden nach. Mittlerweile liefen immer mehr Leevländer davon. Zunächst waren es nur einige Hundert, doch dann wurden es Tausende. Bald hatte sich die gesamte linke Flanke des Menschenheeres in einen riesigen Schwarm aus davonrennenden Soldaten verwandelt.

„Ich hätte nie gedacht, dass wir sie so leicht besiegen!", vernahm Grimzhag die Stimme eines Grauaugenkriegers neben sich.

Der Mazaukhäuptling hielt sein Gnogg an, er ließ das blutige Schwert sinken und drehte den Kopf. Vielleicht war es besser, sich jetzt aus dem Kampf zurückzuziehen, dachte er. Das Risiko, am Ende einer so gut wie gewonnenen Schlacht doch noch durch einen unglücklichen Zufall zu sterben, war zu groß. Grimzhag besann sich der Verantwortung als Herrscher eines Weltreiches und unterdrückte seine feurige Wut.

„Unsere Krieger sind den Menschlingen in jeder Hinsicht überlegen. Die Leevländer haben uns unterschätzt – wie schon so viele Menschlinge, deren Knochen nun in der Sonne bleichen", antwortete Grimzhag dem grauäugigen Reiter.

Dieser lachte auf orkische Art und schob dabei die Fangzähne vor. „Mächtiger Brüller, ich habe den gesamten Manchinkrieg unter der Führung des ehrwürdigen Artux mitgemacht. Die Menschlinge sind nur eine schwache und feige Rasse."

Grimzhag hob die Klauen. „Wir werden diese Schlacht mit Sicherheit gewinnen, aber dennoch dürfen auch wir nicht überheblich werden, denn die Menschlinge haben in der Vergangenheit oft genug bewiesen, dass auch sie uns besiegen können."

„Aber nicht, wenn Ihr die Horde anführt, größter Eroberer der Welt", meinte der Leibwächter bewundernd.

„Das mag sein…", gab Grimzhag geschmeichelt zurück.

Sobald diese Schlacht vorüber war und Leevlands Soldaten im blutigen Schlamm lagen, würde das Fundament für seine Legende fertig gegossen sein, ging es dem Orkkönig durch den Kopf.

Er hob die Klaue, dann ritt er aus dem Schlachtgetümmel heraus. Seine Gnoggreiter waren derweil noch weiter durchgebrochen und hielten blutige Ernte unter den flüchtenden Menschen. Wenn sich erst die Massen des orkischen Fußvolkes auch noch in den Kampf warfen, dann war es für die Leevländer und ihre Verbündeten endgültig zu spät. Zufrieden ritt Grimzhag zu dem kleinen Hügel zurück, von wo aus er das Schlachtgeschehen am besten überblicken konnte. Ungezählte Orks und Goblins rissen ihre Waffen jubelnd in die Höhe und rannten noch schneller in Richtung der Menschen, als sie ihn auf seinem Gnogg erblickten.

„Für Grimzhag! Für die Horde!", gellten die rauen Schreie von allen Seiten aus den Kehlen der Grünhäute.

„Nun, Goffrukk", sagte der Häuptling der Mauzauk und blickte hinauf zum wolkenverhangenen Himmel, „ich habe die Menschlinge an beiden Enden der Welt besiegt. Was willst du noch mehr?"

Kaiser Carolus hatte den Befehl zum Rückzug zu spät gegeben; diese schreckliche Erkenntnis war Irmynar längst gekommen. Hunderte von schnaubenden Gnoggs schlugen wie gewaltige Hämmer von mehreren Seiten auf das leevländische Fußvolk ein. Sie griffen dort an, wo sich die Speerkämpfer der Menschen nicht schnell genug zur Abwehr formieren konnten, und rieben so ein Regiment nach dem anderen auf.

Die Grünhäute hatten bereits in vielen Schlachten bewiesen, dass sie Meister im Jagen und Abschlachten fliehender Menschensoldaten waren. Mit beiden Händen umklammerte Irmynar den Griff seines Langschwertes, sein Blick wanderte über das wogende Meer aus leevländischen Soldaten. Immer schneller begannen die Bauern und Landsknechte zu marschieren, allmählich fingen sie zu rennen an und schließlich liefen sie davon. Lediglich eine Handvoll Ritter hatte es lebend aus dem Gemetzel jenseits des Grabens geschafft, ihnen waren Tausende von Orks und Goblins auf den Fersen, die sich nun auf das leevländische Fußvolk stürzen wollten. Gnoggreiter mit langen Spießen verfolgten die überlebenden Ritter und stachen sie von ihren Schlachtrössern – der Kampf hatte sich in ein Debakel verwandelt.

„Wir hätten uns niemals so weit in die Dunklen Lande hineinwagen sollen", zischte Irmynar voller Wut über die Arroganz und Dummheit des leevländischen Herrschers und der anderen Adeligen, die diese Armee geradewegs in den Tod geführt hatten.

Eine gewaltige Massenflucht in Richtung Felssäulengebirge stand unmittelbar bevor. Lediglich die Kriegerhaufen der Zwerge blieben standhaft. Die Khuz rannten nicht davon; sie formierten sich zu Kreisen, in denen die Kämpfer Schild an Schild standen und die Grünhäute grimmig erwarteten. Diese warfen sich brüllend auf die Kleinwüchsigen und schlossen sie gänzlich ein, so dass es für die standhaften Zwerge keine Möglichkeit mehr zur Flucht gab. Doch die Khuz gingen lieber im Kampf unter, als ihren Todfeinden die Genugtuung zu geben, vor ihnen davon zu rennen.

Bis zum Fuße des Felssäulengebirges, von dem sich Irmynar Schutz erhoffte, waren es noch mehrere Tagesmärsche. So dachte der junge Fürst zuerst an sein eigenes Leben und betete, dass er es bis zu der Bergkette im Westen schaffte.

Irmynar gab seinem Ross die Sporen, hieb sie ihm hart in die Seiten und raste an Hunderten von Speerträgern, Schwertkämpfern und bewaffneten Bauern vorbei, um schließlich bis zum äußersten Rand des riesigen Heeres zu reiten.

„Junger Fürst, ich weiß nicht, wie wir hier noch heil weg-kommen sollen!", rief ihm der Schildträger eines rathi-schen Herzogs zu, doch Irmynar ignorierte den kreide-bleichen Mann, der ihn anblickte, als wäre er gerade von einer Schar Dämonen durch die Tiefen der Unterwelt ge-hetzt worden. Schweigend ritt er an ihm vorbei.

In einiger Entfernung krachten orkische Gnoggreiter in ein Regiment aus bewaffneten Bauern. Die chancenlosen Menschen warfen ihre Waffen fort und flohen, doch die gepanzerten Bestien aus den Steppen rammten sie mit ihren massigen Schädeln zu Boden, während die beritte-nen Orks ihre Spieße schwangen und die Leevländer nie-derstachen.

„Halt! Nicht wegrennen!", schrie Irmynar, doch niemand hörte auf ihn. Die flüchtenden Bauern rissen gleich noch ein Regiment aus Landsknechten mit sich und schließlich begann sich auch hier der geordnete Rückzug in eine kopflose Flucht zu verwandeln.

Irmynar jedoch hatte nicht vor, in den Dunklen Landen zu sterben. Diese Schlacht war verloren und bis zu den blauen Gipfeln des Felssäulengebirges war es noch sehr weit. Wenn er es bis zu den Bergen schaffte, würde er vielleicht überleben, sagte sich der Fürst. Er trieb sein Pferd unbarmherzig an und ließ die rennenden Fußsolda-ten hinter sich.

Irmynar, der Sohn des Loghar, hatte das zweifelhafte Vergnügen, zum Zeugen der größten Niederlage des leev-ländischen Imperiums zu werden. Noch in Jahrhunderten würden die Geschichtsschreiber von diese Katastrophe berichten, wurde es ihm bewusst. Zugleich aber sann er auf Rache. Wenn er es bis zum Felssäulengebirge schaff-te, dann würde er erneut gegen die Grünhäute kämpfen, falls sie es wagen sollten, in Leevland einzumarschieren. Aber dann auf heimischem Boden, der den Orks fremd und Irmynar von Kindesbeinen an vertraut war. Der gekränkte Stolz peinigte den Fürsten der Ostmark wie ein Schwertstich; fluchend gab er seinem Pferd die Sporen, ritt wie von Sinnen über das Schlachtfeld und verfluchte König Grimzhag, der schon seinem Vater den Tod gebracht hatte.

„Blödsinn, Weng! Diesmal siegen wir und nicht dieser verfluchte, verschissene Ork!"
Leise vor sich hin wetternd stellte Zaydan Shargut seinen Weinkelch vor sich auf den Tisch; das feiste Grinsen war schlagartig aus dem Gesicht des Geldverleihers gewichen, nachdem sein manchinischer Gehilfe seine Zweifel geäußert hatte.
„Ritter ohne Ende! Nicht bloß Leevländer, sondern auch lamagnische Drachenreiter, Söldner aus Latinien und was weiß ich noch alles! Die Leute aus Aurania können kämpfen!Einer von denen ist so viel wert wie fünf Manchinen!"
Weng zog die Lippe hoch, schüttelte den Kopf; sagte allerdings nichts. Derweil ereiferte sich sein Herr weiter. Der Hass auf Grimzhag leuchtete aus Zaydans altem, faltendurchzogenem Gesicht. Der Geldverleiher erhob sich von seinem Platz, Zaydans Hand landete auf der Tischplatte, so dass der Weinkelch schepperte und beinahe umkippte.
„Warum lasse ich mir eigentlich ständig meine Laune durch dein dummes Gerede verderben, du schlitzäugiger Hund?"

„Es tut mir leid, Zaydan", gab Weng zurück, der sich wie ein getretener Köter in eine Ecke des Raumes zurückgezogen hatte und dort nun gebeugt unter einem Regal stand.

„Es tut dir leid?", giftete Zaydan. „Das nützt mir jetzt nichts mehr, du Schwachkopf! Weißt du, was du bist, Weng?"

Der Manchine, der viele Jahre mit seinem Herrn durch dick und dünn gegangen war, machte sich noch kleiner. Plötzlich wirkte er wie einer der Kulis aus seiner Heimat, die die feinen Herren mit ihren Rikschas herumfahren mussten und der Inbegriff des gesichtslosen Knechtes waren.

„Ich bin dir immer treu ergeben", brachte Weng in Ermangelung einer besseren Antwort über die Lippen.

„Pah!", rief Zaydan grimmig. „Du liebst es höchstens, mich ständig zu provozieren – mit deiner Kleingeistigkeit!"

„Es tut mir leid", gab Weng kaum hörbar zurück.

„Es tut mir leid!", äffte ihn Zaydan hämisch lachend nach.

„Warum behandelst du mich denn in letzter Zeit so schlecht? Habe ich nicht immer alles für dich getan?"

„Du nervst mich einfach! Dein dummes, gelbes Mondgesicht nervt mich! Deine dämlichen Antworten! Du bist ein Relikt, Weng, ein alter Karren mit nur noch drei Rädern! Eigentlich hätte ich dich längst zurück nach Manchin schicken sollen."

„Aber Zaydan...", stieß Weng mit schreckgeweiteten Augen aus.

„Jetzt verschwinde! Lass mich allein und rede in meiner Gegenwart nie wieder von Grimzhag, sonst jage ich dich doch noch zurück in den Osten, wo du hingehörst! Du bist nämlich kein Shargut, kein Berbianer! Im Grunde bist du hier schon lange fehl am Platz!"

Weng wischte sich eine Träne von der Wange, dann eilte er aus dem Raum und ließ seinen Herrn allein.

Währenddessen hatte sich Zaydan wieder den Weinkelch geschnappt und ihn aufgefüllt. Mürrisch nippte er daran, wobei er den roten Beerensaft im nächsten Moment auf den Boden spuckte. Krachend zerschellte der Becher an der Wand zwischen zwei Holzschränken; der in die Jahre gekommene Bankier begann vor Wut aufzubrüllen.

„Diesmal wird Grimzhag sterben! Er kann diesen Krieg nicht gewinnen! Das ist unmöglich! Diesmal wird er in seinem Blut verrecken, dieser von den Göttern ausgeschissene Ork!"

Mit beiden Händen ergriff Zaydan den Weinkrug auf dem Tisch, riss ihn in die Höhe und zertrümmerte ihn. Eine Wolke aus rotem Saft spritzte über Schuldscheine, Möbel und Schriftrollen. Zaydans von dicken Tränensäcken umrandeten Augen stierten mit irrsinnigem Zorn durch den Raum. Er trat von dem Tisch zurück, von dem der Wein zu Boden tropfte.

„Weng!", kreischte der Bankier mit sich überschlagender Stimme. „Weng, sieh dir an, was du angerichtet hast! Komm sofort her!"

Es dauerte nicht lange, da schob sich die Tür des Raumes auf und der abgehetzte Manchine kam herein. Mit gesenktem Haupt stellte er sich vor seinen Herrn, der von seinem eigenen Jähzorn verzehrt wurde.

„Mach das weg, du Idiot!", fauchte Zaydan und deutete auf die Tonscherben, die in einer gewaltigen Weinlache auf dem Tisch lagen.

Weng wagte nicht zu widersprechen. Es war besser, Zaydan in einem solchen Moment nicht noch durch unbedachte Äußerungen zu reizen.

„Ich hole ein Tuch!", versprach der Manchine.

„Es ist allein deine Schuld, du verfluchter Schwachkopf!"

„Ich hole sofort ein Tuch, Zaydan. Bin schon weg."

Weng huschte durch den Türspalt. Er gehorchte seinem Gebieter, wie er es seit Jahren tat.

Das Abschlachten hatte begonnen und alles war verloren. Immer wieder blickte sich Irmynar panisch um, während er seinem Pferd die Sporen in die Seiten rammte. Wiehernd krachte ein reiterloses Ross mit blutverschmierter Schabracke gegen das Tier des jungen Fürsten. Irmynar riss die Zügel hoch, wobei er verzweifelt versuchte, das Gleichgewicht wieder zu finden und nicht zu Boden zu stürzen. In dem Gewimmel aus fliehenden Rittern und Landsknechten trampelten sich die Menschen gegenseitig tot. Die Grünhäute hatten das riesige Heer Auranias mittlerweile vollständig aufgerieben; die Katastrophe, die Irmynar in seinen Alpträumen prophezeit worden war, hatte Gestalt angenommen.

Schnaubende Gnoggs mit gepanzerten Schädeln, auf deren Rücken johlende, schwertschwingende Orks saßen, fielen von allen Seiten über ihre geschlagenen Gegner her. Eine blutige Treibjagd hatte begonnen.

Die haarigen Bestien krachten in die Schwärme der Flüchtenden hinein, Hunderte und schließlich Tausende von Menschen wurden in einem schrecklichen Massaker niedergehauen.

Irmynar war fassungslos, als er sah, was die Grünhäute mit dem gewaltigen Heer Auranias gemacht hatten. Reihe um Reihe lief vor ihnen davon, die Landsknechte warfen Speer und Schild zu Boden, um um ihr nacktes Leben zu rennen, doch damit lieferten sie sich erst recht den kampferprobten Orks aus.

Schlammspritzer und Dreck wirbelten in Irmynars Gesicht, er zerrte an den Zügeln seines Schlachtrosses wie ein Wahnsinniger und raste in einen Pulk flüchtender Ritter hinein. Hier gab es keinen Kampf mehr zu gewinnen, hier ging es für jeden Mann nur noch darum, den Klauen des Todes zu entkommen.

Kaiser Carolus und seine Leibwache waren bereits gänzlich von den Orks umzingelt worden, wie Irmynar entsetzt erkannte. Von allen Seiten hagelten Pfeile und Wurfspeere auf die Ritter ein, die sich um den leevländischen Imperator geschart hatten, um den Grünhäuten ein letztes Gefecht zu liefern. Schließlich fielen ganze Rotten von Gnoggreitern und Orksoldaten über die Unglücklichen her, um sie förmlich in Stücke zu reißen.

Dass Kaiser Carolus schon so gut wie tot war, wusste Irmynar tief im Inneren, obwohl er sich noch immer weigerte, das Undenkbare zu akzeptieren. Welche Dämonen der Unterwelt auch immer diesen Grimzhag auf die Welt losgelassen hatten, sie hatten ein geniales Monster erschaffen.

So jagte der Fürst der Ostmark an seinen fliehenden Kameraden vorbei. Wer bloß zu Fuß unterwegs war, hatte kaum Chancen, den orkischen Reitern zu entkommen. Selbst Irmynar konnte seinen todgeweihten Landsleuten diesmal nicht mehr helfen, denn auch für ihn ging es nur noch darum, dem Gemetzel irgendwie zu entkommen.

Am Ende hetzte der blonde Fürst sein Pferd beinahe zu Tode, während Auranias Ritterheer in seinem Rücken unterging und fast gänzlich ausgelöscht wurde.

Triumph und Untergang

Erneut hatte König Grimzhag einen vernichtenden Sieg über die Menschen errungen. Doch diesmal hatte er kein Manchinenheer in den Staub getreten, sondern die Nachfahren des Arasig und ihre zwergischen Verbündeten niedergeschlagen. Der Triumph war unbeschreiblich, denn die Feinde waren zu Tausenden in der von Grimzhag aufgestellten Falle gestorben. Wieder einmal hatte der Mazaukhäuptling bewiesen, wie überlegen er den gegnerischen Heerführern war. Seine Horde hatte ein weiteres, furchtbares Blutbad angerichtet und die Soldaten aus Aurania wie fliehendes Steppenwild verfolgt und abgeschlachtet.

„Yang-Weig und das Crombfeld, die größten Siege unserer Rasse. Zwei Säulen, die dein Weltreich tragen", sagte Zugrakk beinahe philosophisch, den Blick seinem ältesten Freund zugewandt.

Überall um Grimzhag herum lagen Leichen, die bereits einen süßlichen Geruch verströmten. Die verzerrten, bleichen Gesichter der erschlagenen Menschen strahlten sogar noch im Tod Angst aus. Inzwischen hatten sich ganze Schwärme von gierigen Aasvögeln auf dem Schlachtfeld niedergelassen, um ein Festmahl zu genießen, wie es es seit Jahrhunderten nicht mehr gegeben hatte. Grimzhags Orkhorde hatte mehr als 100000 Menschen und Zwerge niedergemetzelt; die Spur der Leichen konnte bis zum Fuße des Felssäulengebirge verfolgt werden. Zerbrochene Lanzen, geborstene Holzschilde, aufgeschlitzte Leiber,

181

blutgetränkte Gewänder – die Schlacht auf dem Crombfeld war eine unbeschreibliche Katastrophe für das Imperium von Leevland.

Die besten Soldaten des westlichen Menschenreiches waren in diesem Gemetzel gefallen. Zudem zahlreiche Hauptleute und Adelige, die nun in Leevland fehlten. Ganz Aurania würde vor Angst erstarren, wenn die Kunde, dass das mächtige Ritterheer vernichtet worden war, die hohen Gipfel des Felssäulengebirges überwunden hatte.

Die Demütigung, die Grimzhag seinen Feinden zugefügt hatte, wurde durch den Tod des Menschenkaisers vervollständigt. Carolus II. lag erschlagen auf dem Schlachtfeld zwischen seinen Rittern, während Grimzhag seine Krone in seinen grünen Klauen hielt.

Was die Ausrufer in den Städten als Arasigs zweiten Kreuzzug gegen die Orkrasse angepriesen hatten, war zu Leevlands schlimmster Niederlage geworden. Diesmal hatten die Orks vernichtend gesiegt und nach mehr als zweitausend Sonnenzyklen endlich ihre Rache bekommen.

So sahen es zumindest die gewöhnlichen Orkkrieger, die ihre Freude kaum in Worte fassen konnten. Grimzhag war durch diesen Sieg auch für alle Grünhautstämme der Dunklen Lande und des Felssäulengebirges zu einem Gott geworden.

„Der hier lebt noch!", hörte Grimzhag Zugrakk neben sich sagen. Er blickte sich um und sah ungerührt dabei zu, wie der bullige Orkveteran auf einen schwer verletzten Menschen zuging.

Der Mann hielt abwehrend die Hände vor sein dreckver-
klebtes Gesicht und rief Zugrakk etwas zu, doch dieser
knurrte bloß hämisch zurück und kam unbeirrt näher.

Was der verletzte Mensch von sich gab, war kein Leevländisch, wie Grimzhag herauszuhören glaubte. Vermutlich stammte er aus einem der Menschenreiche, die noch
weiter westlich lagen.

Zugrakk beugte sich zu dem Soldaten herab, drückte sein
Knie auf dessen Oberschenkel und riss dann sein Schwert
in die Höhe.

„Noch ein paar letzte Worte, Menschling? Vielleicht einen Gruß an deinen Arasig", höhnte er, während ihn
Grimzhag mit ausdruckslosem Gesicht betrachtete.

Bevor der Mensch noch einen Laut ausstoßen konnte,
fuhr Zugrakks scharfe Klinge auf ihn hernieder und been-
dete sein Leid. Anschließend kam der Krieger zu Grimzhag, er grinste breit und zeigte stolz die Fangzähne.

„Ab und zu lebt noch einer von denen. Dann muss man
nachhelfen. Und du weißt, dass ich immer hilfsbereit
bin", meinte Zugrakk.

Grimzhag lachte auf. Für einen Moment gab er sich
ebenfalls einer hämischen Schadenfreude hin. Immerhin
hatten die Menschen des Westens diesmal das bekommen, was sie verdient hatten. Warum Mitleid mit ihnen
haben, dachte der junge Brüller. Wenn sie nur durch
Schmerz lernten, dann mussten sie ihn eben erdulden.

„Größter aller Feldherren, wohin sollen wir die Krone
des Carolus bringen?", fragte ein grauäugiger Hordenführer, der die ganze Zeit über schweigend neben Grimzhag
über das Schlachtfeld gegangen war.

„Bringt sie in die Schatzkammer unter dem Palast von
Chaar-Ziggrath. Genau wie die Armeestandarte der

Menschlinge. Ich werde sie mir später in Ruhe ansehen. Vielleicht setzte ich mir die schöne Krone ja sogar auf den Kopf. Was meint ihr? Soll ich der neue Kaiser von Leevland werden?"

Zugrakk und die Hordenführer lachten lauthals, als sie Grimzhag diese Worte sagen hörten. Und auch der Häuptling der Mazauk begann erneut zu grinsen. Zufrieden betrachtete er das Schlachtfeld, auf dem Arasigs Nachfahren zu Tausenden den Tod gefunden hatten.

„Ja, Imperator der Menschlinge! Das wäre es! Ich werde mir die goldene Krone von Leevland aufsetzen und Arasigs Volk dann vor meiner Macht kriechen lassen!", stieß der junge Brüller aus.

Grimzhag stieg über ein totes Pferd, hinter dem ein erschlagener Ritter auf dem Rücken lag. Als er dem Toten einen Tritt mit dem Stiefel verpasste, spottete er: „Wo ist dein elender Arasig jetzt? Hä?"

Grimzhag hielt sich die Krone des Menschenkaisers vor das Gesicht und bewunderte die kunstvolle Schmiedearbeit. Gleich den Strahlen der aufgehenden Sonne wuchsen die Zacken rund um den mit Edelsteinen verzierten Ring in alle Richtungen; allerdings wandten sie sich wie Schlangenkörper nach oben. Grimzhag staunte. Wer auch immer dieses Wunderwerk aus Gold erschaffen hatte, war ein Meister seines Fachs gewesen.

Das laute Schwatzen, Gröhlen und Johlen angetrunkener Orkhäuptlinge riss den jungen Brüller aus seinen Gedanken. Er legte die Krone sanft vor sich auf den Tisch und lächelte zufrieden. Heute hatte sich Grimzhag fest vorgenommen, sämtliche Zukunftssorgen aus dem Thronsaal von Chaar-Ziggrath zu verbannen. Immerhin hatte er den größten Triumph errungen, den sich eine Grünhaut vorstellen konnte. Grimzhag der Mazauk hatte die Nachfahren des Arasig vernichtend geschlagen. Der Herrscher von Leevland war von einer Orkklinge ins Jenseits geschickt worden. Jetzt zweifelte keine einzige Grünhaut mehr daran, dass ihn die Götter selbst auserwählt hatten, die Welt zu erobern.

„Sieht aber noch schöner aus, wenn etwas Menschlingsblut dran klebt", meinte Haarg der Zwergenwürger und zeigte auf die Krone.

Die am Bankettisch sitzenden Hordenführer und Häuptlinge hoben ihre Becher und lachten bellend durcheinander. Haargs grünes Narbengesicht verwandelte sich in eine hämisch grinsende Fratze. Zugrakk, der neben seinem besten Freund saß und bereits stark angetrunken war, donnerte die Faust auf den Tisch.

„Auf uns Orks!", brüllte er.

Grimzhag stampfte auf, sein Knie stieß dabei gegen die Tischplatte und ein Krug voller Pilzbier schwappte über. Zugleich johlten die Orkkrieger noch lauter.

„Ganz gleich, welches Heer auch gegen ihn aufgestellt wird, Grimzhag schafft sie am Ende alle!", rief ein grauäugiger Hordenführer, erhob sich von seinem Platz und prostete dem Mazaukhäuptling zu.

„Goffrukk selbst hat unseren Führer von Anfang an unbesiegbar gemacht", stieß ein weiterer aus.

Grimzhag kratzte sich am Hinterkopf, er überlegte. Dann sagte er: „Mein lieber Freund Artux kann bestätigen, dass auch ich Schlachten verlieren kann. Aber natürlich nur, wenn ich mich wirklich anstrenge."

Grimzhags Stellvertreter entblößte die Fangzähne und wirkte amüsiert.

„Aber das ist lange her, Wütender", antwortete er anschließend in aller Bescheidenheit.

Sein König brummte zustimmend. „Nichtsdestotrotz ist es geschehen, Artux."

Wieder einmal waren Grimzhag die pausenlosen Lobhudeleien seiner Kampfgenossen unangenehm. Wer von den gewöhnlichen Grünhäuten als lebender Gott angesehen wurde, stand unter einem enormen Leistungsdruck.

So fiel es dem jungen Brüller schwer, seinen Triumph ganz ohne einen trüben Gedanken zu genießen. Immer wieder ertappte er sich dabei, wie er über die Frage nachgrübelte, ob die Schlacht auf dem Crombfeld nicht alles nur noch schlimmer gemacht hatte.

Am Ende der prunkvollen Siegesfeier saß Grimzhag wie schon so oft in sich gekehrt am Ende seiner königlichen Tafel und zerbrach sich den Kopf, während der ausgelassene Jubel seiner Krieger noch immer von den Wänden der Thronhalle widerhallte.

Die Schlacht auf dem Crombfeld hatte das Imperium von Leevland ins Chaos gestürzt. Kaiser Carolus war gefallen, sein mächtiges Ritterheer fast gänzlich vernichtet worden. Niemand hatte mit einer solchen Katastrophe gerechnet, zumal auch noch eine Vielzahl ranghoher Adeliger auf dem Schlachtfeld geblieben war.

Um inneren Unruhen und einem Streit um die Erbfolge vorzubeugen, ernannten die noch verbliebenen Kurfürsten in Allianz mit der Arasigenpriesterschaft den gerade erst sechzehn Jahre alten Nukywin IV., Carolus Sohn, zum neuen Imperator von Leevland.

Der blassgesichtige Jüngling mit den blonden Locken strahlte allerdings weder die Stärke, noch die Entschlusskraft seines verstorbenen Vaters aus. Ganz im Gegenteil, Nukywin wirkte geradezu kränklich und mädchenhaft. Unter den Edelleuten munkelte man, dass er sich schnell als unfähig erweisen würde, da er über ein weibisches Gemüt verfügte und niemals in die Fußstapfen seines Erzeugers würde treten können.

Dennoch zogen die Adeligen des Reiches den jungen Monarchen einem offenen Machtkampf unter den Fürstenhäusern vor; auch angesichts der Orkgefahr, die jenseits des Felssäulengebirges lauerte. Zumindest vorläufig, denn auf lange Sicht war Nukywins Stellung als Kaiser mehr als fraglich. Allerdings war er der einzige Erbe, der Carolus Lenden entsprungen war, was die Machtposition der noch herrschenden Adelsdynastie nachhaltig schwächte.

Und so wurde der jugendliche Nukywin über Nacht zum Imperator des mächtigsten Reiches von Aurania. Still, ängstlich und mit jedem Schritt überfordert, bleib er in den gewaltigen Hallen des Kaiserpalastes von Asenburg zurück, während sich König Grimzhags drohender Schatten am Horizont erhob.

Ein dumpfes Pochen mischte sich mit dem immer gleichen Geräusch strömenden Regens. Thelinda und ihre Kammerdienerin Clara hielten sich die Kerzen vor ihre verschlafenen Gesichter; fragend blickten sie die Treppe herunter, an deren unterem Ende sich die Empfangshalle der Fürstenresidenz befand.

Das Klopfen an der Eingangstür wurde lauter und energischer, während Thelinda behutsam einen Fuß vor den anderen setzte und die Stufen herabstieg. Seit ihr Mann an der Spitze des ostmärkischen Heeres nach Osten gezogen war, fühlte sich die Fürstin nicht mehr sicher. Sogar die einfachen Wachsoldaten, die in Friedenszeiten rund um das Anwesen ihren Dienst verrichtet hatten, waren Irmynar über das Felssäulengebirge gefolgt.

„Wer ist da?", rief Thelinda, hinter deren Rücken sich Clara versteckte.

Sie erhielt keine Antwort. Misstrauisch hob die Fürstin die Kerze an, doch der schwache Lichtschein reichte kaum aus, um die dunkle Halle zu erleuchten. Hinter dem Eingangsportal aus dickem Eichenholz ertönte erneut ein dumpfes Hämmern. Dann endlich erreichte eine vertraute Stimme Thelindas Ohren.

„Verflucht! Öffnet endlich diese Tür!", vernahm sie Irmynars heisere Stimme.

„Liebster?", gab sie zurück, die Kerze ängstlich umklammernd.

„Thelinda? Ja, ich bin es! Mach endlich auf!"

„Hol den Schlüssel! Schnell! Öffne die Tür!", wies die Fürstin ihre Dienerin an und diese hastete durch die Düsternis, um kurz darauf mit einem Schlüsselbund in der Hand zurück zu kommen.

Mit zitternden Fingern entriegelte Thelinda das Portal, anschließend drehte sie den Schlüssel im Schloss herum und schob die Tür auf.

„Liebster!" stieß sie mit entsetzt aufgerissenen Augen einen Herzschlag später aus, als sie Irmynar erblickte.

Der Fürst der Ostmark stand mit zerrissenen Kleidern, an denen der Schmutz klebte, im Hauseingang. Blutige Schrammen und Wunden übersäten sein Gesicht, Irmynar taumelte mit leerem Blick auf Thelinda zu und fiel ihr schließlich in die Arme. Clara schrie neben ihrer nicht weniger erschrockenen Herrin auf, als der Lichtschein der

Kerze die traurige Gestalt des Fürsten gänzlich enthüllte. Derweil wischte sich Irmynar die nassen Haare aus dem Gesicht, die beiden Frauen traurig anblickend.

„Wir wurden vernichtend geschlagen. Die Orks haben unser gesamtes Heer niedergemetzelt. Es ist allein Arasigs Gunst zu verdanken, dass ich noch am Leben bin."

„Es ist schwer, die richtigen Worte zu finden, angesichts der Katastrophe, die über unser Reich hereingebrochen ist. Noch immer ist nicht klar, wie viele Soldaten wir in den Dunklen Landen verloren haben, aber es sind mindestens zwei Drittel unserer Armee", sagte Kaiser Nukywin mit eisiger Miene.

Entsetztes Schweigen füllte die große Ratshalle des Asenburger Palastes. Die noch verbliebenen Fürsten waren aus allein Teilen Leevlands in die Hauptstadt gekommen, um die Kunde vom größtmöglichen Unglück aus dem Munde des Imperators zu hören. Außerdem waren weitere Adelige und ranghohe Kleriker anwesend. Die vielen Männer drängten sich auf den hölzernen Sitzreihen des Redeatriums zusammen; ihre Gesichter waren ebenso kreidebleich wie das des jugendlichen Kaisers. Nukywin IV. kratzte sich an seiner weißen Wange, dunkle Ringe hatten sich unter seinen Augen gebildet, denn der frisch gebackene Monarch hatte seit der Nachricht von der vernichtenden Niederlage im Osten und dem Tod seines Vaters kaum mehr geschlafen.

Am Rande der Masse aus Fürsten, Priestern, Herzögen und Grafen stand ein elbischer Botschafter aus Galathol, der im Auftrag des dort herrschenden Konzils ausgesandt worden war. Längst wussten die Führer der Enlaytheth vom Debakel des Menschenheeres in den Dunklen Landen. Nun wollten sie wissen, wie das Imperium von Leevland reagieren würde. Selbst der fremde Elb, dessen maskenstarres Gesicht einem Menschen wie ein unlesbares Buch vorkam, strahlte eine unterschwellige Furcht aus.

„Wir sind wehrlos, Majestät! Wir müssen verhandeln!", rief ein Hoher Deuter mit kahlem Kopf durch die Ratshalle. Das Gesicht des Mannes verriet blankes Entsetzen, der Kleriker ruderte mit den Armen, dann setzte er sich wieder hin, nachdem ihn der Kaiser bloß fragend angestarrt hatte.

„Unsere besten Männer sind gefallen! Die Grünhäute haben Hunderte von Rittern niedergemacht und auch unsere schwergerüsteten Fußtruppen aufgerieben. Sie wussten ganz genau, dass sie uns damit unsere wertvollste Waffe aus den Händen schlagen. Ich habe mit vielem gerechnet, aber nicht damit. Was ist das bloß für ein Orkkönig?", fuhr Nukywin fort. Ein Provinzfürst hob die Hand, der Imperator nickte.

„Dann sind es wohl doch keine Ammenmärchen, dass dieser Grimzhag das Sagenreich von Manchin unterworfen hat. Wir hätten besser auf die wenigen Stimmen, die uns zuvor gewarnt haben, hören sollen", rief der Adlige.

Der junge Imperator unterbrach den Fürsten, hilfesuchend schaute er sich zu einem seiner Berater um, der ihm etwas ins Ohr flüsterte.

„Warnende Stimmen? Ganz Aurania hat diesen grünhäutigen Bestien das größte und beste Heer entgegengestellt, das überhaupt aufgestellt werden konnte. Eine derartige Streitmacht hat Leevland seit langer Zeit nicht mehr gesehen. Was hätte mein armer Vater denn noch tun sollen?"

Carther von Prehl, das Oberhaupt der Arasigenkirche, erhob sich von seinem Platz. Aufgeregt gestikulierend und mit hochrotem Kopf rief er etwas dazwischen. Augenblicklich fuhr ein Raunen durch die Masse und die Stimmung begann sich aufzuheizen.

„Dieser Grimzhag ist eine Prüfung der Götter! Gerade jetzt wollen die Götter von uns sehen, dass wir dem einzig wahren Glauben treu bleiben und nicht verzagen!", behauptete ein anderer Kleriker.

Um den Priester herum breitete sich brausendes Gemurmel aus, ein Adeliger lachte laut und meckernd.

„Das bringt uns nicht weiter!", rief Nukywin unsicher. „Ich habe die Edelleute des Reiches heute nicht zusammengerufen, damit wir wild herumspekulieren. Wir müssen eine Lösung finden. Was ist, wenn es König Grimzhag nach noch mehr Land gelüstet und er mit seinen Horden in Leevland einfällt?"

„Dann müssen wir verhandeln! Was sollen wir sonst noch tun?", schallte es durch die Ratshalle.

„Mit Orks verhandeln? Niemals!", kreischte ein dickbäuchiger Herzog und schlug mit der Hand auf das Holz seiner Sitzbank.

„Hätte Arasig mit diesen Monstern verhandelt?", brüllte ein anderer Adeliger.

Nukywin verzog den Mund, er hob die Hände. „So wie mir König Grimzhag von einem Augenzeugen beschrieben worden ist, kann man überhaupt nicht mit ihm verhandeln. Er kennt bloß die Sprache der Gewalt. Seine Krieger haben Millionen unschuldige Menschen im fernen Osten niedergemetzelt. Gnade und Mitleid sind Grimzhag fremd. Wenn wir Boten zu ihm schicken, dann schickt er uns nur ihre Köpfe zurück."

Als der Imperator diese Worte aussprach, wurde es plötzlich wieder still auf den Sitzbänken. Die Gesichter der versammelten Männer wurden lang und bleich. Dem einen oder anderen Adeligen wurde erst jetzt klar, was es bedeutete, den gefürchteten Steppenhäuptling zum Feind zu haben. Wenn auch nur die Hälfte der Gerüchte, die man sich über den Orkherrscher erzählte, wahr waren, dann war Grimzhag das fleischgewordene Böse. Ein herzloser Dämon, dem das Leid seiner hilflosen Opfer bloß Freude bereitete.

„Wir geben den Grünhäuten Gold! Das mögen sie doch! Gold! Ja, geben wir ihnen all unser Gold! Unsere letzte Möglichkeit!", durchbrach die zittrige Stimme eines noch jungen Grafen die eisige Stille.

„Die Orks werden sich das Gold nehmen und uns dann trotzdem töten", gab Kaiser Nukywin verzweifelt zurück.

Irmynar, der die ganze Zeit über zugehört hatte, ballte die Fäuste so hart, dass seine Knöchel weiß wurden. Er sprang von seinem Platz auf und ließ den Blick durch das Rund des Saales wandern. Hier umgab ihn nur Angst.

„Fürst der Ostmark, Ihr hebt die Hand. Wollt Ihr etwas sagen?", rief ihm der Kaiser zu.

„Ja, Eure Majestät, das will ich!", antwortete Irmynar.

„Ich frage mich, wenn ich mich hier umsehe, was der heilige Arasig von Edelleuten und Priestern wie euch gehalten hätte. Ihr versucht, die Grünhäute genau wie die wilden Creex mit Gold zu kaufen, doch dies wird Erstere sicherlich nicht davon abbringen, unsere Heimat zu überfallen. Schon jetzt sinkt ihr alle vor den Orks auf die Knie. Was soll ich davon halten?

Es ist in meinen Augen keineswegs so, dass ganz Leevland oder gar Aurania hilflos ist. Es gibt nämlich noch genug Männer, die kämpfen können. Ja, wir haben eine furchtbare Niederlage erlitten, doch heißt das noch lange nicht, dass König Grimzhag Leevland bereits erobert hat."

Die Stirn in Falten gelegt und die Arme vor der Brust verschränkt stand Nukywin vor den Edelleuten und suchte verzweifelt nach einer Antwort. Um Irmynar herum tuschelten die Männer.

„Euer Vater, Fürst der Ostmark, ist kein Träumer gewesen. Er war immer Realist. Aber scheinbar trifft dies nicht auf seinen Sohn zu", meinte der Herrscher der Provinz Thielien, die sich im Nordwesten der Kaisermark befand.

Irmynar machte eine abfällige Handbewegung. Voller Verachtung starrte er den Adeligen an, einen satten, kriegsscheuen und grauhaarigen Mann, der sich vor dem Feldzug gegen die Grünhäute gedrückt und lieber seine beiden Söhne auf das Schlachtfeld geschickt hatte.

„Dann rutscht König Grimzhag doch auf Euren Knien entgegen. Ich jedoch werde dies niemals tun", bellte ihn Loghars Sohn an.

Ohne die Anwesenden noch eines weiteren Blickes zu würdigen, erhob sich Irmynar von seinem Platz, griff nach seinem Mantel und verließ die Ratshalle mit grimmiger Miene. Er würde kämpfen und notfalls fallen. Aber vor den Orks kriechen würde er niemals.

Zaydans Gesicht glich einer ausgebrannten Ruine. Was er soeben gehört hatte, war zu viel für seinen gepeinigten Verstand.

„Leevland ist reif für die Schlachtung, genau wie Manchin damals", murmelte der Geldverleiher, der sich auf einem Stuhl niedergelassen hatte, apathisch ins Leere glotzend.

„Es tut mir leid, dass ich Ihnen keine besseren Nachrichten aus dem Osten überbringen konnte, Herr Shargut", sagte ein hagerer Mann, der vor dem Bankier stand und sich nachdenklich am Kinn kratzte.

Weng, der wortlos auf seinen Herrn blickte, wagte es nicht, auch nur den leisesten Ton von sich zu geben. Er kannte Zaydans Stimmungsschwankungen nur zu gut und hatte in letzter Zeit immer häufiger unter ihnen zu leiden.

„Ihr Götter der Wüste, was habe ich nur verbrochen, dass ihr mir diesen Grimzhag auf den Hals gehetzt habt?", murmelte Zaydan.

„Bedauerlicherweise haben wir dieses Monstrum nun alle am Hals", meinte der Kurier, der Shargut soeben die Hiobsbotschaft aus dem Osten überbracht hatte.

„Verschwindet! Sofort!", knurrte ihn Zaydan an und fuchtelte mit der Hand herum.

Ein wenig brüskiert machte der Bote auf dem Absatz kehrt, schweigend und sichtlich verärgert ließ er sich von Weng zur Tür des Raumes führen. Kaum war das Klackern seiner Schritte draußen auf dem Gang verklungen, brach eine Welle ohnmächtiger Wut aus Zaydan heraus.

„Ramluchach soll auf die Erde kommen und die Grünhäute mit Seuchen und Hungersnöten strafen! Grimzhags Bauch soll sich unter Geschwüren aufblähen und seine ganze Rasse soll unter Qualen verrecken!", kreischte Shargut, der einfach nicht wahrhaben wollte, was er soeben gehört hatte.

Er trommelte sich mit der Faust auf die Brust, seine Augäpfel quollen ihm aus den Höhlen und die roten Äderchen schienen aufplatzen zu wollen.

Vor Wut schäumend rannte Zaydan zu einer teuren Vase, die auf einer Kommode stand, um sie an der Wand zu zerschmettern. Sein manchinischer Diener ging in De ckung, als unzählige Splitter über seinen Kopf hinwegflogen.

„Ich muss dieses Haus aufgeben und nach Asenburg fliehen, bevor die Orks anrücken! Sie kommen schon wieder! Grimzhag kommt schon wieder!", brüllte der Bankier mit sich überschlagener Stimme.

„Ja, deswegen sollten wir nicht mehr lange mit unserem Umzug warten. Wir beide wissen doch, wie gefährlich dieses Ungeheuer ist", meinte Weng.

„Halt dein Maul, du schlitzäugiger Schwachkopf!", bellte ihn sein Herr an. Zaydans speckige Fäuste flogen durch die Luft, während er auf seinen Gehilfen zuraste und ihm mit voller Wucht ins Gesicht schlug. Stöhnend ging Weng zu Boden, dann landete er auf seinem Hinterteil.

Der Manchine wischte sich das Blut von der zerschlagenen Lippe, doch Zaydan hörte nicht auf, ihn wie einen Straßenköter zu verprügeln.

„Wage es nicht, mir Anweisungen zu geben, du stinkender…." Erneut klatschte Sharguts knochige Faust in Wengs gelbbraunes Mondgesicht.

„Aber ich habe doch überhaupt nichts gesagt. Nur, dass wir Richtenhof schnellstens verlassen sollten, bevor die Orks in die Ostmark einfallen", wimmerte der Diener.

„Wie ich diesen Grimzhag hasse! Oh, Ramluchach, wie ich diesen Ork hasse!" Zaydan presste die Worte zwischen seinen Zähnen wie bitteres Gift heraus.

„Ich doch auch", bestätigte ihm Weng.

„Halt dein Maul! Dieser elende Mistork hat Kazhad Mekral überrannt! Angeblich uneinnehmbar, aber Grimzhag macht die Zwerge fertig! Er hat das größte Heer, das Leevland seit langer Zeit ausgesandt hat, vernichtend geschlagen! Wie kann das möglich sein?"

„Es ist mir auch ein Rätsel, Herr", gab Weng, der sich jedes Wort genau überlegte, eingeschüchtert zurück.

Zaydans Zeigefinger wirbelte durch die Luft, der Bankier schnellte zu seinem Gehilfen herum wie eine angriffslustige Wüstenschlange.

„Du hast doch keine Ahnung, du elender, dreckiger Bastard von einem Manchinen! Warum hat dein wertloses Volk diesen grünhäutigen Dreckfresser nicht schon aufgehalten? Schafft es denn niemand auf der ganzen Welt? Dieser Grimzhag ist ein Fluch! Ein Fluch!"

Mit leisem Gejammer nahm Weng eine schallende Ohrfeige hin. Er kroch über den Boden wie ein hilfloser Hund, der sich nicht vor der Willkür seines Herrn verstecken konnte. „Ich weiß es doch auch nicht, Zaydan."

„Wir müssen unsere Sachen zusammenpacken. Wir müssen hier weg. Naja, vielleicht ist es sogar besser, denn dann bin ich in der Nähe von Kaiser Nukywin. Aber wenn dieser Grimzhag auch noch Aurania überrennt, dann können wir uns in ein Schiff setzen und über das große Meer nach Murkalanth schippern. Allerdings gibt es dort nichts, bloß ein paar kleine Siedlungen und endlose Dschungel voller Monster", brabbelte Zaydan mit starrem Blick vor sich hin.

„Ja, richtig, Herr", murmelte Weng unsicher.

„Und wenn dieser Grimzhag alles zerschlägt, was ich aufgebaut habe? Nein, unmöglich…das kann gar nicht sein…das ist gar nicht möglich…", sagte der Bankier und wirkte, als ob er den Verstand verlieren würde.

„Die Auranier werden die Orks sicherlich am Ende doch aufhalten können. Nein, das wird nicht passieren", wagte Weng zu sagen.

„Und wie?", brüllte Zaydan. „Wie denn, wenn alle Ritter schon niedergemetzelt worden sind?"

„Die Götter…vielleicht sollten wir die Götter um Hilfe anflehen", schlug sein Diener vor.

„Pah!", spie Zaydan aus. „Die Götter der Manchinen haben sich als nutzlos erwiesen! Und die Götter dieser blonden Leevländer sind auch nicht besser! Vergiss die verfluchten Götter! Grimzhag ist ein Fluch, der auf meinem Leben lastet! Niemals hätte ich mich mit diesen Mazauk einlassen sollen! Er führt doch nur wegen mir diese ganzen Kriege! Nur wegen mir, Weng! Allein, um mich zu quälen!"

„Sicherlich geht es auch um Macht und Politik", bemerkte Weng, um daraufhin den nächsten Faustschlag zu kassieren.

„Wegen mir macht der das!", schrie Zaydan wie von Sinnen.

Danach tobte der berbische Bankier gleich einem Wirbelwind durch den Raum. Er zerschlug mehrere Möbelstücke, riss Wandteppiche herunter und zertrümmerte die noch verbliebenen Vasen unter ohrenbetäubendem Gezeter. Weng war unter einen Tisch gekrochen, wo er hoffte, vor weiteren Schlägen in Sicherheit zu sein.

Nach einer halben Stunde hatte sich Zaydan zumindest so weit abgeregt, dass er wieder ansprechbar war und nicht sofort zuschlug. Zwar vernahm Weng kein Wort der Entschuldigung, doch war er froh, nicht noch mehr Hiebe von seinem aufbrausenden Herrn zu bekommen. So wütend hatte er Zaydan noch niemals zuvor erlebt.

„Wir müssen ein paar dieser leevländischen Bauern zusammentrommeln, damit sie unsere Sachen packen. Meine Sachen, versteht sich, meine Sachen. Und dann machen wir uns auf nach Asenburg, wo es hoffentlich sicher ist. Nukywin oder einer der Adeligen wird uns dort eine Bleibe besorgen können. Ich habe weiterhin Geld, das ist das Wichtigste und das Einzige, das mir in diesem schwarzen Leben noch Freude bereitet, Weng."

„Sehr wohl, Zaydan...Herr", gab der Manchine zurück.

„Worauf wartest du dann noch, du Idiot? Besorge ein paar Deppen, die die Möbel und das Zeug zusammenpacken!", knurrte der Bankier grimmig. „Ich will nicht in Richtenhof sein, wenn diese Stadt von den Orks in eine Wüste verwandelt wird. Die Götter haben mir Grimzhag als Prüfung geschickt. Ich kann es mir nicht anders erklären."

Shargut schlug die Hände über dem Kopf zusammen und stieß einen langgezogenen Klagelaut aus, während sich Weng umdrehte und behutsam zwischen den Trümmerstücken auf dem Boden in Richtung Tür schlich.

Alles gewinnen oder verspielen

„Soll ich oder soll ich nicht?"

Grimzhag kratzte sich nachdenklich am Hinterkopf, er lugte zu Cuglakk herüber. Der alte Schamane überlegte ebenfalls angestrengt.

„Wenn wir die Völker des Westens nicht bezwingen, dann werden sie uns immer wieder angreifen", meinte er dann.

Grimzhag stieß ein tiefes Verneinungswürgen aus. „Und wenn wir sie besiegen, dann werden sie irgendwann doch wieder gegen uns kämpfen. Ich will Aurania nicht erobern und auch nicht angreifen."

„Du glaubst also tatsächlich, dass die Menschlinge mit uns Frieden schließen werden? Oder gar die Zwerge? Nein, das werden sie niemals tun", sagte Soork.

„Ich glaube nicht, dass die Menschlinge oder Khuz die Dunklen Lande noch einmal angreifen werden. Hier leben bereits seit Jahrtausenden Orks", antwortete ihm Grimzhag.

Soork hob die Klaue. „Ach, nein? Arasig hat sein Heer einst doch auch in die Dunklen Lande geführt und die Städte unserer Vorfahren in Schutt und Asche gelegt. Beinahe wäre es ihm gelungen, uns völlig zu vernichten. Das Felssäulengebirge schützt uns nicht vor jedem Zugriff unserer Feinde."

„Einen zweiten Arasig wird es nicht geben", sagte Grimzhag, doch die Schamanen sahen ihm an, dass er an seinen eigenen Worten zweifelte.

„Wenn wir die letzte Schlacht verloren hätten, würden die leevländischen Ritter jetzt eine Orkstadt nach der anderen schleifen. Und am Ende würde auch Chaar-Ziggrath fallen. Hast du denn vergessen, was sie für ein Riesenheer gegen uns ins Feld geführt haben?

Allerdings haben wir gesiegt und den Menschlingen schwere Verluste zugefügt. Viele wertvolle Ritter und Soldaten sind gefallen. Wenn es also einen Augenblick gibt, um den Krieg endlich nach Westen zu tragen, dann ist es dieser", sagte Soork.

Cuglakk, der greise Schamane aus Roughfort, hob die Klaue. Er sah Grimzhag eindringlich an.

„Ja?", brummte der König genervt.

„Obwohl es eine unumstößliche Tatsache ist, dass der gute Soork von den Mazauk bei weitem nicht über die grandiosen Denkerfähigkeiten des zahnlosen Cuglakk verfügt, stimme ich ihm zu", meinte der Altork mit einem meckernden Lachen.

„Wie nett!" Soork würgte ein wenig brüskiert.

„Gern geschehen!", gab der schrumpelhäutige Greis zurück. Dann musste er husten und sein persönlicher Goblindiener eilte in den Raum, um ihm auf den Rücken zu klopfen.

„Jetzt haben wir die Gelegenheit, die Menschlinge des Westens für Jahrhunderte zu schwächen. Wenn du nun deine geballte Macht nach Leevland führst, dann können sie sich kaum noch verteidigen. Anders als die Manchinen verfügen die Leevländer nicht über solche Massenheere. Und selbst die Menschlinge des Ostens hast du besiegt. Denke an Yang-Weig."

„Ach, Soork, das ist pures Glück gewesen. Die Huang haben uns damals im letzten Augenblick den Hals gerettet."

„Wichtig ist bloß, dass wir am Ende gesiegt haben!", rief Soork mürrisch.

Grimzhag erhob sich von seinem Thron; er tigerte im Kreis herum, während er nachdenklich an einem seiner Fangzähne fummelte. Zahlreiche Kohlepfannen erhellten den Thronsaal des Orkherrschers im Palast von Chaar-Ziggrath, rötliche Schatten tanzten auf den Wangen des Königs.

„Ihr beide wollt also auch, dass ich diesen Krieg beginne. Seid ihr denn auch verseucht von dieser Wahnidee, dass ich Rache an den Nachfahren des Arasig üben soll?", stieß der junge Brüller aus.

Die beiden Geistesbegabten schwiegen. Soork starrte seinen alten Freund missmutig an, dann würgte er lautstark und stampfte bekräftigend auf.

„Nein!"

„Ist das denn nicht euer wahrer Antrieb, den ihr bloß verleugnet?", fuhr Grimzhag fort.

„Arasigs Nachfahren sind auch heute noch unsere Feinde und sie werden es immer bleiben", erwiderte Soork.

Grimzhag kam auf ihn zu, er riss die Arme in die Höhe. „Ich kann keinen Schritt mehr tun, ohne dass mich ein Hordenführer dazu drängt, diesen Krieg endlich zu beginnen. Überall redet man nur auf mich ein. Die Monroggs werden mit Bitten überhäuft, dass sie mich endlich dazu überreden sollen, gegen Leevland zu ziehen. Bis zum kleinsten Goblin schreit unsere gesamte Art nach noch mehr Krieg. Ich aber habe längst genug vom Blutvergießen. Was in Manchin geschehen ist, war furchtbar und grausam. Das will ich nicht noch einmal wiederholen."

„Weltreiche werden immer im Blut geboren, junger Brüller", sagte Cuglakk.

„Wir haben im Osten Millionen Menschlinge töten müssen, um uns ihr Land nehmen zu können", murmelte Grimzhag und spürte, wie ihn wieder einmal Gedanken der Schuld peinigten.

Soork erhob sich und stampfte erneut auf. „Beginne diesen Krieg! Jetzt!"

Der dürre Zeigefinger des Schamanen ragte gleich einem grünen Ast in Grimzhags Richtung; der Mazaukhäuptling verzog hingegen das Maul und knurrte unwillig. Tief im Inneren wusste er, dass die Entscheidung längst gefallen war. Die Grünhäute aller Stämme erwarteten, dass der göttliche Welteroberer die Horden nun in die letzte Schlacht gegen Arasigs Sprösslinge führte, um seine Herrlichkeit für alle Zeiten zu zementieren und die alte Schmach auszutilgen.

„Ich…ich muss noch eine Nacht darüber schlafen", sagte Grimzhag, wohl wissend, dass ihm das Schicksal die Entscheidung bereits aufdiktiert hatte.

„Muss mir überlegen, wie wir am besten vorgehen. Geht jetzt besser, ihr beiden", murmelte er vor sich hin und blickte die Geistesbegabten düster an. Schließlich verließ der König den Thronsaal und zog sich in sein Schlafgemach zurück.

Der jugendliche Kaiser von Leevland machte ein Gesicht, als ob Grimzhag und seine schwertschwingenden Bestien bereits vor seinem Thron ständen und sein Blut verlangten. Allerdings waren es drei in weißblaue Gewänder gehüllte Elben, die vor dem schmalbrüstigen Monarchen standen und ihn mit prüfenden Blicken musterten.

„Orks mit grauen Augen? Nun, mein Vater hat im Vorfeld des Feldzuges gegen die Grünhäute mehrfach davon gesprochen, doch ich habe nie richtig verstanden, was es damit auf sich hat", sagte Nukywin verunsichert.

Ein Elb mit einem langen, ovalen Gesicht lächelte den Imperator auf Menschenart an, indem er die Mundwinkel nach oben zog. Dann erwiderte er: „Unsere Kundschafter haben dem Hohen Konzil in Varnasse bereits detailreich geschildert, was auf dem Crombfeld geschehen ist. Der Ausdruck „Katastrophe" beschreibt die Situation leider sehr treffend."

Dass der Untergang des leevländischen Ritterheeres einer tödlichen Wunde für das Imperium gleichkam, wusste Nukywin selbst; dafür benötigte er nicht die Belehrungen der spitzohrigen Besucher aus Galathol. Dennoch schienen die Fremden, die heute Morgen den Kaiserpalast von Asenburg aufgesucht hatten, noch eine Menge mehr zu wissen.

„Ehrwürdiger Imperator von Leevland, besagte „Grauaugenorks" waren in den alten Tagen, als die Grünhäute noch eine mächtige Rasse waren, die natürlichen Anführer eines jeden Orkstammes. Sie sind größer, stärker und vor allem intelligenter als die gemeinen Orks. König Grimzhag ist nicht nur selbst ein Abkömmling dieser gefährlichen Blutlinie, sondern weiß auch um ihre Wichtigkeit. Er vermehrt die Grauaugen gezielt, organisiert sie, baut eine neue Herrenkaste auf…"

„Arasig möge uns retten!" Nukywin überlegte; eine bessere Antwort fiel ihm nicht ein. Verzweiflung und Furcht reichten sich in seinem Inneren die Hände. Die Berater und Würdenträger, die sich rund um den Thron ihres Herrschers versammelt hatten, schauten einander schweigend an. Derweil fuhr der Anführer der elbischen Gesandtschaft mit seinem Vortrag fort.

„Die Dunklen Lande erbeben vom Gebrüll kriegswütiger Orks, wie unsere Kundschafter berichten. Die Schmieden von Chaar-Ziggrath rauchen. Selbst in den Steppen des Ostens sprechen die Stämme vom großen Krieg gegen Leevland, den Grimzhag beginnen will. Dass dieser Ork brandgefährlich ist, dürfte jedem König Auranias nach dem Gemetzel auf dem Crombfeld sicherlich bewusst sein."

„Ich will Euch gerne Glauben schenken", gab Nukywin zurück. Aufgeregt und verängstigt wie ein aufgescheuchtes Reh rutschte der junge Monarch auf seinem Thron herum. Seine Berater blickten betroffen auf ihn herab, ohne auch nur den leisesten Ton von sich zu geben.

Der hohlwangige Elbenbote, der auf Befehl des Hohen Konzils über das Meer gekommen war, hob seine schmale Hand. Er kam ein paar Schritte auf den Kaiser von Leevland zu und sagte: „Es genügt leider nicht, wenn Ihr mir bloß Glauben schenkt und nicht schnellstens handelt. Leevland muss sich auf den Ansturm der Orks vorbereiten. Währenddessen wird auch Galathol sein Heer mobilisieren und weitere Schritte einleiten, um den Königreichen Auranias zur Seite zu stehen."

„Hat das Hohe Konzil beschlossen, seine Armee nach Leevland zu schicken, um unser Imperium zu retten?", fragte Nuykwin.

Ein kaum hörbares Zischen verriet, dass der Elbengesandte die Frage entschieden verneinte.

„Der Krieg gegen die Grünhäute tobt nicht nur vor den Toren Auranias, sondern auch am anderen Ende der

Welt, wo Grimzhags Horden bereits am Jadefluss stehen."

„Am Jadefluss?", wunderte sich Nukywin.

„Ja, im Herzen von Manchin."

„Manchin!", wiederholte der junge Kaiser beinahe ehrfürchtig. Die Erwähnung des sagenhaften Reiches jenseits des Eisgebirges veranlasste auch seine Berater, überrascht zu brummen.

„Galathols Heer wird das Orkreich des Grimzhag dort angreifen, wo es derzeit am schwächsten ist. Außerdem werden wir ein paar unserer besten Assassinen entsenden, um den Tyrannen aus dem Weg zu räumen", erklärte der Enlaytheth.

„Also wollt Ihr uns nicht helfen?"

Offenbar verärgerte die Begriffsstutzigkeit des jungen Menschenkaisers den elbischen Gesandtschaftsführer. Zischend ließ er seine Hand durch die Luft fegen, als wollte er einem dummen Kind den Mund verbieten.

„Galathol hilft anders. Immerhin haben wir den gesamten Erdkreis im Blick, Imperator Nukywin. Doch verlasst Euch nicht zu sehr darauf, dass wir Enlaytheth am Ende Euer Reich retten. Wir sind schon lange nicht mehr so mächtig wie in der alten Zeit. Was wir an Soldaten entsenden werden, um Grimzhag aufzuhalten, wird alles sein, was unsere Rasse noch aufbieten kann. Somit wird Leevland nach wie vor die Hauptlast des kommenden Krieges tragen müssen."

„Arasig möge sich unserer Seelen erbarmen. Eure Worte drücken mir die Kehle zu, Elb. Wie soll ich bloß ohne genügend Ritter die grüne Flut aus dem Osten aufhalten? Unsere besten Soldaten sind in den Dunklen Landen geblieben", stieß Nukywin verzweifelt aus und raufte sich die Haare.

Immer wieder krallten sich Chaachas kleine Finger in das an den Seiten eingerissene Pergamentstück, auf dem eine brüllende Orkfratze den Betrachter anstarrte.

„Meldet euch freiwillig! Helft Fürst Irmynar im Kampf gegen Grimzhag den Ork!", stand unter der Zeichnung, wobei Chaacha, die Zaydans Haus nur selten verließ, die Bedeutung der leevländischen Worte bloß im Ansatz verstehen konnte.

„Grimzhag, du schrecklicher Ork, töte meinen verfluchten Mann! Ramluchach hilf ihm dabei! Bitte!", wisperte sie leise durch das Halbdunkel des Kellerraumes.

Verstohlen blickte sich Chaacha um, daraufhin rollte sie das Pergamentstück, das sie vor einiger Zeit auf dem Straßenpflaster gefunden hatte, aufgeregt zusammen und stopfte es in die Tasche ihres Kleides.

Chaacha stellte sich auf die Zehenspitzen und streckte die Beine so gut es ging, während sie nach einem Tonkrug im obersten Regal tastete. Die Fingerspitzen der zierlichen Berbianerin mit dem dunkelbraunen Haar tanzten auf dem Holz der Regalablage, bis sie endlich gegen den kalten Bauch des Kruges stießen.

„Mist!", sagte Chaacha kaum hörbar zu sich selbst. Sie würde einen Schemel holen müssen, um an den Krug heran zu kommen.

Die junge Frau drehte den Kopf und schaute herauf zu dem kleinen Rundfenster, durch das ein wenig Sonnenlicht in den kühlen Kellerraum eindrang. Der Geruch von feuchter Erde und abgestandenen Gewürzen stieg ihr in Nase. Sie stieß mit der Ferse gegen einen Weidenkorb, als sie einen Schritt zurückging, es knisterte und eine Frucht mit brauner Schale kullerte auf den Boden.

Chaacha bückte sich, um sie aufzuheben. Ihre Pobacken strafften den grauweißen Stoff ihres Kleides, was dem alten Mann, der sich jenseits der Holztür des kleinen Vorratsraumes aufhielt und durch ein Astloch spähte, ein erwartungsvolles Lächeln entlockte.

Erneut versuchte die junge Frau, den Krug auf dem obersten Regal zu erreichen, wobei sie sich so sehr streckte, dass sie fast vorne über kippte. Schließlich drückte Chaacha erschöpft den Rücken durch. Sie setzte eine nachdenkliche Miene auf, verzog genervt den Mund und strich sich dann eine Haarsträhne von der Stirn.

Draußen vor der angelehnten Tür der Kammer stand Zaydan, der seiner Frau schon seit den frühen Morgenstunden nachstellte und ihr in den ansonsten verlassenen Keller unter der Villa nachgeschlichen war.

Zaydan grinste, er genoss es einfach, dass dieses junge Wesen ihm gehörte und er über es verfügen konnte wie über einen Sack voller Goldstücke.

Nachdem es Chaacha noch ein drittes Mal vergeblich versucht hatte, den Krug zu erreichen, machte sie auf dem Absatz kehrt und ging in Richtung Tür. In diesem Moment tauchte Zaydan aus dem schattigen Halbdunkel auf, betrat den Raum und stand ihr plötzlich im Weg.

Der ergraute Bankier schob die Tür hastig hinter sich zu, leise hob er den Riegel an, um ihn dann mit einem Klicken herabfallen zu lassen. Chaacha starrte ihren Ehemann mit schreckgeweiteten Augen an, während dieser ein leises Brummen ausstieß. Die dunklen Brauen des Geldverleihers hoben sich langsam, der von einem Bart umschlossene Mund verzog sich zu einem Lächeln, das Chaacha zutiefst verunsicherte.

„Mein Edelstein, ich dachte, dass du heute unterwegs bist...", sagte sie, als Zaydan auch schon einen großen Schritt auf sie zu kam.

Chaacha versuchte, an ihm vorbei zu huschen, doch Shargut trat zu Seite und versperrte ihr den Weg. Er fasste sie hart am Oberarm. Seine dunklen Augen leuchteten für einen Augenblick gierig auf. Chaacha zuckte zusammen, sie begann zu zittern wie ein verängstigter Straßenköter in den Gassen einer Wüstenstadt.

„Du gehst mir aus dem Weg, aber das ist zwecklos, Chaacha!", knurrte Zaydan, seine Frau gegen ein Wandregal drückend.

„Nein, Schatz, das stimmt nicht...", keuchte sie hilflos, als ihr Kopf bereits mit einem Klatschen nach hinten flog. Zaydans Hand hatte sie mitten im Gesicht getroffen, Blut quoll aus Chaachas aufgerissenem Mund.

„Ganz Leevland soll eines Tages vor mir knien, aber mein eigenes Weib will nicht richtig gehorchen! Was soll ich davon halten?"

Shargut drehte die junge Berbianerin wie ein kleines Püppchen auf der Stelle herum, riss ihr das Kleid vom Leib und grub seine Fingerkuppen in das zarte Fleisch der Frau, die für alle Zeiten ihm gehörte.

Mit angstvoll hämmerndem Herzen schloss Chaacha die Augen, während sich Zaydan immer weiter in eine geradezu sadistische Gier hineinsteigerte und laut zu schnaufen begann. Das Pergamentstück, von dem aus Grimzhags grausige Orkfratze in die Düsternis glotzte, hing halb aus der Tasche des zerfetzten Kleides zwischen Chaachas Knöcheln. Doch der Ork konnte sie nicht vor

Zaydan Shargut retten, der sie in seinen alten Klauen hielt, während er sich selbst entblößte. Die junge Berbianerin stieß einen erstickten Schrei aus, den jedoch keiner außer dem wollüstig grunzenden Zaydan hörte: Kein Grimzhag, kein Ramluchach und auch sonst niemand.

Der ohrenbetäubende Jubel seiner Artgenossen wollte kein Ende mehr nehmen, als Grimzhag auf der Spitze der großen Pyramide, die die Khuzbaath einst im Namen ihres finsteren Gottes Madrok errichtet hatten, zu seiner Rede ansetzte. Mit ausgebreiteten Armen, als wollte er sein Volk in Liebe umarmen, stand der König vor dem Eingang des Tempelraumes, zu dessen beiden Seiten gewaltige Feuer in den Nachthimmel wuchsen.
Tausende von Fackeln, getragen von kampfeswütigen Orks und Goblins, bildeten ein leuchtendes Meer, das die Straßen von Chaar-Ziggrath rund um die große Pyramide erhellte. Grimzhag stand ganz allein auf der höchsten Plattform des monumentalen Bauwerks, dessen Stufen seine Krieger einst mit dem Blut der dunklen Zwerge gefärbt hatten.
„Goffrukke Tumal! Goffrukke Tumal!", donnerten die Sprechchöre durch die verstopften Gassen. So laut und machtvoll, dass der Boden unter Grimzhags Stiefeln zu vibrieren begann.
Lange hatte der junge Brüller an dem bevorstehenden Feldzug gezweifelt, doch in diesem bewegenden Augenblick fühlte er sich wie ein leibhaftiger Gott, der die Welt bereits in den Klauen hielt.
Was sich dort unten in den Straßen der Khuzbaathhauptstadt zu seinen Ehren versammelt hatte, war das größte Orkheer, das Antariksa seit Jahrhunderten gesehen hatte.

Grimzhag holte tief Luft, nachdem das frenetische Geschrei ein wenig leiser geworden war, und ließ seine donnernde Stimme über die Häuser von Chaar-Ziggrath hinwegbrausen.

„Die Götter wollen diesen heiligen Krieg! Sie haben mich auserwählt, um unsere Todfeinde, die Nachkommen des Arasig, zu bestrafen! Und sie haben euch auserwählt, damit ihr die Ehre des Orkvolkes wiederherstellt!"

Augenblicklich wurden die Fackelströme lebendig, die zahllosen Lichter bewegten sich, begannen zu tanzen, während tausende Kehlen den Namen ihres Anführers priesen.

„Unsere Feinde, die Nachfahren des schrecklichen Arasig, haben uns erneut angegriffen, doch diesmal haben wir sie besiegt und vernichtet! Aber nun verlangen die Götter, dass wir den Krieg zu ihnen tragen, um Rache für alles zu nehmen, was die Menschlinge der orkischen Art angetan haben!

Ihr alle seid jetzt die Faust des Goffrukk! Ein jeder Ork und ein jeder Goblin, ob aus dem Gebirge, den Dunklen Landen oder den östlichen Steppen, wird in diesem Krieg sein Schwert an Goffrukks Stelle führen! Die Götter verlangen, dass ihr so fanatisch kämpft, wie noch in keinem Krieg zuvor! Seid ihr dazu bereit?"

Wütendes Geschrei quoll wie ein Orkan zu Grimzhag hinauf. Seine Worte entfachten eine solche Raserei unter den Kriegern, dass sie Gefahr liefen, vor lauter Kampfeszorn übereinander herzufallen. Nackte Orkberserker, von deren Körpern Tierblut und Farbe heruntertropften, brüllten wie die Wahnsinnigen in die Nacht hinaus. Und auch die gewöhnlichen Soldaten schäumten regelrecht vor Blutgier. Grimzhag konnte die Energie, die ganz

Chaar-Ziggrath umsponnen hatte, geradezu mit der Klaue ergreifen. Er erkannte die Umrisse von Bannern, Standarten und Totems, die zwischen den Fackeln schwankten und wippten.

Selbst der Mazaukhäuptling, der seine Emotionen fast immer kontrollieren konnte, musste gegen eine Woge bestialischer Gewalttätigkeit ankämpfen, die seinen Verstand angesichts einer solch übermächtigen Horde zu verschlingen drohte. Grimzhags Unterkiefer schob sich nach vorne, er knurrte, als sich seine Klauen zu zerstörungswütigen Fäusten schlossen. Dann jedoch unterdrückte er den Kampfrausch mit eiserner Disziplin und setzte seine Ansprache fort.

„Sie haben viele von uns in unseren früheren Leben getötet! Beinahe hätten sie unsere Art ausgelöscht, so dass wir niemals wieder hätten inkarnieren können! Jetzt endlich, nach mehr als zweitausend Sonnenzyklen, können wir uns an unseren Peinigern rächen! Wir werden die Menschlinge in die Tiefen der Unterwelt treiben, wir werden ihre Städte verbrennen und ihre Reiche verwüsten! Goffrukk will es! Er will, dass wir den Krieg aller Kriege beginnen und Leevland vernichten! Seid ihr dazu bereit?"

Langsam begann Grimzhags Stimme zu versagen. Seine Kehle wurde heiser und die Luft blieb ihm weg. Inzwischen war das Geschrei in den Straßen derart laut und schrecklich, dass der König ein Blutbad unter seinen eigenen Kriegern befürchten musste. Der Krieg gegen die Westvölker, die einst von Arasig angeführt worden waren, kam für die einfachen Grünhäute einer blutigen Pilgerreise gleich, die von den Göttern reich belohnt wurde. Erschöpft brummend hielt Grimzhag die Klaue in die kühle Nachtluft, die von der Kriegseuphorie seiner Artgenossen regelrecht elektrisiert wurde. Schließlich drehte er sich um, während Artux aus dem dunklen Eingang des Tempelraumes in seinem Rücken heraustrat. Der Monrogg von Chaar-Ziggrath war endlich gekommen, um den Mazaukhäuptling abzulösen und selbst auch noch eine kurze Ansprache zu halten.

„So laut musste ich noch nie brüllen. Und das will etwas heißen. Mein Maul fühlt sich an, als würde es gleich zu bluten anfangen", stöhnte Grimzhag, während der Jubel von unten zu ihm heraufkroch.

„Es sind nicht mehr viele Worte nötig. Auch ich werde mich kurz fassen, sonst gerät die Horde außer Kontrolle", antwortete Artux, der in seiner prächtigsten Rüstung angetreten war.

Zusammen mit dem Orkkönig aus der Steppe riss er die Arme in die Höhe, ein Zeichen starker Einigkeit vor dem versammelten Heer. Als Antwort schrien die Grünhäute noch lauter durcheinander.

Kurz darauf begann Artux mit seiner Ansprache. Als Grimzhags Stellvertreter genoss auch er ein gewaltiges Ansehen. Vor allem bei den Bewohnern von Chaar-Ziggrath. Mit einer gewissen Erleichterung ging Grimzhag ein paar Schritte zurück und trat in den Hintergrund. Während Artux zu brüllen begann, schloss der Orkkönig für einen Moment die Augen und lauschte dem gewaltigen Jubelsturm.

Mit dieser Horde würde er die ganze Welt überrennen können, wenn er wollte. Für die Zeit einiger Herzschläge regierten Bilder aus Blutgier und Größenwahn in Grimzhags Schädel; der Eroberer von Manchin sah die brennenden Städte der Westvölker und das zerstörte Galathol vor seinem geistigen Auge. Er sinnierte über einen Feldzug gegen die Menschenstämme der Wüstenländer und dachte an riesige Orkflotten, die ferne Kontinente erreichten, um auch dort alles in ihrem Weg zu zermalmen. Doch dann meldete sich wieder die Vernunft zurück. Grimzhag öffnete die Augen, er blickte zu Artux herüber, um letztendlich an den Rand der Stufenpyramide zu gehen und nochmals einen Blick auf seine ergebenen Krieger zu werfen.

Dreißig Tumala

„Artux wird die nördliche Horde führen. Sie wird direkt an Kazhad Mekral vorbei durch den Langsteinpass marschieren. Ich selbst werde die mittlere Horde führen. Wir werden an der Festung Grogoth vorbeiziehen und dann durch das Herz des Felssäulengebirges nach Aurania vorstoßen.

Leider ist es sehr schwierig, Kundschafter in die Gebiete jenseits des großen Gebirges zu schicken, selbst für die Bergstämme. Die Ebenen sind so voller Menschlinge, dass die Späher nicht einmal bei Nacht unbemerkt reisen können", erklärte Grimzhag mit ernster Miene und stampfte dann auf. Anschließend blickte er zu König Baudrogg herüber, der am anderen Ende des großen Tisches stand.

„Willst du die südliche Horde tatsächlich anführen, alter Freund?", fragte er ihn.

Der faltengesichtige Baudrogg würgte ein wenig verärgert. „Nur weil ich mir im Manchinkrieg eine kleine Verletzung zugezogen habe, heißt das nicht, dass ich inzwischen zum Snag geworden bin. Ich kann weiterhin kämpfen, Grimzhag. Außerdem kenne ich das südliche Felssäulengebirge seit meiner Jugend. Deine Hordenführer aus den Steppen wissen nichts darüber. Vertraue mir, ich weiß, wie man eine Horde in die Schlacht führt."

„Daran zweifelt hier niemand", antwortete Grimzhag, wobei er dies tief im Inneren sehr wohl tat. Baudrogg war im Krieg gegen die Manchinen nicht bloß leicht verletzt worden. Im Grund war es ein Wunder, dass er überhaupt noch am Leben war.

Allerdings war der alte Orkkönig eine gewichtige Persönlichkeit, die geradezu symbolisch für das gute Verhältnis der Grünhautstämme der Dunklen Lande und der Steppenstämme stand. Grimzhag musste Baudrogg gerade bei diesem Feldzug Respekt erweisen und ihn eine eigene Horde anführen lassen.

Baudrogg tippte mit der Kralle auf die auf dem Tisch ausgebreitete Karte des Felssäulengebirges und der angrenzenden Gebiete dahinter. Er deutete auf den Schwarzflammenpass im Süden der Gebirgskette, an dessen westlichem Ausgang Arasig einst die entscheidende Schlacht gegen die Orks gewonnen hatte.

„Dann führe ich die dritte Horde, zehn Tumala, durch die Berge nach Swytien", bekräftige Baudrogg.

Grimzhag brummte zustimmend. „Richtig!"

„Wenn wir an drei Stellen gleichzeitig unsere Krieger durch das Gebirge strömen lassen, dann werden die Menschlinge vollkommen hilflos sein", meinte Artux.

„Vermutlich...", sagte Grimzhag nachdenklich.

Der Monrogg von Chaar-Ziggrath schob verwundert die Augenbrauenwülste nach oben. „Was wollen die Menschlinge noch gegen drei Horden aus je 100000 Kriegern machen?"

„Aller Wahrscheinlichkeit nach nichts", gab der Mazaukhäuptling zurück, der nach wie vor fieberhaft jedes Risiko zu bedenken versuchte. Dass er bloß ungenaue Karten von Aurania besaß, beunruhigte Grimzhag auch weiterhin. Außerdem befürchtete er Versorgungsprobleme für seine riesigen Kriegermassen, die er durch das Felssäulengebirge zu führen gedachte. Gerade dort, in den zerklüfteten Bergtälern, waren die Nachschubwege besonders leicht vom Feind zu unterbrechen.

„Dieser Feldzug wird nicht lange dauern. Leevland ist hilflos ohne seine Ritter. Wir werden Stadt für Stadt schleifen bis wir vor Asenburg stehen. Dort lassen wir den Menschlingskaiser dann vor unserer Macht knien und der Krieg ist vorüber", meinte Baudrogg mit einem zuversichtlichen Orkgrinsen im Gesicht.

„Wir werden sehen...", murmelte Grimzhag, der auf die vor ihm liegende Karte stierte und schon wieder in Gedanken versunken war.

Zaydan Shargut saß auf einer großen Holzkiste und sah einer Gruppe von Tagelöhnern dabei zu, wie sie sein Hab und Gut herumtrugen, seine Bilder von den Wänden nahmen und sein mit Prunk überhäuftes Haus nach und nach in ein leeres Gebäude verwandelten. All dies erlebte er nicht zum ersten Mal. Wieder einmal beobachtete er irgendwelche Gehilfen beim Verstauen von Möbeln, während er dabei war, das eigene Haus hinter sich zurück zu lassen. All das kam Zaydan geradezu wie ein Deja-vu vor.

Neben dem Geldverleiher stand Weng, schweigend und mit verkniffenem Gesichtsausdruck, die Hände in den Taschen seiner manchinischen Pluderhose vergraben.

Mittlerweile fühlte sich Shargut alt und ausgebrannt, was er zweifelsohne auch war. Er hatte Grimzhag den Ork erneut falsch eingeschätzt und damit zugleich sein eigenes Unglück heraufbeschworen.

„Aber Asenburg wird dieses Ungeheuer nicht so schnell erreichen, oder? Dort werden wir doch endlich sicher sein, nicht wahr?", murmelte Weng in das Ohr seines Herrn.

Zaydan drehte dem Manchinen sein von tiefen Falten durchzogenes Gesicht zu, zwei dunkle Augen funkelten ihn an. Der schlitzäugige Diener erschrak vor dem hasserfüllten Blick seines launischen Gebieters, der noch mehr Bösartigkeit ausstrahlte als sonst.

„Bei allen Dämonen der Unterwelt, woher soll ich das wissen? Kann ich die verdammte Zukunft etwa voraussehen?"

„Ich mache mir eben auch Sorgen, Zaydan."

„Du machst dir Sorgen", äffte Shargut seinen Gehilfen mit triefender Häme in der Stimme nach. „Was hast du schon zu verlieren, du nutzloses Schlitzauge? Dein erbärmliches Leben vielleicht?"

Weng schwieg. Wenn Zaydan in einer derartigen Stimmung war, war es besser, nichts mehr zu sagen. Allerdings hatte der Bankier mit dem grauweißen Kraushaar nicht vor, von seinem Diener abzulassen. Er erhob sich von der Holzkiste, drückte den Rücken durch und schielte Weng finster an.

„Es geht hier um die Zukunft des Shargut Bankhauses. Wenn diese verfluchten Grünhäute jetzt auch noch Leevland verwüsten, dann werde ich meine Pläne niemals verwirklichen können. Kapierst du das, du Narr? Geht das in deinen runden Manchinenschädel hinein oder soll ich erst mit einem Knüppel draufschlagen, damit dein Hirn zu arbeiten beginnt?"

Weng wich instinktiv zurück. In den letzten Jahren, vor allem seitdem sich Zaydan zunehmend mit seinen berbischen Stammesgenossen umgab, fühlte er sich kaum noch gewürdigt. Früher war er jeden Tag an der Seite seines Herrn gewesen, doch inzwischen gab ihm der ergraute Geldverleiher immer mehr das Gefühl, ein nutzloses Relikt aus alten Tagen zu sein.

„Hier geht es um mein Lebenswerk, das dieser elende Grimzhag bedroht! Hast du das noch immer nicht kapiert, du stumpfsinniger Hund?"

Ehe Weng den nächsten Gedanken gefasst hatte, donnerte ihm Zaydan die flache Hand ins Gesicht. Panisch schreiend taumelte der Manchine zurück. Ein paar der Tagelöhner, die rund um die beiden durch die Eingangshalle des Hauses huschten, blieben stehen und blickten in Richtung des alten Berbianers, der völlig die Beherrschung zu verlieren drohte.

„Hast du verstanden, was ich gesagt habe?", kreischte Shargut und verpasste Weng eine zweite Ohrfeige mit seiner knochigen Hand.

„Es tut mir leid, Herr!", lamentierte der Manchine wie ein hilfloses Kind, doch das machte seinen Gebieter nur noch rasender.

Bevor Zaydan jedoch zu einem weiteren Schlag ausholen konnte, fuhr ein stechender Schmerz durch seinen Körper. Schnaufend griff sich der Bankier an die Brust, während ihm die Farbe aus dem Gesicht wich und ein Sabberfaden aus seinem Mundwinkel purzelte. Weng schnellte nach vorne, stützte Zaydan ab und setzte ihn behutsam auf die Holzkiste, wo er ein langgezogenes Röcheln ausstieß. Es war in den letzten Monaten schon öfter vorgekommen, dass Zaydan Schmerzen in der Brust hatte. Sein Herz verkrampfte mit zunehmender Häufigkeit, wenn er sich zu sehr aufregte oder ihn die Geldgeschäfte nächtelang nicht ruhen ließen.

„Zaydan, du musst dich abregen", sagte Weng besorgt.

Der Bankier griff nach dem Unterarm des Manchinen, zog diesen an sich heran und fauchte mit letzter Kraft: „Dieser Grimzhag ist der Nagel zu meinem Sarg, wie es die Leevländer sagen. Salachel, der Fürst des Dunkelreiches, hat ihn auf diese Welt geschickt, um mich zu prüfen. Ich will den Untergang dieses dreckigen Orks noch erleben, mehr verlange ich gar nicht mehr. Der Hass auf diese Grünhaut treibt mich noch in den Wahnsinn."

„Dieser Krieg hat dir auch schon einen Berg von Gold beschert, vergiss das nicht, Zaydan", sagte Weng leise, die vor sich hin gaffenden Tagelöhner in seinem Rücken nicht aus den Augen verlierend.

„Halt den Mund!", keuchte Zaydan, die Hand noch immer in den Stoff seines Hemdes gekrallt. „Du verstehst nichts von meinen Gedanken. Und jetzt hole mir ein paar Spaltwucherblätter, damit die Schmerzen aufhören. Sie müssen in einer der Kisten sein."

„Davon gibt es allerdings nicht wenige. Manche haben die Männer bereits auf die Karren vor dem Haus geladen."

„Dann such die Kräuter gefälligst, Weng! Zeig mir, dass du überhaupt noch zu irgendetwas zu gebrauchen bist", giftete Zaydan mit schmerzverzerrtem Gesicht.

Im nächsten Moment war der Manchine verschwunden. Wie immer gehorchte er dem Befehl seines Herrn, ohne Widerworte zu geben. Weng lebte nur, um Zaydan Shargut zufrieden zu stellen.

„Ehrwürdiger Eroberer der Erde, Herrscher über alle Orkvölker, Bezwinger der Menschlingsbrut, Faust des Goffrukk, als Euer treuer Monrogg, der in Kaifeng im

Palast des Manchinenkaisers regiert, möchte ich Euch Kunde von den Geschehnissen im Osten überbringen.

Da die Manchinen ein vielköpfiges und sich schnell ver-mehrendes Volk sind, sind auch weiterhin harte und un-erbittliche Maßnahmen notwendig gewesen, um dafür zu sorgen, dass wir Grünhäute mehr und die Menschlinge weniger werden. Allerdings freut es mich, Euch mitteilen zu können, dass wir noch mehrere hunderttausend Ma-chinen ohne allzu großes Blutvergießen umgesiedelt ha-ben. Sie sind zu ihren Artgenossen südlich des Jadeflusses gezogen, so dass Nordmanchin zunehmend menschenfrei wird.

Lediglich nahe der zerstörten Stadt Fe-Quang und in der ehemaligen Provinz Ganso befinden wir uns noch immer im Krieg mit den dort lebenden Einwohnern. In den letz-ten Monaten haben wir etwa dreihunderttausend Manchi-nen vernichten können, wobei der Völkermord eine anstrengende und nicht immer leicht zu organisierende Arbeit ist. Nichtsdestotrotz fliehen nun immer mehr Menschlinge nach Süden in Richtung Jadefluss. Die Orkstämme aus den Steppen, die nach Nordmanchin ein-gewandert sind, werden von mir angehalten, die ihnen zu-geteilten Siedlungsgebiete möglichst eigenständig von den dort noch lebenden Menschlingen zu säubern, weshalb wir sie mit Waffen und Kriegsgerät ausrüsten.

Alles in allem werden wir Nordmanchin in wenigen Son-nenzyklen endgültig zu einem nur noch von Grünhäuten bewohnten Gebiet gemacht haben. Eine Leistung, wie sie gewaltiger nicht sein könnte, größter Herrscher von An-tariksa.

Ich bedauere lediglich, dass ich beim Krieg gegen die Menschlinge des Westens nicht selbst mit dabei sein kann, denn die Rache an Arasigs Nachkommen ist eine Angelegenheit, die die Herzen einer jeden Grünhaut höher schlagen lässt. Falls Ihr Euch jedoch entschließt, auch Aurania für unsere Rasse zu gewinnen, so freue ich mich, Euch nach Eurem Sieg wertvolle Erkenntnisse liefern zu können, die wir im Bezug auf die effektive und schnelle Beseitigung großer Menschlingsmassen hier in Manchin gewonnen haben…"

Grimzhag legte das Pergamentstück für einen Augenblick aus der Klaue und kratzte sich nachdenklich am Hinterkopf. Der Brief, der einen langen Weg durch die Steppen des Ostens und die Dunklen Lande hinter sich hatte, beruhigte ihn. Offenbar setzte Oglok seine erfolgreiche Arbeit im fernen Osten fort und sorgte für Stabilität am anderen Ende seines Weltreiches. Was der fanatische Kriegsherr mit dem einen Auge sonst noch berichtete, nagte dagegen an Grimzhags Seele. Ogloks Worte quälten den jungen Brüller, der seit dem Manchinkrieg von Schuldgefühlen und Gewissensbissen geplagt wurde.

Die leuchtende Vision eines fruchtbaren Nordmanchin, das allein von Grünhäuten bevölkert wurde, hatte Grimzhag zu Beginn des Feldzuges gegen die östlichen Menschen seinen grauäugigen Hordenführern gepredigt und sie ihnen immer wieder in den Verstand gebrannt.

Nun setzte Oglok mit kaltherziger Härte genau das um, was Grimzhag dem Orkvolk versprochen hatte. Natürlich hatten viele Manchinen trotz der Niederlage des kaiserlichen Heeres zunächst nicht die Absicht gehabt, ihre Städte und Dörfer einfach den fremden Eroberern zu überlassen und nach Süden abzuziehen.

Nein, all dies musste nun mit brutaler Gewalt erzwungen und notfalls durch gnadenlose Ausrottung von der Theorie in die Praxis umgesetzt werden.

„Und? Was schreibt das alte Einauge?", wollte Zugrakk wissen; der Krieger schielte auf den Brief, den Grimzhag in den Klauen hielt.

„Ach, alles klar soweit in Manchin. Läuft...", brummte der junge Brüller, ohne eine Miene zu verziehen.

„Läuft?"

„Ja, alles bestens im Osten, Zugrakk."

„Keine besonderen Vorkommnisse?"

„Nö, alles beim Alten."

„Was schreibt Oglok denn jetzt genau? Lies doch mal vor", nervte Zugrakk.

Grimzhag würgte verneinend. „Das Übliche eben, Snaghirn. Siedlungsvorhaben, Bauvorhaben und so weiter. Nichts, was dich groß interessieren wird."

„Also alles klar da hinten, was? Dann kloppen wir jetzt die anderen Menschlinge weg. Die im Westen, meine ich. Das wird noch besser als im Osten", rief Zugrakk, er knackte mit den Fingergelenken und hüpfte aufgeregt neben Grimzhags Thron auf und ab.

„In ein paar Tagen geht es los. In der Tat", brummte der Orkkönig in die hektische Euphorie seines Freundes hinein.

„Ja! Ja! Ja!"

Mit einem leisen Stöhnen deutete Grimzhag auf das Eingangsportal seines Thronsaales. Dann sagte er zu seinem Freund: „Lass mich jetzt bitte für einen Augenblick allein, Zugrakk. Ich muss noch ein paar Dinge durchdenken."

„Kein Thema! Bis dann!" Der Krieger schlenderte mit demonstrativ guter Laune das Thronpodest herunter, bis er aus der Halle verschwunden war.

Wortlos rollte Grimzhag den Brief aus dem fernen Osten noch einmal auf. Sein finsterer Blick flog über die Glyphen, die von blutigem Genozid kündeten. Irgendwann knüllte der König das Pergamentstück einfach zusammen und zerdrückte es mit einem unwilligen Knurren wie die Kehle eines todgeweihten Feindes.

„Ich bin das alles so leid...", sagte er zu sich selbst und schleuderte den Pergamentklumpen auf den Boden.

„Laurenz Zinnbacher, Abkömmling eines verarmten Adelsgeschlechtes aus dem nördlichen Dammland. Er hat die Priesterschule in Greendam besucht und ist schon dort, wie mir kürzlich berichtet worden ist, durch aufwieglerische Reden aufgefallen. Als man ihm aufgrund seiner oppositionellen Grundhaltung gegenüber der Arasigenkirche die Ernennung zur Hohen Stimme verweigerte, hat er sich dazu entschlossen, offen gegen unsere Priesterschaft zu rebellieren", erklärte Carther von Prehl, das geistige Oberhaupt der leevländischen Priesterhierarchie.

Kaiser Nukywin nickte, wobei ihm anzusehen war, dass er nicht so recht wusste, was er mit den Worten des Kirchenfürsten anfangen sollte.

„Ein abtrünniger Prediger, Eure Durchlaucht. Davon scheint es in letzter Zeit immer mehr zu geben. Leider kann ich mich im Moment nicht um eine solche Kleinigkeit kümmern. Gibt es nicht die Möglichkeit, diese Angelegenheit in den Reihen der Priesterschaft zu klären?"

„Majestät, der Fall Zinnbacher ist keine Kleinigkeit!", antwortete von Prehl mit Verärgerung in der Stimme, wohl wissend, dass er als Oberhaupt des Klerus eine gewaltige Macht besaß und es sich nicht einmal ein Kaiser leisten konnte, die Arasigenpriester zu Feinden zu haben. „Dieser Abtrünnige füllt die Marktplätze nicht nur in Greendam, sondern auch in den umliegenden Städten. Selbst in Soigien hat er schon seine Hetzreden gehalten und das gemeine Volk aufgewiegelt."

Nukywin IV. runzelte die Stirn. „Kann die Priesterschaft einen solchen Störenfried nicht alleine ausschalten? Ich bitte Euch, Oberster Deuter."

Carther von Prehl schob die Augenbrauen nach unten, den Kopf leicht zur Seite neigend erwiderte er: „Das ist leider nicht so einfach, Exzellenz. Tarvald de Boer, der Fürst von Dammland, hat nämlich offiziell erklärt, dass Zinnbacher unter seinem persönlichen Schutz steht. Mit anderen Worten: Er hat ihm Vollmachten in seiner Provinz gewährt."

„Was?", rief der Imperator.

„Ja, ich hatte es zuerst auch nicht glauben wollen", zischte von Prehl.

„Dammland!", grummelte der junge Kaiser, dem die Überforderung im Gesicht stand. „Diese Provinz ist lange ein unabhängiges, kleines Reich gewesen. Mein Vater nannte die Dammländer immer „eigenbrötlerische Torfköpfe". Nur sehr widerwillig haben sie sich vor zweihundert Jahren dem Imperium angeschlossen."

„Nicht ganz ohne Zwang", fügte der Oberste Deuter hinzu.

„Dammland ist ein Teil von Leevland! Allerdings frage ich mich, was sich de Boer von einem derartigen Verhalten erhofft. Will er dazu beitragen, die Kirche des Arasig zu spalten?"

Das eingefallene Gesicht des über achtzig Jahre alten Hohepriesters verwandelte sich in eine grauweiße Maske.

„Das könnte man fast annehmen. Andererseits…"

„Sprecht es aus, Hochwürden!",

„Andererseits könnte es sogar sein, dass de Boer Gefallen an dem wirren Zeug findet, das Zinnbacher in seinen Predigten von sich gibt", meinte von Prehl.

„Und das wäre?", bohrte Nukywin nach.

Der Oberste Deuter rang mit seinen knochigen Händen, er überlegte für einen Augenblick und sah den Kaiser aus faltigen Augen an.

„Nun, dieser Zinnbacher geht mit unserer Priesterschaft äußerst hart ins Gericht. Er nennt seine ehemaligen Mitkleriker eine Bande von gierigen Dieben, die nur im Sinn hat, das einfache Volk durch hohe Abgaben auszuplündern. Natürlich im Zusammenspiel mit dem angeblich korrupten Adel. Außerdem prangert er die Tatsache an, dass es Adelige und Priester zugelassen haben, dass berbische Händler und Geldverleiher nach Leevland kommen. Diese Fremden bezeichnet Zinnbacher als geborene Verbrecher und gottlose Blutsauger."

„Pah!", sagte der Kaiser zerknirscht.

„Zinnbacher ruft weiterhin öffentlich dazu auf, die Berbianer aus Leevland hinaus zu werfen. Weiterhin erzählt er den Bauern, dass sie sich weigern sollen, ihre Abgaben an die Priesterschaft zu zahlen. Dieser Mann muss zum Schweigen gebracht werden."

Nukywin IV. suchte nach einer passenden Antwort. Derweil riss Carther von Prehl die Arme in die Höhe und begann sich zu ereifern: „Zinnbachers Worte fallen vor allem beim einfachen Pöbel auf fruchtbaren Boden. Die Abgabenpolitik unserer Kirche ist in den letzten Jahrzehnten nicht unumstritten gewesen, das ist mir wohl bewusst."

Der Oberste Deuter unterbrach sich selbst; Nukywin führte seinen Satz jedoch zu Ende. „Die Steuerpolitik meines Vaters ebenfalls nicht. Ich weiß das. Allerdings muss das Geld auch irgendwo her kommen. Allein unsere Kolonien in Übersee werden von Jahr zu Jahr zu kostspieligeren Unternehmungen."

„Majestät, das ist mir alles klar. Zudem weiß ich, dass das Reich derzeit einer viel größeren Gefahr gegenübersteht als diesem verrückten Zinnbacher. Doch müssen wir diesen Hetzer im Auge behalten und ihn eines Tages mit vereinten Kräften aus dem Weg räumen", meinte von Prehl.

„Unruhen in Dammland!", stöhnte der Kaiser. „Das wäre noch die Krönung des Debakels."

Das schmale Gesicht des Hohepriesters wurde ernst. Beinahe drohend starrte er den Imperator an.

„Die Niederlage gegen die Orks war bereits ein Zeichen der Götter. Der Unglaube in Leevland wächst, die Zweifel an der wahren Religion, vertreten durch mich, nehmen zu. Gerade jetzt verlangen die Götter unsere bedingungslose Hingabe an ihre heiligen Gebote. Die Priesterschaft, die im Namen Arasigs über die Gläubigen regiert, zu beschimpfen, wird weitere Katastrophen nach sich ziehen. Steht daher fest an der Seite der Kirche, Majestät, nur so könnt ihr diesen Krieg noch gewinnen und die grünhäutigen Dämonen zurück in die Unterwelt treiben."

Einem jeden Ork schlugen die beiden Herzen höher angesichts der riesigen Horde, die rund um Chaar-Ziggrath zusammengeströmt war. So weit das Auge reichte, bedeckten Ork- und Goblinkrieger die staubigen Ebenen, die die einstige Khuzbaathhauptstadt umgaben.

Grimzhag stand auf dem Wehrgang der gewaltigen Stadtmauer, die Zugrakk und er einst mit ihrem Blut erobert hatten, und blickte ausdruckslos auf die endlosen Ströme kampfeslustiger Grünhäute.

Schwarze und blutrote Banner vermischten sich mit Schädelstandarten und abertausenden Speeren aller Art zu einem tanzenden Gewirr über den Köpfen der Marschierenden.

„Das ist die größte Horde aller Zeiten, Wütender. Die Menschlinge des Westens werden gegen unser Heer in wenigen Tagen fallen", sagte ein grauäugiger Ork zu Grimzhags Rechten.

„Endlich, die große Rache kann beginnen, mächtigster Herr der Erde", fügte ein weiterer Rottenführer hinzu, wobei er seinen König erwartungsvoll anblickte und auf eine Erwiderung wartete.

Grimzhag jedoch verdrehte die Augen. Still sah er auf die riesigen Ströme von Kriegern herab, die an der grauschwarzen Riesenmauer vorbeimarschierten.

Ungezählte Augenpaare richteten sich auf den jungen Brüller, der sich den Kopf über die Folgen des bevorstehenden Angriffs auf Aurania zerbrach.

Die Horde, die Grimzhag diesmal nach Westen zu führen gedachte, bestand aus über 30 Tumala, also mehr als 300000 Kriegern.

Auch Grimzhag konnte sich kaum vorstellen, dass die Menschen und Khuz gegen eine solche Streitmacht bestehen konnten. Allerdings war er sich nicht vollkommen sicher, dass der Feind über keine Reserven mehr verfügte. Die Reiche Auranias waren dem Eroberer aus der Steppe nämlich noch immer kaum bekannt.

Zwar lag Leevlands mächtiges Ritterheer vernichtet auf blutgetränktem Grund, doch war der Feldzug deshalb noch nicht automatisch gewonnen.

Nichtsdestotrotz schien Grimzhag der einzige Ork zu sein, der noch Zweifel im Inneren trug. Alle anderen, selbst die vorausschauenden Hordenführer, ja selbst Artux, Baudrogg und die anderen Orkkönige, hielten das Imperium von Leevland bereits für besiegt.

„Gegen eine solche Horde kann keine Macht der Welt bestehen. Wir werden die Nachfahren Arasigs wie Käfer zertreten", knurrte ein breitschultriges Grauauge, drehte den Kopf und wartete auf eine Reaktion seines Königs.

Grimzhag stampfte bekräftigend auf und signalisierte damit seine Zustimmung; niemand der Anwesenden durfte bemerken, dass sich seine Begeisterung in Wahrheit in Grenzen hielt. Es war doch genau das eingetreten, was der junge Brüller seit Jahren zu verhindern versucht hatte, ein Krieg mit den Völkern des Westens, obwohl Manchin und die Steppen noch lange nicht gesichert waren.

„Jeder Stamm, der etwas auf sich hält, hat Euch seine Krieger geschickt, größter und erhabenster Heerführer der Geschichte", schmeichelte ein Ork irgendwo hinter Grimzhags Rücken.

„Ja, ich seh`s...", murmelte dieser kaum hörbar, während ein Schwall lauter Kriegsrufe von unten zu ihm herauf brandete.

Das Geschrei verband sich mit dem monotonen Gehämmer zahlreicher Trommeln, die überall in den Rotten geschlagen wurden.

War er tatsächlich der einzige Ork unter den zehntausenden hier, der den kommenden Angriff skeptisch betrachtete? Würden die Götter ihm eines Tages ihre Gunst entziehen, weil er zu gierig geworden war?

Grimzhag versank noch tiefer in Gedanken, sein Gesicht wurde zu einer erstarrten Maske.

Wieder jubelten Orksoldaten, als sie ihren König zwischen den Zinnen erblickten, Grimzhag hob die Klauen und grüßte zurück.

„Ich hoffe, dass wir diesen Krieg schnell gewinnen und dann endlich Frieden einkehrt", flüsterte der junge Brüller seinem Freund Soork ins Ohr.

Der Schamane sah ihn verwundert an. „Zweifest du auch jetzt noch an unserem Sieg? Sieh dir diese Horde an. Wer soll sie denn aufhalten?"

Als Antwort erhielt der in die Jahre gekommene Geistesbegabte ein Würgen, das so leise war, dass es keiner der anwesenden Grauaugenorks vernehmen konnte.

„Zweifel sind manchmal notwendig, Soork", gab Grimzhag anschließend zurück. „Blinde Kriegswut besitzt unsere Rasse bekanntlich mehr als genug."

Der heilige Krieg

Seit Jahrhunderten hatte die Welt nicht mehr eine solche Orkhorde gesehen. Inzwischen hatte sich das Heer in Marsch gesetzt, um über Aurania her zu fallen. Mehr als 300000 Ork- und Goblinkrieger, aufgeteilt in drei Horden, setzten sich von Chaar-Ziggrath aus in Bewegung und zogen gen Westen.

Artux der Schlaue stand der nördlichsten Armee vor. Sein Weg führte ihn durch den Norden des Gebirges über schmale Passstraßen. Wenn er die Berge überwunden hatte, würde er durch den Süden des Landes Slajvka marschieren und anschließend in Leevland eindringen.

Grimzhag selbst wollte die von ihm angeführte Armee durch das Herz des Felssäulengebirges führen und jenseits der Bergkette in die Ostmark einfallen. König Baudrogg, dem Grimzhag das Oberkommando über die südlichste Horde nur widerwillig übertragen hatte, sollte durch den Schwarzflammenpass im Süden des Felssäulengebirges bis nach Swytien ziehen und dann nach Norden marschieren, um die leevländische Provinz Moormark anzugreifen.

Grimzhag wusste, dass er die Orkkönige der Dunklen Lande bei Laune halten musste, damit diese nicht von ihm abfielen. Baudroggs Ernennung zum Anführer der dritten Horde war demnach aus einer gewissen Kulanz erfolgt. Allerdings hielt der Mazaukhäuptling den König von Morkfort weder für einen guten Heerführer, noch für einen weitsichtigen Strategen. Aber Baudrogg repräsentierte die Grünhautstämme der Dunklen Lande und des Felssäulengebirges. Es blieb für Grimzhag somit nur zu hoffen, dass er keine allzu großen Fehler machte.

Trotz seines phänomenalen Sieges auf dem Crombfeld wurde der Mazaukhäuptling von Sorgen geplagt. Der nun kommende Feldzug würde das gesamte Reich der Grünhäute auf eine unsagbar harte Probe stellen. Ganz im Gegensatz zu seinem Gefolge, das vor wilder Kriegslust brannte, hatte Grimzhag die vielen Gefahren im Blick, die der heraufziehende Krieg gegen die Völker des Westens beinhaltete.

Von den Steppenstämmen im äußersten Osten bis zu den Goblinvölkern im Felssäulengebirge schien jede Grünhaut danach zu gieren, das Blut der westlichen Menschen zu vergießen. Endlich nahte der Tag der Rache für das furchtbare Verbrechen, das Arasig einst an der orkischen Art begangen hatte, predigten die Häuptlinge und Schamanen.

Grimzhag jedoch hatte keine Rachegelüste. Er hoffte durch einen schnellen Vorstoß mit zahlenmäßig überlegenen Streitkräften die Leevländer und damit auch den Rest der Auranier zu einem offiziellen Friedensschluss zwingen zu können. Ansonsten wollte der Mazaukhäuptling nichts von den Bewohnern des Westkontinents, was aber wenig daran änderte, dass einflussreiche Tumalführer und Geistesbegabte davon sprachen, dass Grimzhag auch die Völker des Westens ebenso vertreiben und niedermachen sollte wie die Manchinen.

Am anderen Ende der Welt, in der noch immer halb verlassenen Kaiserstadt Kaifeng, residierte Grimzhags Monrogg Oglok und beaufsichtigte die Besiedelung Manchins durch die Orkstämme des Nordens. Nach wie vor war er damit beschäftigt, die noch übrig gebliebenen Menschen nach Süden zu vertreiben und ihren Widerstand zu brechen, wo immer er aufflackerte.

Kurz vor dem Beginn des Feldzuges gegen Arasigs Nachfahren hatte Grimzhag noch einmal etwas von dem einäugigen Kriegsherren gehört. Die Lage in Manchin wäre stabil hatte Oglok versichert, auch wenn die unzähligen Toten, die der Manchinkrieg bereits gefordert hatte, Grimzhags Gewissen noch immer wie tonnenschwere Felsbrocken belasteten. Einen zweiten Krieg, der solch blutige Dimensionen annahm, wollte er definitiv nicht führen.

Allerdings sah der einfache Orksoldat dies anders. Die Menschen des Ostens waren für ihn in erster Linie Gegner auf dem Schlachtfeld gewesen, während die Nachfahren Arasigs seine erklärten Erbfeinde waren. Die Geschichten von den Gräueltaten des leevländischen Reichsheiligen an der grünhäutigen Rasse erfüllten die Herzen eines jeden Orks mit Hass und Rachsucht.

Endlich hatten die Götter einen übermächtigen Führer gesandt, der die seit Jahrhunderten überfällige Vergeltung nach Westen tragen konnte. So schrieen die Orkstämme mehr als jemals zuvor nach Blut. Ihre Kriegslust war derart fordernd, dass auch Grimzhag wusste, dass ihm auf Dauer nichts anderes übrig blieb, als sich ihr zu beugen.

Berge! Grimzhag hasste sie mit jedem verstreichenden Tag ein wenig mehr.

Der Häuptling der Mazauk saß mit mürrischem Blick auf seinem gepanzerten Gnogg und krallte sich an den borstigen Nackenhaaren des Tieres fest, als die ersten Orks ihren Fuß auf die in schwindelerregende Höhen führende Bergstraße setzten.

Schon die Verfolgung des Grashrakk Khan, der noch immer in einem finsteren Verließ in Karokum hockte, hatte Grimzhag aus den vertrauten Weiten der Steppe über die Altukberge im hohen Norden geführt. Doch selbst diese waren nichts gegen die Steinwälle des Felssäulengebirges, das nicht umsonst diesen Namen trug.

Als hätte einst eine längst vergangene Zyklopenrasse die grauschwarzen Wände zu beiden Seiten aufgeschichtet, ragten sie bis in den Himmel hinauf, wo sie in schneebedeckten Gipfeln endeten und die Bäuche der Wolken kitzelten.

Die Dunklen Lande hatte die Horde nach langen Gewaltmärschen endlich hinter sich gelassen. Nun folgte das Gebirge in all seiner gefährlichen Fremdartigkeit. Glücklicherweise wiesen die verbündeten Orks und Goblins, die diese unheimliche Welt seit ewigen Zeiten bewohnten, dem Heer den Weg. Allerdings machte dies den Marsch durch düstere Täler und enge Schluchten für den Steppenhäuptling und seine Stammesgenossen nicht angenehmer.

Artux, der die nördliche Horde an Kazhad Mekral vorbei führen sollte, würde es nicht anders ergehen, dachte Grimzhag zerknirscht. Auch er hasste und fürchtete die Berge.

Doch es war nicht zu ändern. Aurania lag hinter der riesenhaften Felsmauer, die sich über tausende Kilometer erstreckte und deren südliche Ausläufer bis in die Wüsten von Suzlan hineinreichten.

„Alles Gnoggmist!", brummte Grimzhag, während er seine Krieger betrachtete.

„Was?" Zugrakk, der neben ihm her ritt, drehte den Kopf.

„Nichts! Ich mag nur diese Berge nicht. Alles voller Khuz. Da gehe ich jede Wette ein."

„Hier hausen die verdammten Bartgesichter", antwortete Zugrakk, der seinen Blick über die neben ihm aufragenden Berghänge schweifen ließ.

Grimzhag rechnete jederzeit mit herunterfallenden Felsbrocken und Fallen aller Art. Auf den Bergstraßen, die sich durch eisige Höhen schlängelten, waren die Grünhäute verwundbar und ihre Überzahl eher hinderlich als vorteilhaft. Das Gleiche galt für die vielen engen Schluchten, die noch vor ihnen lagen.

„Ich kämpfe auch lieber in unserer Steppe. Da hat man alles im Blick, nicht wahr, Wütender", bemerkte ein Adelskrieger zu Grimzhags Rechten.

Der Orkkönig brummte zustimmend, erwiderte jedoch nichts. Die ganze Zeit über spähte er schon die Berghänge hinauf, in der Hoffnung, mögliche Hinterhalte frühzeitig zu entdecken.

„Halt!", vernahm Grimzhag kurz darauf von vorne. Er reckte den Hals und blickte über eine lange Marschkolonne aus Kriegern, die sich vor einer grauen Barriere stauten wie Wasser in einem verstopften Flussbett.

„Was bei Goffrukks Keule ist denn da los?", rief Grimzhag, um im nächsten Augenblick von seinem Gnogg zu springen und sich einen Weg durch die dicht gedrängt stehenden Orksoldaten zu bahnen. Zugrakk folgte ihm fluchend.

Es dauerte nicht lange, da stand der junge Brüller mit missmutig verzogenem Maul vor einem gewaltigen Haufen aus Felsbrocken, der den Weitermarsch unmöglich machte. Ein paar Orks hatten bereits begonnen, die kleineren Steine aus dem Weg zu räumen, doch die tonnenschweren Klötze konnten sie unmöglich bewegen.

„Das erste Hindernis, aber gewiss nicht das letzte", schoss es Grimzhag durch den Kopf.

„Was machen wir denn jetzt, größter Eroberer?", kam es von der Seite, doch der König hob knurrend die Klaue und das Gerede verstummte.

„Holt die Trolle!", schnaubte Grimzhag.

„Aber mächtiger Schlächter, die sind noch ganz weit hinten", antwortete ein Orkkrieger und machte sofort eine Reihe von Demutsgesten.

„Diese riesigen Steine müssen weg! Sofort! Holt sofort die verfluchten Trolle!", brüllte der Mazaukhäuptling außer sich.

„Schon gut, die kriegen wir schon weg", meinte Zugrakk auf den Felshaufen zeigend.

„Ja, aber dabei verlieren wir eine Menge Zeit. Und das wird nicht das einzige Hindernis sein, dass uns der Feind in den Weg legt. Sie erwarten uns bereits. Ihr Götter, ich hasse diese elenden Berge!"

Schon seit dem Morgengrauen saß Fürst Irmynar brütend in der Kammer, in der schon sein Vater endlose Stunden mit Pergamentrollen und Federkielen verbracht hatte. Hier hatte der verstorbene Loghar jahrelang Erlasse niedergeschrieben und sich um die Verwaltung seiner Provinz gekümmert. Seit seinem Tod hatte Irmynar alle diese Aufgaben zu bewältigen, doch seitdem er dem Schrecken in den Dunklen Landen nur mit Mühe und Not entronnen war, konnte er sich kaum noch auf den Alltag konzentrieren.

Nichtsdestotrotz musste das Leben in der Ostmark geregelt weiter gehen und von selbst erledigten sich die Aufgaben nicht, wie der alte Kammerdiener Ludger soeben angemerkt hatte.

„Eure Exzellenz, ich kann sehr gut verstehen, dass Ihr keinen Gedanken frei habt für mein Anliegen, aber...", setzte der Würdenträger mit dem grauen Haarkranz zaghaft an.

Irmynar schüttelte den Kopf. „Was ist denn? Beim Zorn des Korhas, was soll ich denn jetzt noch unterschreiben?"

„Nun, es geht um die Brücke über den Senne nahe Listenrath, ehrwürdiger Fürst."

„Ist sie eingestürzt, oder was?", rief Irmynar unwillig.

„Die Brückenpfeiler müssten umgehend repariert werden. Ihr wollt doch sicherlich nicht, dass die Brücke irgendwann zusammenbricht, weil sie marode ist, nicht wahr?", erklärte der hohlwangige Kammerdiener mit ernster Miene.

„Nein, natürlich nicht", brummte Irmynar, während er gedankenverloren die dünnen Härchen betrachtete, die seinem Gehilfen noch auf dem Kopf geblieben waren.

„Dann wollt Ihr also die notwendigen Mittel freigeben, damit mit den Reparaturarbeiten begonnen werden kann?"

Irmynar stöhnte auf. Er erhob sich aus seinem Sessel, ging zum Fenster und schaute hinab in den Hof.

„Mein lieber Ludger, unser Heer ist abgeschlachtet worden. Ich habe derzeit keinen Sinn für derartige Nichtigkeiten", erwiderte der Fürst abweisend.

Sein Gehilfe nickte. „Wie Euer Gnaden meinen. Ich dachte bloß, dass die üblichen Alltäglichkeiten des Regie rens Eurer Hoheit vielleicht etwas Abwechslung verschaffen könnten."

Loghars Sohn schenkte seinem Diener ein mildes Lächeln. „Schon gut, ich weiß ja, dass Ihr es nur gut meint."

„Ich schlafe nicht besser als Ihr, Herr, seit unser Kaiser gefallen ist und unser Heer vernichtet wurde", gab der glatzköpfige Verwalter zu, der bereits viele Jahre für Fürst Loghar gearbeitet hatte.

„Andererseits...", der junge Herr der Ostmark griff zu Pergament und Schreibfeder, „ist es tatsächlich an der Zeit, die Angst auszusperren und dem Alltag wieder Vorrang zu geben. Also fangen wir mit den Dingen an, die in unserer Provinz als nächstes erledigt werden müssen."

„Vergessen wir die widerlichen Orks!", scherzte Ludger, die Augen theatralisch rollend.

„Arasig soll aus Tairas Höhen kommen und sie alle erschlagen", sagte Irmynar, wobei er den Zeigefinger zum Hals führte, um einen Kehlenschnitt anzudeuten.

Eine halbe Stunde verstrich, in der der Fürst und sein Diener eine Reihe von Dingen niederschrieben und sich dabei recht unbeschwert unterhielten. Für eine Weile vergaß Irmynar die Orkgefahr, die seit der Katastrophe auf dem Crombfeld wie ein Damoklesschwert über der Ostmark hing. Gerade als Irmynar den Federkiel zur Seite legen wollte, wurde er durch polternde Schritte draußen auf dem Gang aufgeschreckt.

Fragend schaute er zur Tür, die einen Herzschlag später unsanft aufgerissen wurde. Irmynar blickte in das blutleere Gesicht eines erschöpft schnaufenden Boten in schmutziger Kleidung.

„Seit wann stürmt man einfach in das Arbeitszimmer seines Fürsten, ohne zuvor angeklopft zu haben?"

„Verzeiht, ehrwürdige Exzellenz, aber ich komme direkt aus dem Ödland jenseits des Gebirges. Orks! Orks kommen! Endlose Massen von Orks marschieren gen Westen!"

Sie waren gekommen, um zu sterben. Dennoch wichen sie nicht zurück und warfen sich seinen Kriegern mit dem Mut der Verzweiflung entgegen. Schnaubend bahnte sich Grimzhag einen Weg durch die Masse der Soldaten; er riss die zwei Schwerter in seinen Klauen in die Höhe und grollte langgezogen.

„Aus dem Weg!", herrschte er seine Untergebenen an, wobei er den einen oder anderen einfach zur Seite stieß, um auf die Zwerge und Menschen los zu gehen.

Direkt vor ihm hatte ein Landsknecht die scharfe Spitze seiner Hellebarde durch den Kettenpanzer eines Orks gestoßen. Quiekend taumelte die verwundete Grünhaut zurück, während sie die Klauen auf die Wunde legte und mit weit aufgerissenen Augen auf das schwarze Blut starrte, das zwischen ihren Fingern hervorsprudelte. Dann brach sie zusammen und blieb im Staub liegen.

Schnell drehte sich der Landsknecht um und die blitzende Klinge seiner Hiebwaffe fauchte vor Grimzhags Helm durch die Luft. Der Orkkönig reagierte sofort, parierte den Schlag mit einem seiner Schwerter und rammte dem Menschen in der gleichen Sekunde das andere in den Oberarm. Bevor der Soldaten aus Leevland erneut zu einem Angriff ansetzen konnte, hatte ihn Grimzhag bereits mit einem wuchtigen Stoß zu Boden befördert.

„Dein Arasig wird dich nicht retten, Menschling!", knurrte er den Leevländer an. Dieser hatte seine Waffe verloren und kroch auf dem Bauch durch den Schlamm, bis

ihn Grimzhags gepanzerter Stiefel zwischen den Schulterblättern traf.

„Hast du mich gehört, Menschling?"

Die Schwertklingen des orkischen Kriegsherren sausten
wie Fallbeile herab und wirbelten Dreck und Blut auf.
Grimzhags Blick verfinsterte sich, die Kampfeswut in seinem Inneren blähte sich zu gewaltiger Größe auf.

„Sie werden bezahlen für ihre Dummheit! Als ob dieser
Haufen zerlumpter Soldaten meine Horde aufhalten
könnte", dachte er Orks grimmig.

Trotz ihrer Unterlegenheit kämpften die Feinde weiter.
Ein brüllender Zwerg mit zerzaustem Bart sprang einem
Goblin in den Rücken und schlug ihm seine Axt zwi-
schen Nacken und Arm ins Fleisch. Noch während die
getroffene Grünhaut zusammensackte, bewegte sich der
Khuz auf den Orkkönig selbst zu. Ein hämisch ausgesto-
ßener Fluch kroch zwischen den Lippen des Kleinwüch-
sigen hervor; Grimzhag knurrte zornig, schwang seine
Schwerter und die Klingen trafen sich krachend in der
Luft.

„In die Unterwelt mit dir!", glaubte der Kriegsherr aus
Karokum zu verstehen, als der Zwerg mit lautem Geschrei nach seinen Beinen schlug und sich zugleich am
Orkisch der Dunklen Lande versuchte. Funken sprühten;
das Axtblatt schabte an einer von Grimzhags Beinschie-
nen und der König sprang einen Schritt zurück.

Zugleich schossen die Klingen von Grimzhags Schwertern wie Raubvögel auf den Kopf des Kleinwüchsigen zu,
doch dieser fing den Angriff mit dem Schild ab. Dennoch
brachte ihn die Wucht des Schlages aus dem Gleichgewicht. Sofort setzte der Kriegsherr nach, schmetterte das
Schild des Zwerges mit roher Kraft zur Seite und trieb

ihm schließlich das Schwert so tief in den Hals, dass es am Nacken wieder austrat. Gurgelnd würgte der Zwerg einen Strom hellroten Blutes auf seinen Brustpanzer; sein Blick blieb unverändert hasserfüllt, obwohl er verloren war. Zwei graublaue Augen starrten Grimzhag an, als wollten sie ihn noch in einem letzten Akt des Trotzes durchbohren und ihn mit in die dunklen Gefilde des Jenseits hinabreißen.

Der Orkkönig erwiderte den Hass. Brüllend zog er die Klinge aus dem todgeweihten Feind, um ihn mit dem anderen Schwert zu enthaupten.

Derweil stürmten die Grünhäute über die Leichen erschlagener Menschen und Zwerge vorwärts. Ihre Zahl war so gewaltig, dass die Verteidiger irgendwann versagen mussten.

Die Tatsache, dass er Frieden gehalten hätte, wenn die Khuz und Menschen des Westens auf weitere Angriffe und Provokationen verzichtet hätten, machte Grimzhag in diesem Augenblick nur noch wütender. Ohne die Dickköpfigkeit seiner Feinde wäre er jetzt nicht in diesem verfluchten Gebirge zwischen grauen Felswänden und schneebedeckten Gipfeln. Und ohne diese Starrsinnigkeit wäre auch Kulghor nicht in einem unnötigen Feldzug gefallen.

Zwar wehrten sich die Zwerge und Menschen, die sich den Grünhäuten in diesen Bergen in den Weg warfen, mit aller Verbissenheit, doch waren sie trotz allem chancenlos. Irgendwo vorne im Getümmel schwang auch Zugrakk das Schwert und sprenkelte die Steinmauern des Passdurchgangs mit roten Spritzern. Grimzhag brüllte aus Leibeskräften und die ihm folgenden Orks antworteten ihrem König mit grimmigem Geheul.

Der junge Brüller fing einen Speerstich in der Luft mit den Schwertern ab, fegte den Schaft zur Seite und schlug einem Menschenkrieger das scharfe Eisen in die Schulter. Die Waffe des schwer getroffenen Feindes sank langsam herunter, wobei dieser den Orkherrscher mit schreckgeweiteten Augen anstarrte. Über dem Kopf des Leevländerns wirbelten die Klingen durch die Luft, um einen Wimpernschlag später auf den wesentlich kleineren Gegner herabzuschnellen. Grimzhag spaltete den Tellerhelm des Speerträgers genau wie dessen Gesicht. Mit einem blubbernden Geräusch taumelte der Mensch nach hinten und blieb reglos auf dem Rücken liegen.

Schließlich hielt der Häuptling der Mazauk inne, um dem wilden Schlagen seiner beiden Herzen zu lauschen. Um ihn herum stürmten zahllose Orks und Goblins durch die Felsstraße; sie gingen von allen Seiten auf die dem Untergang geweihten Feinde los, die offenbar den Wunsch hatten, allesamt ihr Leben zu lassen.

Das Gemetzel dauerte noch eine Weile. Erst als die Abenddämmerung ihre Schatten schon vorausschickte, endete das Blutvergießen. Schweigend schritt Grimzhag zwischen den toten Khuz und Menschen, die überall verstreut auf dem Boden lagen, hindurch. Ohne Zweifel hatten sie sich tapfer gewehrt und ihren Kameraden an anderer Stelle vermutlich ein wenig mehr wertvolle Zeit verschafft.

Es war sehr wahrscheinlich, dass dieser Feldzug ein sehr entbehrungsreiches Unterfangen werden würde, ging es Grimzhag durch den Kopf. Inzwischen begannen sich Zweifel an einem schnellen Sieg über die Leevländer in den Tiefen seines Verstandes zu regen, doch zunächst behielt der Orkkönig seine Gedanken für sich.

Die Burg des Fürsten der Moormark, die an steilen Fels-
hängen hing wie Moos an einem Baumstamm, glich einem Totenschiff. Sie wirkte verlassen und Stille herrschte
in den hohen Hallen der alten Feste. Nur Fürst Magnus
saß auf seinem Thron im großen Rittersaal, umgeben von
einer kleinen Schar von Beratern und Wachsoldaten. Der
weißhaarige Adelige, der seit mehr als vierzig Jahren über
die Moormark herrschte, hatte ein eingefallenes Gesicht
und gewaltige Tränensäcke unter den Augen. Tiefe Falten
und Furchen durchzogen sein trauriges Antlitz, aus dem
zwei müde Augen den fremden Gast anblickten. Magnus
litt seit vielen Jahren unter einer schweren Krankheit. Er
machte den Eindruck, als würde er diese Welt alsbald
verlassen. Dennoch hatte ihn Irmynar heute aufgesucht,
denn der Fürst der Nachbarprovinz musste vor den
Grünhäuten gewarnt werden. Zudem war es wichtig, die
Moormärker zum Widerstand gegen die Eindringlinge
aufzurufen.

„Der junge Sohn des armen Loghar, der viel zu früh von
uns gegangen ist", sagte Magnus, nachdem sich Irmynar
vor seinen Thron gestellt hatte.

Einige Berater mit kahlen Köpfen und bleichen Gesichtern nickten zustimmend; sie musterten den ungeduldig
wirkenden Gast aus dem Norden.

„Was kann ich für Euch tun, Fürst Irmynar?", fuhr Magnus fort.

Loghars Sohn verzichtete auf weitere Höflichkeiten und
kam gleich zur Sache. „Riesige Massen von Orks ziehen
durch das Felssäulengebirge und wollen unsere Heimat
überfallen. Eine Horde wird vermutlich irgendwann in
Swytien einfallen und sich anschließend auf die Moormark stürzen."

Magnus brummte in seinen zerzausten, grauschwarzen Bart. „Hmmm! Das ist dann wohl nicht zu ändern, mein junger Freund."

„Was meint Ihr damit?", fragte Irmynar verdutzt.

„Nun, Fürst der Ostmark, falls es Euch entgangen sein sollte: Unser Reichsheer ist vernichtet worden. Drüben in den Dunklen Landen", antwortete ihm ein in die Jahre gekommener Berater des Magnus an Stelle seines Herrn.

„Eine weitere Armee dieser Größenordnung aufzustellen, würde nicht nur Unsummen kosten, sondern auch sehr viel Zeit in Anspruch nehmen", fügte sein Nebenmann hinzu.

„Also gebt Ihr Eure Provinz bereits verloren, ehrwürdiger Magnus?", hakte Irmynar nach.

Der alte Fürst räusperte sich und unterdrückte einen Hustenanfall. Einer seiner Diener reichte ihm einen Krug voller Wasser, den er mit knochigen Händen ergriff und schlürfend leerte. Speichelfäden tropften von Magnus Unterlippe. Einer der Berater wischte sie mit einem Tuch weg.

„In welcher Welt lebt Ihr, Irmynar? Wir haben diesen Krieg bereits verloren", meinte der Alte.

„In welcher Welt ich lebe?", fauchte der blonde Ostmärker. „Im Gegensatz zu Euch habe ich schon mehrfach gegen die Orks auf dem Schlachtfeld gestanden und sogar meinen Vater sterben sehen. Sagt mir, was wollt Ihr denn jetzt tun? Wollt ihr Eure Moormärker nicht verteidigen?"

„Mit welchem Heer, junger Fürst?"

Irmynar riss die Arme in die Höhe, die Passivität und Gleichgültigkeit, mit der der alte Adelige reagierte, entfachte eine furchtbare Wut in ihm.

„Geht zu Eurem Volk und drückt den Männern Waffen in die Hände! Wir müssen den Feind am besten noch im Felssäulengebirge angreifen, damit wir Zeit gewinnen!", rief Loghars Sohn.

Magnus lächelte so schwach wie ein Sterbender, der sich schon mit dem nahenden Tod angefreundet hatte.

„Vielleicht ist es besser, wenn Ihr Euer Gold zusammenrafft und es den Grünhäuten gebt. Wenn Ihr Glück habt, könnt Ihr die Ostmark freikaufen. Das ist die einzige Möglichkeit, die wir noch haben."

Irmynars Blick wurde finster wie eine Gruft. „Nicht alle Soldaten Leevlands sind in den Dunklen Landen gefallen. Noch gibt es überall Männer, die ein Schwert führen können. Man muss ihnen nur wieder Mut in die Herzen pflanzen und sie anführen."

Ein abfälliges Lächeln umspielte die Mundwinkel des kränklichen Fürsten; sein bleicher Kopf neigte sich etwas zur Seite, während er Irmynar musterte.

„Ihr wollt die Männer der Moormark zum Widerstand gegen die Orks aufbringen? Die armen Bauern mit ihren Mistgabeln? Habt Ihr denn nicht gesehen, was diese von den Göttern verfluchten Grünhäute mit unseren Rittern gemacht haben?"

„Wie ich erwähnte," antwortete Irmynar scharf, „habe ich bereits mein Leben riskiert, um den Feind aufzuhalten."

Magnus der Fromme winkte ab. „Mein Gebrechen erlaubt es nicht, mich auf Kriegsabenteuer einzulassen."

„Es geht nicht um Euer Gebrechen, Fürst", zischte Loghars Sohn voller Verachtung. „Es geht um Eure Stimme, denn Ihr seid der Herr der Moormark im Namen des Kaisers. Also ruft das Volk noch heute zum Kampf auf, denn wenn die Orks das Felssäulengebirge überwinden, wird es für uns noch viel schwerer, sie aufzuhalten."

„Seht!", sagte Magnus und deutete auf eines der Fenster. Irmynar schaute hinaus und erblickte die dunkelgrünen Wälder, die sich rund um die Burg in alle Himmelsrichtungen ausdehnten. „Ich gebe Euch die Erlaubnis, durch meine Moormark zu ziehen und in meinem Namen den Widerstand gegen Grimzhag und seine Horden zu organisieren. Wer kämpfen möchte, soll dies tun, doch ich werde mich heraushalten, denn ich sehe keine Chance mehr, den Feind zu besiegen."

„Dann wollt Ihr tatenlos zusehen, wie die Moormark in Flammen aufgeht?", fragte Irmynar verbittert.

„Ich bleibe in dieser Burg, die nur schwer einzunehmen ist, und warte darauf, dass der Sturm vorbeizieht", gab Magnus zu.

„Während Euer Volk stirbt...", spie Irmynar angewidert aus.

„Wenn Ihr wollt, dann ruft die Bauern der Moormark zum Kampf auf. So sterben sie zumindest ehrenvoll. Ich an Eurer Stelle würde jedoch meine Sachen packen und nach Asenburg flüchten, so lange noch Zeit ist. Wer schlau ist, der verkriecht sich, wenn der Sturm zu stark ist. Dann überlebt man ihn vielleicht doch", erklärte Magnus, ohne sich seiner Feigheit zu schämen.

„Ich danke Euch für Eure Erlaubnis", gab Irmynar mit eisiger Miene zurück und verbeugte sich. Dann trat er aus dem Rittersaal hinaus und ließ den Fürsten der Moormark hinter sich zurück.

Wenn alle verzagen

„Bald haben wir diese verfluchten Berge hinter uns. Und dann fackeln wir die Städte der Menschlinge ab. Das wird lustig."

Zugrakk grinste bis über beide Ohren und schob die Fangzähne nach vorne. Im Gegenzug verdrehte Grimzhag genervt seine hellgrauen Augen, anschließend würgte er.

„Unser Marsch über die Berge hat wesentlich länger gedauert, als ich es ursprünglich eingeplant hatte. Alles verzögert sich, nichts klappt", brummelte er vor sich hin.

Zugrakk überreichte ihm ein Stück gebratenes Ruumphfleisch, um daraufhin zu antworten: „Denk nicht immer so viel nach, genieße lieber diesen großartigen Krieg. Mir macht das alles schon jetzt einen Riesenspaß."

„Gnoggschädel! Deine Sorgen will ich haben", knurrte Grimzhag und starrte wütend in die Flammen des Lagerfeuers.

„Sorgen? Ich habe keine! Ganz im Gegenteil! So tolle Kämpfe hatte ich lange nicht mehr. Da kann es einem Ork doch nur gut gehen, findest du nicht?"

„Ja, ja, immer das gleiche Gequatsche von dir seit ungezählten Sonnenzyklen, Zugrakk. Ich will diesen Krieg gewinnen und unser Imperium am Leben erhalten."

„Und ich bin einfach ein Gewalttäter mit guter Laune."

„Es war mein Ziel, mit den anderen Horden zeitgleich im Osten von Leevland aufzutauchen, damit wir synchron zuschlagen können", schimpfte Grimzhag, dem die demonstrative Denkfaulheit seines besten Freundes wieder einmal gehörig auf die Nerven ging.

„Ich freue mich schon darauf, wenn wir die Städte der Menschlinge verwüsten und abfackeln", setzte Zugrakk an, doch ein langgezogener Würgelaut ließ ihn verstummen.

„Und ich frage mich, wann du endlich mal dein blödes Maul hältst", giftete der Orkkönig.

„Schon gut! Reg dich ab!"

Zugrakk erhob sich von seinem Platz am Lagerfeuer und drückte den Rücken durch, dann verschwand er in der Dunkelheit zwischen den Zelten.

Mit verbissener Miene stierte Grimzhag in die tanzenden Flammen. Er grübelte darüber nach, was die Horde wohl jenseits der grauen Felsrücken des Gebirges erwartete.

Wie weit sich die von Artux und Baudrogg geführten Heere bereits vorgearbeitet hatten, wusste der junge Brüller nicht, denn die Kommunikation zwischen den Horden war in den Weiten des Hochlands kaum möglich. Ein weiterer Punkt, der Grimzhag schlaflose Nächte bereitete.

Tag für Tag quälten sich die Krieger durch dieses von den Göttern verfluchte Felslabyrinth, wobei die Horde immer wieder feststeckte und nicht weiter kam. Wann sie das Gebirge endlich überwunden hatten, war schwer zu sagen und konnte selbst vom besten Kriegsherrn nicht berechnet werden. In den Nächten, in denen eisiger Regen vom Himmel kam, konnte es äußerst unangenehm werden, da es die engen Schluchten und schmalen Bergstraßen häufig verhinderten, ein Lager aufzuschlagen. Die Orks waren zwar eine sehr zähe Rasse, aber vor allem die Steppenbewohner aus dem Osten fluchten mit jedem verstreichenden Tag ein wenig lauter.

Schließlich erhob sich auch Grimzhag und verließ die Feuerstelle, an der sich noch ein paar Grauaugen zusammendrängten. Der König schlich in sein Zelt, legte sich auf ein weiches Ruumphfell und starrte in die Düsternis. Draußen hörte Grimzhag das allgegenwärtige Gemurmel rastender Orks. Er stieß eine stille Verwünschung aus, da er bereits wusste, dass er auch in dieser Nacht keine Ruhe finden würde.

Das Engelsgesicht der ostmärkischen Fürstin war rot und tränenüberströmt, Thelinda fuchtelte mit den Armen und kam noch einmal mit einer Mischung aus Trauer und Zorn auf ihren Mann zu.

„Ich habe dich doch nicht geheiratet, um schon in jungen Jahren kinderlos an deinem Grab stehen zu müssen, Irmynar!"

„Du wirst heute noch nach Asenburg abreisen, aber ich bleibe hier", gab dieser zurück.

„Die Orks werden dich einfach erschlagen. Was sollen denn die paar Bauern, die uns noch geblieben sind, gegen Grimzhags Bestien ausrichten?", weinte Thelinda.

„Ehrwürdiger Herr, das Gepäck für Eure Frau steht bereits in der Eingangshalle. Soll ich den Männern Bescheid sagen, dass sie es aufladen sollen?", wollte der alte Ludger wissen, der heute die zweifelhafte Ehre hatte, die pünktliche Abreise der Fürstin zu überwachen.

Irmynar hob die Hände. „Ja, das Gepäck soll sofort aufgeladen werden."

„Sehr wohl, Exzellenz!" Ludger verneigte sich, schielte kurz in Richtung der schluchzenden Fürstin herüber und hatte es daraufhin sehr eilig, den Raum zu verlassen.

Im nächsten Moment waren Irmynar und seine Gattin wieder allein. Thelinda hatte sich allerdings noch immer nicht beruhigt. Außerdem hatte sie nicht das geringste Verständnis für ihren Mann, der offenbar vor hatte, irgendwo im Gebirge den Heldentod zu sterben.

„Ich habe sofort einen Boten zu Kaiser Nukywin gesandt, nachdem mir berichtet worden ist, dass die Grünhäute im Anmarsch sind. Und was ist geschehen? Nichts! Nach wie vor habe ich keine Antwort aus Asenburg erhalten. Geschweige denn Hilfstruppen, damit ich unsere Ostmark verteidigen kann. Aber ich habe nichts anderes von diesem lächerlichen Kind auf dem Thron erwartet."

„Glaubst du, es ändert noch irgendetwas, wenn du mit einer Handvoll Landsknechte und Bauern ins Felssäulengebirge reitest und dich Tausenden von Orks in den Weg stellst?"

„Wenn sich niemand in Leevland mehr wehrt, dann hat Grimzhag schon gewonnen!", ereiferte sich Irmynar.

Thelinda fauchte, ihre weiße Hand fegte durch die Luft wie eine Reitgerte.

„Pah! Auch wenn sich noch jemand wehrt, wird das nicht das Geringste an der Gesamtsituation ändern. Warum kommst du nicht mit mir? Wir haben genug Vermögen, um in Asenburg oder gar in Lamagne neu anzufangen. Richtenhof ist verloren, die Ostmark kann unmöglich gehalten werden."

„Was weißt du schon von der Kriegsführung?", schrie Irmynar seine Frau an, so dass sie erschrocken zurücktaumelte.

„Ich bin nicht dumm und kann eins und eins zusammenzählen", antwortete Thelinda mit trotzig verzogenem Mund. Dann riss sie den Kopf nach hinten; sie trug die

Nase so hoch, wie es sich für eine reinblütige Edelfrau gehörte.

Allerdings beeindruckte das Irmynar nicht. Er hatte den Entschluss längst gefasst, an der Seite seiner Landsleute den Kampf gegen die Orkhorden aufzunehmen. Mochte seine Frau auch noch so viel wettern und nörgeln.

„Was wäre ich für ein Fürst, wenn ich mich einfach bei Nacht und Nebel nach Westen davonstehle, während Richtenhof und die ganze Ostmark brennen? Ich trage die Verantwortung für mein Volk, meine Männer und auch ihre Frauen und Kinder."

„Und was ist mit unseren Kindern? Wollten wir nicht selbst welche haben? Wenn du ins Gebirge ziehst, werde ich dich vielleicht niemals mehr wiedersehen", brach es mit einem erstickten Weinen aus Thelinda heraus.

„So schnell werde ich schon nicht nach Taira fliegen, meine Liebste", erwiderte Irmynar, seine Frau zu sich herziehend und in den Arm nehmend.

„Riskiere nicht sinnlos dein Leben. Ziehe dich rechtzeitig zurück, wenn keine Aussicht darauf besteht, den Kampf zu überleben."

„Das werde ich schon. Es ist auch mein Ziel, an deiner Seite alt zu werden und unseren Kindern und Enkeln beim Spielen zuzusehen", sagte Irmynar mit einem kurzen Lächeln.

Nachdem sich Thelinda wieder etwas beruhigt hatte, betrat Ludger noch einmal den Raum und führte sie durch das fürstliche Anwesen hinunter in die Eingangshalle, wo sie schon ein Kutscher erwartete. Schließlich machte sich die junge Adelige auf nach Asenburg, in der Hoffnung, dort vor den anstürmenden Orkhorden in Sicherheit zu sein. Irmynar blickte ihr mit Tränen in den Augen nach, als die Kutsche in der Ferne immer kleiner wurde und schließlich am Horizont verschwand wie die untergehende Sonne.

Am nächsten Tag, als der Hahnenschrei gerade die Dämmerung begrüßt hatte, schwang sich der Herr der Ostmark auf sein Pferd, um zu seinem Gefolge zu reiten. Nun ging es hinauf in die Berge, wo die feindlichen Scharen warteten.

Irmynar sah einem graubärtigen Zwerg zu, der ein dickbäuchiges Ölfaß einen ausgetretenen Pfad herunterschleppte. Dem Khuz folgten mehrere Landsknechte in zerschlissenen Kleidern. Der Zwerg riss den Deckel des Fasses auf, warf den Behälter um und kippte das Öl auf dem Grund der Schlucht aus. Die Landsknechte, welche ebenfalls laut schnaufend Fässer trugen, taten es ihm gleich.

Irmynar nickte, als ob er sich selbst zustimmen wollte. Überall auf dem Boden befanden sich bereits kleine, schimmernde Pfützen, die jedoch nur von aufmerksamen Augen als solche erkannt werden konnten.

Als ein Kundschafter, auf den Irmynar schon seit Stunden wartete, endlich am Rande der Schlucht auftauchte, drehte sich der Fürst um. Ein junger Bursche mit dichtem, braunen Wollhaar rannte auf ihn zu und salutierte.

„Ehrwürdiger Fürst, der Feind ist noch etwa zwei Tagesmärsche von uns entfernt. Er befindet sich auf Höhe der dornigen Klippen. Ich hoffe, Ihr seid mit diesen Nachrichten zufrieden", rief er.

Irmynar lächelte, obwohl seine Laune alles andere als gut war. „Bloß nicht so förmlich, mein Guter. Ich mag ein

Fürst sein, aber ich blute genauso wie ihr alle auch. Gut gemacht, Junge."

Der Kundschafter, der nicht wesentlich jünger als Irmynar war, bedankte sich. Irmynar beschloss, den überall rund um die Schlucht arbeitenden Soldaten zur Hand zu gehen. Noch einmal begutachtete er die vielen Öllachen, die auf dem Grund der Schlucht schimmerten.

„Hoffentlich bringt das etwas", flüsterte er skeptisch. Daraufhin griff er in seine Westentasche und zog eine kleine Pergamentrolle heraus. Er löste ein rotes Bändchen und entrollte das Papier; Thelindas Gesicht, ein Hofmaler hatte sie gezeichnet, lächelte ihn an. Seine Frau gab ihm Kraft. Hier oben, in den zerklüfteten Felslandschaften der Berge, die voller Gefahren und bald auch voller Orks waren.

Schließlich zog sich Irmynar zwei Lederhandschuhe über, an denen feuchter Schlamm klebte. Er ging zu den arbeitenden Männer herüber, die ihn bewundernd anblickten.

„Dort hinten sollten wir auch noch einen Steinhaufen aufschichten. Schöne, große Steine, die eine Menge Orkschädel zerschlagen können", sagte der Fürst und deutete zum Rand der Schlucht.

„Ja, eine gute Idee, Herr. Steine können wir gar nicht genug haben", antwortete ein in die Jahre gekommener Landsknecht mit rundem Gesicht und kurzer Plattnase.

Irmynar schnappte sich einen schweren Felsbrocken und trug ihn zum Rand der Schlucht. Krachend landete der Stein im Morast. Ein Dutzend Landsknechte folgte ihm. Überall suchten Menschen und Zwerge die Umgebung nach Felsbrocken ab, die man als Wurfgeschosse benutzen konnte. Doch obwohl sie sich inmitten eines Gebirges befanden, war es nicht immer einfach, welche zu finden. Hunderte von Pfeilen hatten die Leevländer außerdem schon auf den Rücken ihrer Pferde in diese zerklüfteten Höhen geschafft.

Die Orks mussten diese Felsgasse passieren; einen anderen Weg durch diese Region gab es nicht.

„Die Schlacht haben wir vielleicht verloren, aber den Krieg noch nicht", murmelte Irmynar. „Es ist alles eine Frage des Denkens. Wenn wir glauben, dass wir ihn nicht mehr aufhalten können, dann hat er bereits gewonnen. Dieser Orkkönig versteht es, in die Seelen seiner Feinde zu schauen. Doch meinen Willen wirst du niemals brechen, Grimzhag. Niemals!"

„Habt Ihr etwas gesagt?", rief ein Landsknecht, der neben Irmynar einen Stein in Richtung des Haufens trug.

„Nein, nein, ich habe bloß laut gedacht", gab der blonde Fürst zurück.

„Wir haben noch genügend Zeit, diesem Orkpack einen gebührenden Empfang zu bereiten. Meint Ihr nicht, Herr?", sagte der Soldat.

Irmynar nickte zustimmend. „Das denke ich auch."

Tief im Inneren kämpfte der Fürst indes gegen seine Zweifel. Er hatte sich geschworen, seine Heimat mit allen Mitteln zu verteidigen, doch wurde er seine Ängste nicht los. Der Feind war mächtig und grausam, während die besten Soldaten Leevlands bereits das Crombfeld bedeckten und im Morast verrotteten.

„Diese Grünhäute werden für Kazhad Mekral zahlen. Ich schwöre es bei allen Göttern meines Volkes", knurrte ein alter Zwerg, der hinter Irmynar stand und einen großen Stein in den Händen hielt.

Der junge Fürst drehte sich um und lächelte den Khuz an, doch dieser starrte bloß grimmig ins Nichts. Im gleichen Moment krachte der Stein zwischen den Füßen des Kleinwüchsigen in den Schlamm am Rande der Schlucht. Ohne ein weitere Wort zu sagen, stapfte der Zwerg davon. Irmynar hörte ihn leise vor sich grummeln; offenbar rezitierte er seine Racheschwüre wie ein heiliges Mantra.

„Ein seltsames Volk", stieß Loghars Sohn aus, wohl wissend, dass dieser Krieg auch zu einem großen Teil der Starrsinnigkeit der Khuz zu verdanken war.

Doch all das war nicht länger von Bedeutung, denn für ein Zurück war es zu spät. Jetzt galt es nur noch zu überleben. Entweder die Orks oder wir – diese Losung predigte Irmynar seinem Volk, wo er nur konnte.

Während Irmynar auf eigene Faust versuchte, den Widerstand gegen die nahenden Orkarmeen zu organisieren, erschütterten immer größere Unruhen die Provinz Dammland. Laurenz Zinnbacher hatte der Arasigenpriesterschaft inzwischen offen den Krieg erklärt und Carther von Prehl öffentlich als korrupten und dekadenten Dämon bezeichnet.

Das einfache Volk, allen voran die immer mehr verarmte Bauernschaft, hing an Zinnbachers Lippen, denn der rebellische Geistliche forderte die Abschaffung der Arasigensteuer, die der leevländischen Priesterhierarchie jedes Jahr gewaltige Geldsummen bescherte.

Was mit ein paar wütenden Predigten begonnen hatte, hatte sich in öffentliche Unruhen verwandelt. Eine Bauernhorde hatte das Rathaus von Greendam gestürmt und die Steuerunterlagen auf dem Marktplatz verbrannt. Zudem waren drei berbische Geldverleiher nahe Borgheim in ihren Wechselstuben überfallen und erschlagen worden.

Dennoch stand Zinnbacher weiterhin unter der Protektion des dammländischen Fürsten, der seine Provinz vom Imperium abzuspalten drohte.

Es dauerte nicht lange, da war es sogar zu einem blutigen Scharmützel zwischen dammländischen Landsknechten und leevländischen Soldaten an der Grenze zur Provinz Soigien gekommen, während zugleich Bauernaufstände in Valberg und Gruitenfurt ausgebrochen waren.

Zinnbacher predigte nun immer öfter vom Himmelreich auf Erden, das auch für das einfache Volk geschaffen werden müsse. Das Goldene Taira wartete nicht erst nach einem mühsamen Leben voller Arbeit und Last auf die Bauern – es könne bereits in diesem Leben erstrebt werden, doch dafür mussten korrupte Priester und scheinheilige Fürsten aus den Ämtern gejagt werden.

Schließlich verbrachte Nukywin mehr Zeit damit, sich auf die Aufstände im Nordwesten seines Reiches vorzubereiten, als damit, auf die drohende Orkgefahr zu reagieren.

Soziale und religiöse Spannungen, die seit Jahrzehnten unter der Oberfläche angewachsen waren, drohten von Zinnbacher und seinen Unterstützern zu einer Klinge geschmiedet zu werden, die ganz Leevland im Inneren spalten konnte.

Lediglich Irmynar, dessen Heimatprovinz am Fuße des Felssäulengebirges als erste den herannahenden Grünhäuten zum Opfer fallen sollte, verzagte in dieser verzweifelten Lage nicht und scharte unbeirrt weitere Männer um sich. Aus Asenburg hatte er trotz mehrerer Anfragen bisher noch immer keine Antwort oder gar Verstärkungen erhalten, denn Nukywin hatte sich längst als erschreckend unfähig erwiesen.

Carolus jugendlicher Erbe war ein regelrechter Spielball der Arasigenkirche, der Carther von Prehl vorstand. Und der Oberste Deuter des Imperiums betrachtete Zinnbacher und sein Gefolge aus rebellischen Klerikern als seine persönlichen Todfeinde. Sein Hass auf die abtrünnigen Geistlichen war derart groß, dass er Nukywin pausenlos zu überreden versuchte, sich zuerst den menschlichen Rebellen zuzuwenden, bevor er sich mit der Abwehr der Grünhäute beschäftigte.

So stand das Imperium von Leevland, das den auranischen Kontinent jahrhundertelang als erste Macht dominiert hatte, plötzlich am Abgrund. Vom Osten drängten die Orks in endloser Zahl, angeführt von einem Kriegsherrn, dem der Ruf der Unbesiegbarkeit vorauseilte, und im Westen hatte Laurenz Zinnbacher ein Feuer entzündet, dass sich quer durch das leevländische Volk zu fressen drohte.

Einzig Fürst Irmynar von Richtenhof und seine kleine Schar aus Todgeweihten stemmten sich in diesen schwarzen Tagen gegen den drohenden Untergang ihrer Heimat.

Von einem Augenblick zum nächsten brach die Hölle los. Grimzhags Gnogg bäumte sich quiekend auf und es gelang dem König erst im letzten Moment, sich in die strähnigen Nackenborsten des Tieres zu krallen, um nicht herunter zu fallen. Zugleich schoss eine gewaltige Stichflamme vor den Hufen des Gnoggs in die Höhe. Überall zwischen den Kriegerhaufen, die sich durch den engen und langen Pass bewegten, fuhren ebenfalls Flammenzungen hoch und verursachten eine unbeschreibliche Panik.

Aufgeregtes Geschrei hallte von den grauschwarzen Felswänden wider, während Orkkrieger durcheinander liefen und Gnoggs die Nerven verloren und ihre Reiter abwarfen. Die wilden Bestien pflügten daraufhin schnaubend durch die dicht gedrängt marschierenden Grünhäute, sie zerschmetterten Knochen und rammten alles in ihrem Weg mit ihren gepanzerten Schädeln nieder.

Grimzhag war entsetzt. Innerhalb von Sekunden hatte er begriffen, dass der Feind diese Schlucht in eine gewaltige Todesfalle verwandelt hatte.

„Holt mir Krieger mit Bögen! Bogenschützen! Wo sind die Bogenschützen?", gellte die Stimme des Kriegsherren durch das ausbrechende Chaos.

Die neben Grimzhag herreitenden Rottenführer hatten indes alle Mühe, ihre scheuenden Gnoggs unter Kontrolle zu bringen. Misstrauisch blickte der Orkkönig hinauf zu der Felskante, über die sich mehrere Menschen- und Zwergenköpfe schoben.

„Jetzt haben sie uns", dachte Grimzhag. Er zog den Kopf ein.

Sekunden später hagelten schon die ersten Steine auf die Grünhäute herab. Felsbrocken von der Größe eines Rhinophantenkopfes stürzten in die Tiefe, um die Orksoldaten zu zerschmettern. Mehr und mehr Menschen tauchten zu beiden Seiten der Schlucht auf, sie kreischten wütend und hämisch. Dann legten die ersten von ihnen Pfeile auf die Sehnen ihrer Bögen.

„Das darf nicht wahr sein! Ich habe mich wie ein einfältiger Snag in die Falle locken lassen!", ging Grimzhag mit sich ins Gericht und verpasste sich selbst eine schallende Ohrfeige.

Anschließend sprang er von seinem Gnogg herunter, ging in die Hocke und hoffte, dass ihn der massige, mit Panzerplatten behängte Körper seines Reittieres vor den Pfeilen der Menschen schützen konnte.

Derweil ging ein Geschosshagel auf die Grünhäute hernieder. Die Menschen wussten offenbar genau, wer der König der Orks war, und schossen gezielt auf Grimzhag. Dieser spähte durch ein Meer aus aufgerichteten Gnoggborsten hinauf zum Rand der Felsenschlucht, wo ein hochgewachsener, blonder Mann mit einem Langschwert in den Händen stand und den Menschen und Khuz Befehle zurief.

In der nächsten Sekunde bohrten sich gleich drei Pfeile in das Hinterteil des Gnoggs, zwei weitere trafen dessen Rücken. Grimzhag presste sein Gesicht auf den Boden. Sein tapferes Gnogg, das seinen Herrn nicht im Stich gelassen hatte, sackte derweil brummend zusammen, als sich ein Armbrustbolzen quer durch seinen Hals bohrte. Anschließend kippte es zur Seite; Grimzhag sprang auf, stieß einen Orksoldaten gegen die Felswand und rannte so schnell er konnte durch das tobende Chaos. Der Kriegsherr sprang über brennende Öltümpel, Felsbrocken und erschlagene Orks. Hinter ihm hagelten noch mehr Geschosse auf die Grünhäute ein.

„Das darf alles nicht wahr sein!", brüllte Grimzhag. „Wo bleiben die Bogenschützen?"

„Aus dem Weg, ihr Snagschnauzen! Ich muss zum König!", hörte der Mazaukhäuptling im nächsten Moment eine vertraute Stimme, die ihn für die Zeit eines Wimpernschlages beruhigen konnte. Zugrakk!

„Wir müssen zurück!", rief der Krieger Grimzhag zu.

„Was du nicht sagst?", knurrte dieser – wütend über seine eigene Nachlässigkeit.

„Die Menschlinge haben uns kalt erwischt! Nicht wie raus aus dieser Schlucht!", meinte Zugrakk und hob sein Schild, damit sich Grimzhag dahinter verbergen konnte.

Der junge Brüller versuchte, sich einen Weg durch die durcheinander rennenden Orkhaufen zu bahnen, doch es schien kaum einen Ausweg aus dem Gefahrenbereich zu geben. Menschensoldaten und Zwergenkrieger hatten sich mittlerweile zu beiden Seiten der Felsenschlucht postiert, um entweder Steine zu werfen oder die Grünhäute mit ihren Bögen aufs Korn zu nehmen.

Sie hatten sich den perfekten Ort für einen solchen Hinterhalt ausgesucht. Das musste Grimzhag tief im Inneren zugeben, wobei er keine Zeit hatte, den Anführer der Feinde für seine Weitsichtigkeit zu bewundern.

Ein gewaltiger Felsbrocken krachte direkt hinter Zugrakk in den Schlamm. Schuttsplitter flogen gegen die Wangenschützer von Grimzhags Helm, der Orkkönig ging instinktiv in die Knie.

„Wir werden keinen einzigen dieser Menschlingswürmer erwischen, aber dafür werden die heute viele von uns in den Wirbel der Seelen schicken!", grollte Zugrakk.

„Ich kann es nicht ändern", antwortete ihm Grimzhag. „Ich hätte Späher vorausschicken sollen, aber ich bin nachlässig geworden! Nachlässig!"

Grimzhags Selbstanklage wurde durch einen Pfeil unterbrochen, der unmittelbar neben seinem Gesicht gegen die Felswand schlug. Erneut rannte der Kriegsherr los und Zugrakk folgte ihm.

„Aus dem Weg! Macht Platz für den König!", gellte dieser.

„Zieht euch zurück! Nur raus aus diesem Pass!", fügte Grimzhag hinzu und ruderte mit den Armen. Ein weiterer Pfeil krachte gegen seinen eisernen Schulterpanzer, der junge Brüller begann vor Aufregung zu schnaufen.

Ein Goblinkrieger, der kaum einen Meter vor Grimzhag stand, bekam einen Steinbrocken auf den Helm und brach reglos zusammen.

„Der hatte mir gegolten", schoss es Grimzhag durch den Kopf, doch blickte er nicht nach oben, sondern blieb in Bewegung, rannte im Zickzackkurs durch das Getümmel, wobei ihm Zugrakk den Weg freiprügelte.

Derweil schafften die Menschen mehr und mehr Pfeile heran, um die Grünhäute zu beschießen. Während sich die Orks und Goblins gegenseitig über den Haufen rannten, deckten sie die Angreifer unablässig mit ihren Geschossen ein.

„Irgendwann werden die Menschlinge alle ihre Felsbrocken geworfen haben. Gegen die Pfeile können wir uns besser verteidigen, wenn endlich wieder Disziplin herrscht", wetterte Grimzhag vor sich hin, doch Zugrakk war bloß damit beschäftigt, den Kopf einzuziehen und den ungezählten Geschossen auszuweichen.

Aber die Menschen hatten sich sehr gut vorbereitet und ganze Berge von Steinen angehäuft, so dass sie noch genug in der Hand hatten, um ihren verhassten Feinden schmerzliche Verluste zuzufügen.

Mühsam kämpften sich ein paar Trupps aus Bogenschützen und Goblinschleuderern durch die mit Kriegern und Gnoggs verstopfte Schlucht, um selbst auf die Menschen und Zwerge zu schießen. Doch wurden sie von den überlegenen Gegnern zurückgeschlagen und schnell dezimiert.

„Es ist bloß wichtig, dass du nicht stirbst, Grimzhag!",
rief Zugrakk, während er zurückrannte und jeden Ork in
seinem Weg zur Seite schubste.

„Sehe ich auch so!", antwortete dieser.

„Dann kümmere dich nicht um die Verluste und renne
bis die Steppe brennt!", kam zurück.

Grimzhag hoffte, dass er es heil aus dem blutigen Getümmel heraus schaffte, um die weiter hinten stehenden Rotten anzuhalten und umzugruppieren. Die Menschen und
Khuz waren zu wenige, um die riesige Orkhorde auf
Dauer am Vormarsch zu hindern, dachte er. Doch hatten
sie soeben bewiesen, dass sie noch lange nicht besiegt waren.

Mit allen Mitteln

Ein Eselskarren nach dem anderen polterte über die morastige Straße, die mitten durch den Keilburger Forst führte. Irmynar lagerte mit ein paar Dutzend seiner Gefolgsleute seit Tagen auf einer Lichtung in den Tiefen des Moorwaldes. Die Grünhäute, zumindest ein Teil jener gewaltigen Armee, die in den Dunklen Landen losmarschiert war, hatten das Felssäulengebirge inzwischen überwunden, was der Katastrophe endgültig Gestalt verliehen hatte.

Mittlerweile hatte der Feind schon den Süden von Slajvka erreicht; eine schockierende Erkenntnis, die Irmynars Gemüt schon seit dem Tag, an dem ihm die Späher davon berichtet hatten, peinigte. Bald würde das erste Orkheer durch den Keilburger Forst im Norden der Theutmark ziehen, um in Richtung der leevländischen Kernländer vorzustoßen, mutmaßte der junge Fürst, wobei er beschlossen hatte, es dem Feind dabei so schwer wie möglich zu machen.

Die Tatsache, dass er nicht allein die von König Grimzhag angeführte Horde, die sich noch immer durch das Felssäulengebirge kämpfte, aufzuhalten versuchte, sondern auch noch eine weitere Orkarmee, ließ den ostmärkischen Fürsten in den Augen der einfachen Soldaten als wahren Helden – oder auch Verrückten – erscheinen.

Nachdenklich brummend kam Irmynar auf einen der Eselskarren zu und zählte still die großen Tonkrüge, die sich auf seiner Ladefläche stapelten. Anschließend ging er in die Hocke, um mit der Handfläche über das trockene Gras zu streichen.

Ein Landsknecht mit abgetragenem Waffenrock näherte sich, er stellte sich neben seinen Herrn und bemerkte: „Das dürfte langsam alles an Haksamenöl sein, was wir in dieser Provinz auftreiben können. Allerdings weiß ich nicht, ob wir damit wirklich etwas erreichen."

Irmynar erhob sich schulterzuckend. Die ständigen Sorgen und der chronische Schlafmangel hatten ihn in eine leicht reizbare Gestalt verwandelt.

„Ich weiß es doch ebenso wenig, aber irgendetwas müssen wir unternehmen", blaffte der Fürstensohn den Soldaten an, der daraufhin respektvoll ein paar Schritte zurückwich und mit dem Rücken gegen den Karren stieß.

„So habe ich das nicht gemeint, ehrwürdiger Herr", entschuldigte sich der Mann sofort.

Der Gebieter der Ostmark winkte ab. Seine Miene wurde wieder ein wenig versöhnlicher. Schließlich gab er zurück: „Es ist ja auch nicht deine Schuld, mein Freund, also vergib mir meinen Zornesausbruch. Er entspringt der Verzweiflung, die ich empfinde. Dennoch dürfen wir unseren Glauben an einen Sieg gegen die Orkbrut nicht verlieren. Wir müssen alles tun, um sie aufzuhalten, bevor sie unsere Frauen und Kinder abschlachten, wie sie es schon so oft getan haben."

Das Gesicht des in die Jahre gekommenen Landsknechts, welches von einem struppigen, graubraunen Bart eingerahmt wurde, verzog sich. Hass loderte in seinen Augen auf.

„Diese Bäume sind in den Sommermonaten so trocken wie Feuerholz. Mit Haksamenöl wird hier alles wie Zunder brennen. Der Keilburger Forst ist dicht und kann tödlich sein. Das weiß jeder Theutmarker. Wenn wir den Feind in diesem Dickicht pausenlos überfallen, dann können wir ihm schwere Verluste zufügen und seinen Vormarsch verlangsamen. Außerdem ist hier abseits der Wege alles voller Sümpfe."

Irmynar lächelte, er legte dem graubärtigen Soldaten die Hand auf die Schulter und nickte.

„Der Keilburger Forst muss zu einer Hölle aus Feuer und Rauch werden. Genauso müssen wir es machen, mein Freund. Lasst uns die Grünhäute in die Moore treiben, wo sie versinken mögen."

„Ihr seid ein wahrer Held, Herr", sagte der Soldat mit einem ernsten Nicken. „Der einzige Held, den Leevland noch hat, falls ich mir diese Bemerkung erlauben darf."

„Ich weiß nicht, ob ich ein Held bin, aber ich will zumindest nicht kampflos untergehen. Was hätte Arasig getan? Hätte er sich einfach zum Sterben hingelegt?"

„Nein, ehrwürdiger Fürst, das hätte er sicherlich nicht", meinte der Landsknecht mit finsterem Blick.

„Und wir werden das auch nicht tun. Selbst wenn wir jeden Meter unserer Heimat mit unserem Blut tränken müssen, werden wir sie nicht diesen elenden Grünhäuten überlassen."

„Richtig!" Der graubärtige Soldat grinste bitter.

Irmynar lächelte erschöpft zurück. Er deutete auf die Eselskarren, die entlang des Waldweges standen.

„Dann sollten wir jetzt weitermachen", sagte Irmynar und winkte den Landsknecht zu sich.

Ein eisiger Regen hämmerte unablässig auf die große Königsjurte ein, in der Grimzhag vor einem Lagerfeuer hockte und gedankenverloren den Tanz der Flammen betrachtete. Zugrakk, Soork und der alte Cuglakk hatten das Zelt soeben verlassen; endlich war er wieder allein.

„Dieser Feldzug hätte niemals stattfinden dürfen. Trotz der gewaltigen Größe unserer Horde habe ich Zweifel. Wir kommen in diesem verdammten Gebirge einfach nicht schnell genug voran", zischte Grimzhag in sich hinein und stieß mit der Stiefelspitze gegen einen glühenden Holzscheit, dass die Funken flogen.

Artux hatte mit seiner Armee die Berge bereits so gut wie überwunden, wenn man den Kundschaftern Glauben schenken konnte, doch das von Grimzhag geführte Heer steckte nach wie vor zwischen den grauen Felsmassen fest.

Der junge Brüller schielte nach oben, das ewige Plätschern des Regens machte ihn noch übellauniger. Er hasste die Berge mit ihren schneebedeckten Gipfeln, den gefährlichen Pässen und den düsteren Abgründen, in die während des Marsches schon so manche Grünhaut gestürzt war.

Die Steppenheimat mit ihren endlosen Grasebenen war Grimzhag wenigstens vertraut, doch dieses verfluchte Gebirge trieb ihn allmählich in den Wahnsinn. Überall lauerten Trupps von Zwergen und Menschen, die die Pfade durch das Felslabyrinth mit tödlichen Fallen bestückten, Brücken zerstörten oder den Orks anderweitig Probleme bereiteten.

Überfälle und Hinterhalte waren an der Tagesordnung; ständig hagelten Felsbrocken oder Pfeile auf die marschierenden Krieger ein, was die Moral der Soldaten stark belastete. Vor allem die Grünhäute, die aus den östlichen Steppen gekommen waren, fürchteten das Gebirge, in dem sich der Feind hinter jedem Strauch verstecken konnte. Und mindestens genauso viel Furcht bereiteten ihnen die schwindelerregenden Höhen, die das Heer entlang der Gipfel bezwingen musste. Nebelverhangene Tiefen, aufgerissenen Schlünden gleich, waren oft schrecklicher als ein gerüsteter Feind, den man zumindest angreifen konnte.

Es blieb den Orks jedoch nichts anderes übrig, als sich mühsam über die Berge zu quälen, während sie unablässig attackiert und behindert wurden. Dies warf Grimzhags Zeitplan gehörig über den Haufen, was ihn regelrecht verzweifeln ließ.

„Was ist, wenn die Menschlinge doch noch mehr Reserven aufbieten können, als ich vermute? Was ist, wenn sie ein zweites Ritterheer aufstellen können und noch nicht am Ende sind? Habe ich diesmal alles falsch eingeschätzt?", murmelte Grimzhag in die Düsternis seines Zeltes.

Er erhob sich von seinem Platz, drückte den Rücken durch und begann nervös um das Lagerfeuer zu tigern.

„Berge, Eisregen, Nebel, Gnoggscheiße!"

Wie weit war Artux? Wie sah es im Falle von Baudrogg aus? Grimzhag zerbrach sich den Kopf ununterbrochen und es wurde mit jedem verstreichenden Tag dramatischer. Die Zeit spielte in einem Feldzug immer eine entscheidende Rolle, doch hier im Gebirge war sie irgendwie festgefroren, genau wie das zu Schnee gewordene Wasser auf den Gipfeln.

Selbst die Goblinspäher der Bergstämme hatten es schwer, die Wege für die Horde, auszukundschaften, da ihnen oftmals die Zwerg auflauerten und sie töteten. Der Kontakt zwischen den einzelnen Armeen war hingegen so gut wie zusammengebrochen, denn die Entfernungen waren zu groß und die Felswände zu hoch.

Mürrisch knurrend ließ sich Grimzhag wieder vor dem Lagerfeuer nieder und stierte in die Flammen, die ihn an Tänzerinnen aus orangerotem Feuer erinnerten. Der König kramte eine Kauwurzel aus einer Ledertasche und schob sie sich ins Maul. Soorks kleine Mittelchen beruhigten ihn seit vielen Sonnenzyklen.

Der alte Schamane der Mazauk litt unter dem feuchtkalten Klima im Gebirge, wobei sein greiser Kollege Cuglakk noch größere Qualen zu ertragen hatte. Dennoch hatte der legendäre Denker aus Roughfort darauf bestanden, Grimzhag auf seinem heiligen Kreuzzug nach Westen zu begleiten. Ob er den Feldzug überlebte oder nicht war Cuglakk gleich – zumindest behauptete er das.

Als die Kauwurzelsäfte ihre Wirkung entfalteten, stöhnte Grimzhag erleichtert auf. Der Seelenschmerz wurde für einen Augenblick weniger bohrend, die Sorgen verzogen sich allmählich und machten einer entspannten Gleichgültigkeit Platz. So war es gut, dachte Grimzhag. Vielleicht würde er wenigstens in dieser Nacht ein paar Stunden ruhen können.

Mit einem Fluch auf den Lippen schlug Artux nach einer Wolke durch die Luft wirbelnder Insekten, die sich unablässig auf die Orkkrieger stürzten und sie seit dem Morgengrauen peinigten. Die Grünhäute zogen bereits seit drei Tagen durch eine sumpfige Waldlandschaft und allmählich hatte der Häuptling der Agram das Gefühl, dass es keinen Ausweg mehr aus diesem endlos erscheinenden Wald gab. Tausende Orks und Goblins marschierten auf ausgetretenen, schlammigen Pfaden nach

Westen, wobei das Dickicht mit jedem zurückgelegten Kilometer widerspenstiger wurde, als ob es die Eindringlinge selbst mit seinen Ästen und Dornen abwehren wollte.

Die Bäume waren von der Sommerhitze ausgetrocknet worden und unter ihrem Blätterdach war die Luft so stickig, dass die Orks kaum atmen konnten. Überall stank es nach Fäulnis, denn der Wald wucherte inmitten eines gefährlichen Sumpfes. Schon so mancher Ork war in eine stinkende Schlammgrube gerutscht, um für immer im schwarzbraunen Morast zu versinken. Die Krieger mussten stets aufpassen, wohin sie traten; der gesamte Marsch war eine einzige Tortur.

„Da lobe ich mir unsere Steppen. Wie soll man sich hier orientieren? Es wäre besser, diesen verfluchten Wald abzuholzen", grollte Artux, der an der Spitze der gewaltigen Orkhorde vorausritt.

Der grauäugige Kriegsherr blickte zu seinen Rottenführern herüber, die schweigend und mit gesenkten Köpfen neben ihm herritten. Einen solch mühsamen Marsch durch die Wälder hatte auch Artux nicht erwartet.

„Unsere Späher haben noch immer nicht herausgefunden, wie weit sich dieses Waldgebiet nach Westen erstreckt", antwortete ein junger Rottenführer und deutete auf die Bäume am Wegesrand.

„Du meinst die Späher, die noch zurückgekommen sind. Die anderen sind offenbar in dieser Wildnis verschwunden oder die Menschlinge haben ihnen die Kehlen durchgeschnitten", knurrte Artux.

„In diesen Wäldern soll es angeblich sogar Elben geben, Wütender. Sie leben in großen Holzhäusern, die auf Pfählen stehen", gab der Gnoggreiter zurück.

Artux stieß einen Würgelaut aus. Er konnte die Geschichten, die sich die Krieger seit Wochen zutuschelten, nicht mehr hören.

„Hier gibt es einiges, vor allem aber Bäume, Sträucher und verfluchte Sümpfe", sagte der Häuptling der Agram verärgert. „Wir müssen es irgendwie bis nach Theutheim schaffen. Das ist meine einzige Sorge. Grimzhag verlässt sich auf uns."

Wortlos ritten Artux und seine Leibwächter daraufhin weiter durch den Wald. Der schlammige Pfad, der durch das Unterholz führte, war so schmal, dass gerade einmal drei Orkkrieger nebeneinander hermarschieren konnten. Ein Heereswurm aus abgekämpften Soldaten schlängelte sich mühsam Kilometer um Kilometer durch die grüne Wildnis, die sich in alle Himmelsrichtungen ausdehnte und nicht zu überblicken war.

Inzwischen hatte es Artux aufgegeben, nach versteckten Feinden und Hinterhalten zu spähen. Die Bäume standen dicht an dicht, dazwischen wucherten dornige Sträucher; so unendlich viele, dass sich dahinter ganze Trupps verbergen konnten.

Plötzlich jedoch hielt der Kriegsherr sein Gnogg an. Er reckte den Hals, schloss die Augen und begann zu schnüffeln.

„Was ist das? Riecht ihr das auch?", rief er in Richtung der Rottenführer.

„Ich rieche nichts, Gebieter", antwortete einer von ihnen.

„Ich allerdings schon" brummte ein anderer. „Es riecht irgendwie verbrannt, oder?"

„Ja, das finde ich auch", meinte Artux.

„Jetzt kann ich es auch riechen", sagte ein weiterer Grauaugenork nach einer Weile.

Währenddessen fingen immer mehr Orks im Hintergrund zu brüllen an. Das Geschrei griff von einer Schar auf die nächste über; Artux drehte sich verdutzt um und sah zu den Baumkronen hinauf. Dünne Rauchfäden krochen in einiger Entfernung zwischen den Blättern heraus. Der Häuptling der Agram war derart überrascht, dass er sein Maul öffnete und die lilafarbene Zunge herausbaumeln ließ.

„Goffrukks Keule, was geschieht dort hinten?", rief er.

„Wütender, dort! Vor uns!" Ein Rottenführer zeigte auf das Meer der Bäume, hinter dem sich ein schwaches, rötliches Glühen ausbreitete. Kurz darauf quollen auch hier dichte Rauchschwaden aus dem Sträuchergewirr.

Erneut drehte sich Artux um. Immer mehr Orks rissen die Klauen in die Höhe und brüllten aufgebracht durcheinander. Ein Krieger kam angerannt, blieb vor Artux stehen und machte eine Reihe von Demutsgesten.

„Herr, die Menschlinge haben den Wald um uns herum in Brand gesetzt! Alles brennt!"

Artux zog sein Schwert aus der Scheide, doch gegen die baumhohe Wand aus grauweißem Rauch war auch die schärfste Klinge machtlos.

„Wir müssen uns durch das Dickicht schlagen und einen sicheren Ort finden, sonst werden wir in dieser Flammenhölle ersticken!", gellte Artux in Richtung der zahllosen Grünhäute, die hinter ihm zum Stehen gekommen waren. Der Hordenführer sprang von seinem Gnogg und schleifte das Tier hinter sich her. Er kämpfte sich durch das Gestrüpp und schlug sich mit dem Schwert durch die widerspenstigen Astgeflechte. Mehr und mehr Orksoldaten taten es ihm gleich, obwohl es keineswegs klar war,

dass sie Artux von den Flammen und dem Qualm weg-
führte. Das Inferno loderte nämlich überall.

„Diese verdammten Menschlinge haben ihren eigenen
Wald angezündet. Wir werden hier ersticken", grollte Artux und drosch fluchend auf die Dornenbüsche um sich
herum ein.

Hinter dem General krochen die Rauchschwaden heran,
ganze Scharen von Kriegern verschwanden in den
Qualmwolken, während mehr und mehr Bäume von den
Flammen ergriffen wurden.

Artux rannte immer weiter durch das Gestrüpp, wobei er
hoffte, dass ihn Goffrukk an einen Platz führte, den die
Flammen noch nicht verheert hatten. Er selbst war vollkommen orientierungslos in dieser Wildnis, die die Leevländer wie ihre Westentasche kannten.

Hinter dem Kriegsherrn stolperten zahllose Orks und
Goblins durch die Qualmwolken. Viele von ihnen tau-
melten von den sicheren Waldwegen direkt in die umliegenden Sümpfe hinein, wo sie mit panischem Geschrei
im Morast versanken. Ängstliche Gnoggs röhrten, als sie
samt ihren Reitern in das Brackwasser hineinstolperten
und das Moor nach ihnen griff.

Es dauerte nicht mehr lange, da flogen Pfeile von allen
Seiten durch das Chaos aus Feuer und beißendem Rauch.
Die Grünhäute stoben auseinander, manche wurden von
den Geschossen getroffen, während andere im stinkenden Morast des Keilburger Forstes ihr Ende fanden.

Selbst ein so erfahrener Kriegsherr wie Artux hatte nicht
mit einem derartigen Hinterhalt gerechnet. Er umklammerte sein Schwert, hieb sich durch Sträucher und Ran-
ken und versuchte verzweifelt, einen Weg aus der Todesfalle zu finden.

Nachdem Artux Horde den Keilburger Forst endlich hinter sich gelassen hatte, fielen die Orks über jeden Menschen her, der ihren Weg kreuzte. Die ständigen Hinterhalte in den Tiefen des Moorwaldes hatten die Horde zahlreiche Krieger gekostet, so dass selbst Artux die Disziplin vernachlässigte und vor Zorn raste.

Wo die Grünhäute auf ein Dorf trafen, da plünderten sie es aus, um es anschließend in Schutt und Asche zu legen. Der Häuptling der Agram, der der tödliche Falle nur knapp entronnen war, trieb seine Krieger nun zu immer extremeren Gewaltmärschen an, damit die Horde endlich die strategisch wichtige Stadt Theutheim erreichte und belagern konnte. Doch das Ziel erschien den Orks mittlerweile so weit entfernt wie das Ende der Welt.

Schon jetzt war alles anders gekommen, als Grimzhag und er es geplant hatten. Die Hartnäckigkeit der bereits als besiegt geltenden Leevländer und Zwerge überraschte den Monrogg von Chaar-Ziggrath, was nichts daran änderte, dass der vereinbarte Schlachtplan in groben Zügen eingehalten werden musste. Vor allem Theutheim musste eingenommen und zerstört werden, um dem Imperium von Leevland eine tiefe, klaffende Wunde zuzufügen.

Was aber war, wenn hinter den Mauern der Provinzhauptstadt doch mehr Verteidiger standen, als die Orks annahmen?

Inzwischen spielte die Zeit gegen die grünhäutigen Invasoren, das wusste auch Artux. Ähnlich wie sein alter Gefährte Grimzhag kämpfte der Hordenführer gegen eine immer größere Frustration an. Nachschubprobleme und ein allgemeiner Mangel an Vorräten kündigten sich allmählich ebenfalls an, was die Stimmung nicht besser machte. Im Gegensatz zu Manchin, das sich mit einer

Großen Mauer gegen die Barbarenvölker des Nordens zu schützen versucht hatte, wurde Leevland durch das Felssäulengebirge abgeschirmt, einem weitaus mächtigeren Wall, der nur an wenigen Stellen überhaupt durchquert werden konnte.

Zaydan saß mit seinen Brüdern am Küchentisch in der unteren Etage seines Hauses. Der aufstrebende Bankier genoß die bewundernden Blicke seiner jüngeren Geschwister, die mittlerweile auch seine engsten Mitarbeiter waren.

„Was gibt es eigentlich heute zu essen?", wollte Schmekel wissen. Er rieb sich erwartungsvoll den Bauch.

Zaydan sah ihn ein wenig genervt an. „Ist das das Einzige, was durch deine hohle Birne geht?"

Schmekel senkte den Blick. „Ich meinte ja bloß."

„Hasenbraten gibt es heute", antwortete Zaydan daraufhin; immerhin genoß er seine väterliche Rolle unter den jüngeren Brüdern, ebenso wie die Bewunderung, die sie ihm entgegenbrachten.

„Über die Bilanzen haben wir ja bereits vor zwei Wochen gesprochen. Es läuft alles trotz der unruhigen Situation hervorragend, das Geldverleihen und so weiter. Oder höre ich da andere Dinge?", fragte Zaydan in die Runde.

„Nein, alles bestens. Zumindest bei mir", meinte Schmekel, der eine Wechselstube in Blankenburg besaß. Die anderen Shargutbrüder brummten zustimmend.

„Heute geht es allerdings um ein anderes Thema. Nämlich um diesen Zinnbacher. Sicherlich habt ihr alle schon von ihm gehört", fuhr Zaydan fort.

„Einem unserer Mäkler wurde neulich von Anhängern dieses Verrückten in einer Gasse aufgelauert. Er wurde übel zusammengeschlagen", sagte Zenech.

„Zinnbacher hetzt nicht nur gegen die Arasigenkirche, sondern auch gegen uns Berbianer. Dieser elende Hundesohn beschimpft uns als gottlose Wucherer. Er hasst uns, weil wir Blutsfremde sind und nicht an den heiligen Arasig glauben", erklärte Echach.

Zaydan lachte bellend. „Arasig soll sich selbst ficken! Er ist nichts gegen die berbischen Stämme!"

„Genau!", fand Schmekel.

Zaydans Gesichtsausdruck wurde wieder ernst. „Allerdings sorgt Zinnbacher dafür, dass wir unser Netzwerk nur schwer in die Provinz Dammland und die benachbarten Provinzen Thielien und Soigien ausweiten können. Das ist das große Problem."

Atztak erhob sich von seinem Platz. „Aber dieser Kerl hetzt doch auch gegen Kaiser Nukywin. Warum hat den denn noch keiner umgebracht?"

„Man erzählt sich, dass Zinnbacher unter dem Schutz einflussreicher Adeliger steht. Der Fürst von Dammland soll ihn sogar in seiner Burg wohnen lassen, wo er vor feindlichen Übergriffen sicher ist – ja sogar vor dem Zugriff des Imperators. Und wenn er in Greendam ist, ist er stets von einer Leibwache von Fanatikern umgeben. Diese Irren werfen sich sofort in jedes Schwert, nur um ihren Heiland zu schützen. So heißt es zumindest."

„Dieser lächerliche Straßenprediger kann uns doch gar nichts", meinte Zenech.

Zaydan verzog den Mund. „Woher willst du das wissen, du Trottel? Du hast doch gar keine Ahnung, was den Arasigkult und die leevländische Politik betrifft. Ohne mich wärst du doch noch ein kleiner Ramschhändler in den Straßen von Hach-Hephrai."

Zenech senkte beschämt den Blick, sein älterer Bruder setzte seine Rede fort und ereiferte sich immer mehr.

„Die Priesterschaft des Arasig hat in den letzten Jahrhunderten eine Menge Mist gebaut. Jeder weiß, dass viele Kleriker, die ansonsten gerne Ehre und Tugend predigen, nicht nur bei ihren Ehefrauen ihr Ding versenken. Außerdem greifen sie auch ab und zu in die Tempelkasse. Das sind keine Einzelfälle, wie man hört.

All dies kritisiert Zinnbacher und hat dabei großen Erfolg beim einfachen Volk. Der dumme Bauer, der unter den immer größer werdenden Abgabenlasten zu leiden hat, richtet dann seinen Hass auch auf uns, die Berbianer. Volksredner wie Zinnbacher können sehr gefährlich werden, sie sind wie Brandsätze, die alles entflammen können."

„Und was sollen wir nun tun?", wollte Schmekel wissen.

„Zunächst einmal nur vorsichtig sein. Streitigkeiten vermeiden, den Leuten immer nach dem Mund reden und freundlich tun. Die Leevländer sind zwar in der Masse ehrliche Trottel, die man leicht über den Tisch ziehen kann, doch gibt es auch ein paar Ausnahmen, die uns durchschauen. Und gerade die sind gefährlich", antwortete Zaydan.

Erneut murmelten seine Brüder durcheinander. Laurenz Zinnbacher, ein Mann, der offenbar keine Angst vor dem Tod hatte und sich nicht einmal kaufen ließ, verunsicherte sie mehr, als sie zugeben wollten.

„Seid immer nett, wenn ihr mit den Leevländern zu tun habt. Spielt harmlos und seid stets freundlich. Irgendwann werden wir diesen Zinnbacher schon wieder los sein, aber bis dahin seid gute Schauspieler", ermahnte Zaydan seine Brüder mit erhobenem Zeigefinger.

„Verstehe!", brummte Atztak und trommelte mit den Fingerkuppen auf der Tischplatte, bis ihn Schmekel anzischte, damit auf zu hören.

„Wenn Leevland und irgendwann ganz Aurania unter dem Joch unseres Geldes liegt, dann können wir es uns auch erlauben wie Tyrannen zu regieren. Doch bis dahin sind wir zu allen einfach bloß nett", sagte Zaydan mit einem hämischen Grinsen.

Inzwischen war Grimzhag so missmutig und frustriert wie selten zuvor in seinem Leben. Er hatte dreißig Tumala nach Aurania geführt, nachdem er das leevländische Heer vernichtend geschlagen hatte. Doch dies bedeutete noch lange nicht, dass er den Krieg gegen die Menschenvölker des Westens bereits gewonnen hatte. Umso tiefer die Horde in die zerklüfteten Täler des Felssäulengebirges eindrang, umso mehr konnte der Gegner das Gelände für sich ausnutzen.

Wenn sie das Gebirge endlich überwunden hatten, dann würden ihnen auf der anderen Seite nicht nur die übrig gebliebenen Soldaten der Menschen und ihre zwergischen Verbündeten, sondern auch die zahllosen Wälder und Sümpfe Auranias gegenüber stehen. Die alten, erfolgreichen Taktiken konnten in Leevland kaum angewandt werden. Gnoggreiterangriffe, bei denen die Reiter den Feind jagten und töteten wie das Wild der Steppe, konnten nicht in dichten Wäldern umgesetzt werden. Immer wieder mussten die Orks umdenken – und das in einem Land, das Grimzhag kaum bekannt war. Was nutzte schon eine erdrückende Übermacht, wenn die Zahl der Soldaten nirgendwo richtig zur Geltung kam?

Jedenfalls wollte es Grimzhag unbedingt vor dem Wintereinbruch bis vor die Tore Asenburgs schaffen. Der Sommer lag bereits in den letzten Zügen und einen Feldzug, der sich über viele Monate oder im schlimmsten Fall sogar Jahre hinzog, hatte der Mazaukhäuptling nicht eingeplant. Sein Ziel war ein schneller Durchmarsch bis vor die Hauptstadt der Leevländer, um dem Kaiser der Menschen und damit auch den anderen Königen Auranias vor Augen zu führen, dass sie keine andere Wahl hatten, als sich von den Orks einen Siegfrieden aufzwingen zu lassen.

Dann würde endlich Ruhe sein, hoffte Grimzhag inständig - bis zum Ende seiner Tage. Sollten sich seine Nachfolger doch mit den Nachfahren Arasigs herumschlagen, nachdem er sein Weltreich endlich im Inneren aufgebaut und stark gemacht hatte.

Unheilvolle Zeichen

Dicke Regentropfen hämmerten gegen die Fensterscheiben des Badesaales, in welchem Kaiser Fushang I. nach Ruhe suchte. Mit geschlossenen Augen lehnte der Monarch an einer goldenen Haltestange, die am Rand des Schwimmbeckens angebracht war. Immer wieder stieß Fushang Huang mit den Zehen durch die Wasseroberfläche, während wohltuende Palmminzendüfte in seine Nase stiegen, um seine Lungen zu öffnen.

Fushang I., der ehemalige Rebellenführer, der inzwischen über das Restreich von Manchin südlich des Jadeflusses herrschte und sich selbst als Himmelskaiser bezeichnete, hatte in den letzten Monaten nur noch selten Frieden gefunden. Zwar war es ihm mit Hilfe von Grimzhag gelungen, das verfeindete Adelsgeschlecht der Han in die Knie zu zwingen, doch empfand der hochgewachsene Adelige mit dem rötlichen Spitzbart sein Amt als Regent inzwischen als durchgängige Qual. Wie sehr hatte er sich nach der Macht über Manchin gesehnt und wie grau war nun die Welt, in der er leben musste.

Selbst seine eigenen Verwandten schienen hinter seinem Rücken gegen ihn zu intrigieren. Fushangs Misstrauen hatte längst ein gesundes Maß überschritten und war einer niemals ruhenden Paranoia gewichen. Doch im prunkvollen Badehaus seiner Residenz in Song Jiang ließen ihn die Sorgen für einen Augenblick in Frieden.

Draußen zwitscherte ein Rakang, ein Vogel mit buschigem, grünen Gefieder. Das Tier sang direkt hinter der milchigen Scheibe sein Lied und selbst der heftige Regen schien seine gute Laune nicht verjagen zu können.

„Der Vogel, der im Regen singt", flüsterte sich Fushang zu, um dann kurz zu lächeln.

Schließlich stieß sich der Kaiser vom Beckenrand ab; er schwamm durch das mit rosafarbenen Fliesen gekachelte Becken und labte sich an dem Minzduft, der den ganzen Badesaal ausfüllte. Irgendwann öffnete er die Augen wieder. Fushang I. blickte zu Tür. Ein leises Knarren hatte ihn aus seiner besinnlichen Ruhe gerissen, der Imperator wandte den Kopf zur Seite, wischte sich das Wasser aus dem Gesicht und blinzelte.

Go-Kin, sein treuer Berater, und zwei Wachsoldaten hatten den Badesaal betreten - ohne zuvor anzuklopfen und den Kaiser um Erlaubnis zu fragen.

„Was gibt es?", wollte Fushang Huang wissen.

Die zwei Wächter sahen mit ungewohnt feindseligen Blicken auf ihren Herrscher herab. Sie hielten ihre Rundschilde und Hellebarde verkrampft in den Händen. Zwischen ihnen stand Go-Kin, der oberste Würdenträger am kaiserlichen Hof, dem Fushang I. noch immer uneingeschränkt vertraute. Der Berater hielt ein kugelrundes Glasgefäß, das mit einem roten Seidentuch bedeckt war, in seinen knochigen Händen. Er stierte ebenso kalt auf Fushang herab wie die beiden Wachsoldaten, die ihn wie Bulldoggen flankierten.

„Was ist denn los, Go-Kin? Sag endlich etwas!", fuhr der Kaiser seinen Diener ungehalten an.

Wortlos machten die beiden Wachsoldaten einen Schritt nach vorn, bis sie am Rande des Schwimmbeckens standen. Go-Kin folgte ihnen, dann riss er das Seidentuch von dem Glasbehälter und schleuderte den Stoff ins Wasser. Endlich konnte Fushang Huang die Kreatur erkennen, die hinter der Scheibe des Aquariums ihre Bahnen zog und dabei immer wieder gegen das Glas stieß. Fassungslos riss der er die Augen auf.

„Was soll das, Go-Kin? Was hat das zu bedeuten? Hast du den Verstand verloren? Nimm dieses grässliche Vieh sofort weg!"

Der Palastdiener lächelte eisig, während die zwei Wachsoldaten ihre Hellebarden nach unten sinken ließen, so dass die scharfen Klingen auf den Kaiser zeigten. Fushang schwamm ein paar Meter zurück, plötzlich war er kreidebleich vor Entsetzen.

„Go-Kin, das kannst du nicht tun! Warum du?", stieß er aus.

„Ich bringe Euch die Grüße des manchinischen Volkes, Himmelskaiser", knurrte der Würdenträger. „Ihr werdet heute das bekommen, was ein Mann verdient, der sein eigenes Volk verraten hat."

„Go-Kin, ich flehe dich an! Ich bin dein Freund!", kreischte Fushang und ruderte mit den Armen.

„Mein Freund? Nun, ich bin aber nicht Euer Freund, Himmelskaiser", sagte der Vertraute grimmig. „Niemand ist mehr Euer Freund. Alle wünschen Euren Tod, nicht bloß die einfachen Leute in den Straßen, sondern auch die Adeligen."

„Nein! Das kannst du nicht tun!", schrie der panische Imperator, wobei er auf das Wasser einschlug. Dann schwamm er zum Beckenrand, doch als er heraus zu klettern versuchte, erwartete ihn dort schon ein Wachsoldat. Der Mann versetzte Fushang einen Tritt und der Kaiser purzelte zurück ins Schwimmbecken.

Mit einem triumphierenden Lächeln hielt Go-Kin das kleine Aquarium hoch. Schließlich ließ er es ins Wasser fallen. Schrill schrie Fushang auf, während sich die Kreatur aus ihrem Gefängnis befreite und wie ein Pfeil auf ihn zuschoss. Es war ein Wok-Oy, ein Tier, das nicht nur die Fischer an der manchinischen Meeresküste wie einen schwarzen Dämon fürchteten.

Der Imperator brüllte in grenzenloser Panik auf, er strampelte und wirbelte wie ein ertrinkendes Kind, doch gab es kein Entkommen vor dem Meeresräuber, den Go-Kin in den Badesaal gebracht hatte. Der Wok-Oy schoss über die Wasseroberfläche und tauchte direkt vor Fushang ab, um sich mit seinen scharfen Mundwerkzeugen durch die Bauchdecke des Todgeweihten zu bohren. Verzweifelt versuchte der Himmelskaiser das hungrige Biest abzuschütteln, doch er war chancenlos. Die Sägezähne des Wok-Oy arbeiteten sich durch seine Bauchmuskeln und gruben sich in die dahinter liegenden Eingeweide. Das Geschrei des Kaisers, um den herum sich das Wasser rot färbte, wurde zu einem ohrenbetäubenden Wimmern. Go-Kin sah dem Todeskampf seines Herrn ungerührt zu.

Fushang I. kreischte in Agonie auf und schlug um sich, während sich der mit Chitinplatten bedeckte Körper des Meeresräubers in seinem Inneren wandte. Immer mehr Blut quoll aus dem aufgerissenen Leib des Monarchen, bis dessen Bewegungen allmählich erschlafften. Der Geruch des vergossenen Lebenssaftes vermischte sich mit dem süßlichen Duft der Palmminze.

Als der Imperator endlich tot in dem blutrot gefärbten Wasser trieb, nickte Go-Kin den Wachsoldaten zu.

„Endlich ist der Verräter tot. Sein Nachfolger kann noch heute Abend das Glas auf sein Ende erheben. Und das

Gleiche werden die Adeligen überall in Manchin tun. Selbst die einfachen Bauern auf den Feldern werden jubeln, wenn sie hören, dass er verreckt ist", sagte er mit tonloser Stimme.

„Und unsere Freunde aus Galathol werden sich ebenfalls freuen, wenn sie die Kunde von Fushangs Ableben vernehmen", fügte ein Soldat hin. Er spuckte in das Wasser, in dem der tote Imperator mit dem Gesicht nach unten schwamm.

Grimzhag riss den Kopf zur Seite, als eine Wurfaxt fauchend durch die Luft wirbelte und direkt an seinem Gesicht vorbeiflog. Hinter ihm durchschlug das Axtblatt krachend ein Kettenhemd und die Zwergenwaffe blieb in der Schulter eines laut aufbrüllenden Orksoldaten stecken. Blitzartig riss Grimzhag sein Schild nach oben; er stach mit dem Schwert auf die die Schlucht verstopfenden Zwerge ein. Ein schwergepanzerter Khuz parierte seinen Hieb, um Grimzhag daraufhin ein paar Meter zurück zu treiben. Zugrakk jedoch, der nicht von der Seite seines Freundes wich, attackierte den Zwerg von der Seite und rammte ihm das Schwert zwischen Brustpanzer und Helm in die Kehle. Getroffen torkelte der Zwerg zurück, seine großen, kräftigen Hände ließen einen Kriegshammer fallen. Zugrakk setzte nach; er versetzte dem Khuzkrieger einen Tritt, so dass er in den Dreck purzelte.

Doch die anderen Zwerge dachten nicht daran, auch nur einen Fußbreit zurück zu weichen. Es waren nur wenige Hundert, doch sie versperrten den Durchgang wie ein Korken den Hals einer Weinflasche.

Wütend griff Grimzhag ein weiteres Mal an. Sein kehliges Geschrei trieb seine Krieger zu einer noch heftigeren Gegenwehr an. Doch die Zwerge waren mutige und geübte Kämpfer, sie rissen ihre Zweihandäxte in die Höhe, um sie dann zugleich niedersausen zu lassen. Grimzhag wehrte einen Schlag mit dem Schild ab, aber ein kreischender Goblin, der sich neben ihm durch das Gedränge gearbeitet hatte, wurde durch einen Axttreffer fast in zwei Hälften gespalten. Dunkles Blut ergoß sich über Grimzhags Schulterpanzer, der König stieß einen furchtbaren Fluch aus.

„So hat das keinen Zweck! Wo bei Goffrukk sind die Trolle?", brüllte Grimzhag. Er wich zurück, bis er aus der Reichweite der zwergischen Äxte war.

Zugrakk blieb indes in der ersten Reihe, wo er am wildesten wüten konnte. Harte Gegner wie diese Khuz waren eine echte Herausforderung, selbst für einen Veteranen wie ihn.

„Wo sind die Trolle?", brüllte Grimzhag einen Rottenführer an.

Der Ork machte mehrere Demutsgesten. Anschließend erklärte er: „Die sind ganz hinten am Ende des Heereszuges. Es wird eine Weile dauern…"

„Sofort holen! Ich will Trolle hier vorne sehen!", bellte ihn Grimzhag an.

„Sehr wohl, ehrwürdiger Gebieter!"

„Wieso sind die Trolle nie da, wo man sie benötigt?", regte sich Grimzhag auf, was den Rottenführer endgültig aus der Fassung brachte.

„Das…das kann ich auch nicht genau sagen. Aber für die Trolle bin ich nicht zuständig, größter und mächtigster Eroberer der ganzen Welt."

„Die verdammten Trolle sollen demnächst im vorderen Teil der Horde mitmarschieren, damit sie notfalls Hindernisse aus dem Weg räumen können – oder auch Zwerge", regte sich der Mazaukhäuptling auf.

„Natürlich! Ich werde Euren Befehl weiterleiten! Größter und mächtigster und wütendster..."

„Schon gut! Hol lieber die Trolle!"

„Aber sicher! Bin schon weg!"

Das Grauauge rannte augenblicklich los und zwängte sich durch Massen dicht gedrängt stehender Krieger. In einiger Entfernung prügelten Khuz und Orks aufeinander ein. Die Kleinwüchsigen hatten einen Schildwall gebildet. Nun verstopften sie die Schlucht endgültig mit ihren gepanzerten Leibern und ihrem unnachgiebigem Hass auf alles Grünhäutige.

Es dauerte eine gefühlte Ewigkeit bis Grimzhag die ersten Trolle in seine Richtung stampfen sah. Die Monster knurrten und grunzten, während sie von wild gestikulierenden Treibern vorwärts gescheucht wurden. Irgendwo im hinteren Teil der riesigen Horde befanden sich auch noch ein paar Rhinophanten, die allerdings größte Mühe hatte, den Orks durch das Gebirge zu folgen. Zwei der Tiere waren bereits krank geworden und auf dem langen Marsch verendet, ein weiteres war in die Tiefe zwischen zwei Berghängen gestürzt.

Unwillig ging der Orkkönig ein paar Schritte zur Seite, damit die Trolle an ihm vorbeirennen konnten. Die Ungeheuer hielten gewaltige Hämmer in ihren Klauen. Genau das Richtige Mittel, um ein paar uneinsichtige Zwerge aus dem Weg zu räumen. Trotzdem konnte sich Grimzhag ein frustriertes Würgen nicht verkneifen. Bald würden sie das Gebirge durchquert haben, hatte ihm heute Mittag ein Goblinspäher versichert. Der junge Brüller betete dafür, dass dies auch der Wahrheit entsprach.

Endlich hatte es die Horde geschafft, das Felssäulengebirge zu überwinden. Die letzten Ausläufer der gewaltigen Bergkette verloren sich unten in den Tälern, die sich vor Grimzhags Augen auftaten. Jenseits der grauen Felswände und schneebedeckten Gipfel befand sich eine unter milchigen Nebelschwaden verborgene, waldreiche Landschaft.

Grimzhag machte noch einen Schritt vorwärts, bis er am Rande einer Felskante stand; vor ihm gähnte ein Abgrund. Die eisenbeschlagene Spitze seines Stiefels traf einen kleinen Stein, der hinab in die Tiefe kullerte. Die Nerven des Kriegsherrn hatten in den letzten Wochen furchtbar gelitten, doch jetzt konnte er erst einmal aufatmen. Neben Grimzhag stand Zugrakk, der Orkkrieger hatte die muskulösen Arme vor der Brust verschränkt und sah grimmig auf das vor ihm liegende Land der Menschen herab.

„Dort unten wohnen Arasigs Nachfahren", sagte Grimzhag. "Dieses Gebirge schützt sie wie eine Mauer, die Riesenhände errichtet haben. In Manchin haben wir es leichter gehabt, doch hier weiß ich nicht, wie wir vorgehen sollen. Die Reichweite unserer Spähreiter ist gering, dort unten ist alles voller Menschlinge. Ich kann diesen Kriegszug einfach nicht richtig planen."

„Wir haben die Menschlinge doch fast vollständig niedergemacht. So viele Soldaten kann ihr Kaiser gar nicht mehr haben", meinte Zugrakk.

Grimzhag würgte. „Das haben wir damals in Manchin auch gedacht, bis uns Prinz Song-Han ein so gewaltiges

Heer entgegen gestellt hat, dass man den Boden vor lauter Soldaten nicht mehr sehen konnte."

„Goffrukk selbst wird unsere Schwertarme in diesem Kampf führen. Er hasst die Nachfahren Arasigs und will, dass wir ihr Blut vergießen", knurrte Zugrakk. Dann beugte er sich herab, zog einen Stein aus der feuchten Erde und schleuderte ihn über den Felsvorsprung.

„Goffrukk hat noch keine Schlacht für uns gewonnen. Wir haben sie gewonnen. Die Götter führen unsere Kriege nicht, sie lassen sie uns selbst führen. Leider haben wir auf dem Marsch durch das Gebirge viel wertvolle Ausrüstung verloren. Ganze Planwagen voller Proviant sind von den Bergpfaden hinab in die Tiefe gestürzt. An die vielen Gnoggs, die uns verendet sind, will ich gar nicht denken. Aber das Schlimmste ist, dass ich das Land der Menschlinge nicht kenne. Ich habe zwar ein paar Karten von Aurania, doch sind sie nicht sonderlich genau. Was ist, wenn die Angaben fehlerhaft sind? Die Wälder und Sümpfe in der Provinz, die die Menschlinge „Ostmark" nennen, werden uns noch sehr zu schaffen machen."

Zugrakk grinste auf typisch orkische Art. „Sei nicht so griesgrämig, Grimzhag. Wir haben das Gebirge besiegt und werden auch die Menschlinge besiegen. Goffrukk wird`s schon richten."

„Bisher haben uns die Menschlinge unerwartet große Verluste zugefügt und meinen Zeitplan gehörig durcheinander gebracht. Ich vermute, dass es auch genau das gewesen ist, was sie gewollt haben", sinnierte Grimzhag, während er an einem seiner Fangzähne herumfummelte.

„Dieser blonde Krieger, der unsere Feinde beim Überfall in der Schlucht angeführt hat: Ich glaube, dass ich sein Gesicht schon einmal gesehen habe. Vielleicht war es sogar der Menschling, der damals gegen Kulghor gekämpft hat. Aber ich bin mir nicht ganz sicher", antwortete Zugrakk.

Grimzhag drehte den Kopf, er knurrte langgezogen. Anschließend stapfte er auf seinen Gefährten zu und legte ihm die Klaue auf die Schulter.

„Meinst du wirklich?"

„Ja, es könnte sein, dass er es gewesen ist."

„Ich denke, dass wir diesem Krieger noch öfter über den Weg laufen werden. Er scheint mutig und auch nicht dumm zu sein. Ja, er ist offenbar ein guter Stratege, das muss ich ihm lassen."

„Vielleicht kommst du nahe genug an ihn heran, um ihn zu töten und Khulgor zu rächen. Du brennst vor Hass, nicht wahr?", sagte Zugrakk.

Wieder würgte Grimzhag, zudem stampfte er bekräftigend auf. „Nein, selbst wenn der blonde Krieger meinen Sprössling getötet hat, dann hat er bloß das getan, was er tun musste. Natürlich würde ich ihn im Kampf töten, aber ich hasse ihn nicht. Er hat ehrenvoll gekämpft und Khulgor besiegt. Das ist das Recht der Stärke, Zugrakk."

„Ja, das sehe ich ein. Andererseits macht es besonders viel Spaß gegen Feinde zu kämpfen, die man hasst", fand der rotäugige Ork.

„Durchaus, muss ich zugeben", erwiderte Grimzhag, der sich ein flüchtiges Grinsen erlaubte.

Jetzt, wo die Horde das Felssäulengebirge überwunden hatte und die Orks nach Leevland hineinströmten, war nicht nur die Ostmark in Gefahr. Zwar würde die Provinz am Fuße der Gebirgskette zuerst die Schrecken der

Invasion zu spüren bekommen, doch sollte dies bloß der Auftakt eines blutigen Alptraums sein.

So wurde Irmynar mit jedem verstreichenden Tag verzweifelter, hatte er doch Grimzhags schreckliche Macht bereits mit eigenen Augen gesehen.

Und mit der Verzweiflung des jungen Fürsten wuchs auch sein Hass auf die fremden Eindringlinge, die nicht zuletzt seinen geliebten Vater auf dem Gewissen hatten. Diese Orks konnten nur mit der brutalsten Entschlossenheit zurückgeschlagen werden.

Allerdings befand sich das Imperium von Leevland nach dem Gemetzel auf dem Crombfeld noch immer in einem Zustand der Schockstarre. Kaiser Nukywin war gänzlich ratlos, ja geradezu hilflos, seit die Orks das Ritterheer seines Vaters vernichtet hatten.

Lediglich der junge Fürst der Ostmark war kampfbereit, da ihn der Zorn auf die Grünhäute und die Sorge um seine Heimat voranpeitschten. Es gab noch viele Männer, die eine Waffe tragen konnten, sie mussten sich bloß zusammenschließen und von einem mutigen Kämpfer auf das Schlachtfeld geführt werden. Zwar war es nicht so, dass Irmynar die Götter jemals darum gebeten hatte, ein solcher Mann zu werden, doch hing das einfache Volk der Ostmark inzwischen an seinen Lippen.

Wo der blonde Fürst erschien, da setzten die angstvollen Menschen alle ihre Hoffnungen in ihn. War es ihm doch schon einmal gelungen, die grünen Bestien aufzuhalten.

Nach und nach verbreitete sich die Kunde von Irmynar dem Orkenschlächter auch in den benachbarten Provinzen und Scharen von verzweifelten Männern strömten unter dem Banner des ostmärkischen Fürsten zusammen, um sich den Invasoren aus dem Osten entgegen zu werfen. Wie einst der heilige Arasig, so erzählten es sich die Bauern und Bürger, wollte Irmynar dem Volk von Leevland in der Stunde größter Not zur Seite stehen und das Reich vor dem Untergang bewahren.

Knurrend und fluchend rannte Zugrakk der Arasigenschwester hinterher. Die Menschenfrau eilte mit schrillem Gekreische in Richtung des Tempels, dem einzigen Gebäude in dieser kleinen Grenzstadt, das noch nicht in Flammen stand. Das blonde Haar der Tempeldienerin wogte über ihre Schultern, während sie die Treppenstufen vor dem Eingang des Gotteshauses hinaufsprang.
Schließlich prallte die Frau aus voller Kehle aufheulend gegen das verschlossene Tor des Tempels. Sie hämmerte gegen das dunkle Holz und flehte die anderen Menschen an, das Portal zu öffnen und sie hinein zu lassen. Dann jedoch verstummte ihr Gewimmer schlagartig; sie sackte zusammen und spuckte einen Blutschwall gegen das Tor.
Zugrakk hatte der Arasigenschwester die scharfen Spitzen seines Streitkolbens zwischen den Schulterblättern in den Rücken getrieben. Die Frau kroch ein paar Meter von ihm weg. Sie drehte sich um und sah Zugrakk mit ihren großen, blauen Augen an. Es war eine schöne und noch sehr junge Frau, doch ihr Blick verriet, dass sie nicht mehr damit rechnete, davonzukommen.
„Warum hast du das getan? Ich hatte keine Waffe, ich bin bloß eine Dienerin Arasigs", keuchte sie und streckte Zugrakk ihre weiße Hand entgegen.
Der grimmige Orkkrieger verstand jedoch nur das Wort „Arasig"; er schob die Fangzähne nach vorne und stieß ein wütendes Grollen aus.

„Arasig? Wo ist dein Arasig jetzt?", rief er auf Steppenorkisch. „Wenn dein Gott etwas dagegen hat, dass ich seine Priester töte, dann soll er aus dem Jenseits kommen und gegen mich antreten!"

Die blonde Frau robbte mit letzter Kraft zur Wand, lehnte sich an das graue Gemäuer des Tempels und hauchte dort ihr Leben aus. Zugrakk schenkte ihr keine Beachtung. Er starrte wütend auf das verschlossene Tor. Im Inneren des Gebäudes befanden sich noch weitere Diener des verhassten Menschengottes. Mit voller Wucht trat der Ork gegen das Holz, wobei ein Staubregen auf seinen Kopf rieselte.

„Helft mir endlich, dieses Tor aufzubrechen, ihr faulen Snagschnauzen!", röhrte Zugrakk in Richtung einiger Orks, die gerade dabei waren, ein Fachwerkhaus auseinander zu nehmen.

Die gewöhnlichen Krieger wussten alle, wer Zugrakk war. Der beste und älteste Freund des größten Orkfeldherren der Geschichte. Somit war es besser, den Befehlen des streitlustigen Mazauks Folge zu leisten.

„Brecht dieses verdammte Tor auf! Los!", brüllte Zugrakk erneut.

Kurz darauf hieben mehrere Grünhäute mit Äxten und Keulen gegen das dunkle Holz des Tempelportals, bis es schließlich mit einem lauten Krachen zerbarst.

Zugrakk stellte sich direkt vor den Schrein des Arasig, den glatzköpfigen Priester hielt er in seinem eisernen Griff. Dann schmetterte er dessen Kopf auf den Altar des Menschengottes.

„Was bist du Arasig? Ich töte deine Priester und du lässt es zu? Ich entweihe dein Haus und werde es anzunden!

Willst du nichts dagegen tun, du Feigling? Steige aus dem Seelenwirbel herab und trete gegen Zugrakk von den Mazauk an!"

Der Priester hielt sich die blutende Stirn. Er murmelte ein Gebet vor sich hin, anschließend begann er zu weinen. Zugrakk aber riss ihn zurück, als er sich an dem Altar festzukrallen versuchte, um ihn daraufhin zu Boden zu werfen.

„Geh!", schrie er und deutete auf das aufgebrochene Portal des Tempelraumes.

Langsam kroch der Priester davon. Er schlich in gebeugter Haltung in Richtung Ausgang und wagte es nicht, sich noch einmal zu den Grünhäuten umzudrehen.

„Dein Gott ist ein Schwächling! Ein erbärmlicher Snag ohne Mut! Er hat uns Orks damals bloß mit viel Glück besiegt! Warum kommt er jetzt nicht auf die Erde, um gegen mich zu kämpfen?", donnerte Zugrakks gutturale Stimme durch die verwüstete Gebetshalle, in der die übrigen Arasigenpriester in ihrem Blut auf dem Boden lagen.

„Sag den anderen Menschlingen, dass Arasig ein Feigling ist!", rief Zugrakk dem Priester nach, als dieser schon aus dem Tor ins Freie stolperte. Schließlich rannte der Kleriker so schnell er konnte durch die in Flammen stehende Grenzstadt davon.

Zugrakk ergriff seinen Streitkolben derweil mit beiden Händen und prügelte auf den Schrein des Arasig ein. Ein Abbild des Menschengottes, ein Krieger mit erhobenem Schwert und prunkvoller Rüstung, zerbrach unter den wütenden Hieben des Orks. Schuttstücke und Holzsplitter wurden durch die Luft gewirbelt, während Zugrakk wie ein Verrückter seine Herausforderungen brüllte.

„Komm aus dem Wirbel der Seelen, Beschützer der Menschlinge! Komm und kämpfe gegen Zugrakk von den Mazauk!"

Doch Arasig kam nicht. Irgendwann stapfte Grimzhags bester Freund wieder aus der Gebetshalle hinaus, vorbei an den erschlagenen Dienern des heiligen Patrons der Westmenschen, deren weiße Gewänder sich mit Blut vollgesogen hatten.

„Brennt den Tempel des feindlichen Gottes nieder! Holt Fackeln! Ich will dieses Gebetshaus in Flammen sehen!", knurrte Zugrakk, die schweigend um ihn herumstehenden Orks mit finsterem Blick anstarrend.

Es dauerte nicht lange, da fraßen sich die ersten Flammenzungen durch das Dach des Arasigtempels und die Weihstätte des fremden Götzen verwandelte sich in eine schwarze Ruine.

Als Grimzhag später davon erfuhr, dass Zugrakk die Zerstörung des Tempels befohlen hatte, reagierte er verärgert. Arasig wäre ein tapferer Krieger gewesen, der einst bloß das ewige Recht der Gewalt angewandt hatte, meinte der König. Außerdem war es nicht sinnvoll, den Widerstandsgeist des Feindes durch die Schändung seiner Heiligtümer anzuheizen.

Doch für solche Feinheiten interessierte sich Zugrakk nicht. Arasig hätte seine Herausforderung angenommen und gegen ihn gekämpft, wenn er wirklich ein Gott wäre, verteidigte er sich gegen Grimzhags Vorwürfe. Am Ende marschierte die Horde weiter nach Westen, wo sie ausgedehnte Waldgebiete erwarteten. Die brennende Grenzstadt ließen sie hinter sich zurück.

Ewige Rachsucht

Cuglakk, der sich für den weisesten aller Orkschamanen hielt und damit vielleicht sogar Recht hatte, wirkte in letzter Zeit krank und ausgezehrt. Dennoch hatte der alte Ork darauf bestanden, Grimzhag bei seinem Kriegszug gegen die Völker des Westens zu begleiten. Und er wollte noch immer nicht zurück nach Chaar-Ziggrath, obwohl sich das gesamte Unternehmen längst in ein zermürbendes, aus endlosen Scharmützeln bestehendes Ärgernis verwandelt hatte. Beständig wurden die Nachschublinien der Grünhäute von Menschen und Zwergen attackiert, so dass die Nahrungsmittelversorgung schon fast zusammengebrochen war.

Von Hunger, Regen und Frustration geplagt, marschierten die orkischen Scharen immer weiter gen Westen. Inzwischen kam es häufiger vor, dass sich die aufgestaute Wut der Orksoldaten untereinander entlud und oft war es nur noch Grimzhags Autorität, die ein Blutbad unter den Kriegern der verschiedenen Grünhautstämme verhinderte.

Der schnelle Durchmarsch nach Asenburg schien nicht mehr möglich zu sein, was bedeutete, dass der Feldzug noch wesentlich länger dauern konnte. Dies hatte ein kluger Kopf wie Cuglakk längst begriffen.

Der chronische Husten des berühmten Geistesbegabten aus Roughfort hatte sich mittlerweile in ein pausenloses Bellen und Würgen verwandelt. An manchen Tagen war Cuglakk kaum mehr in der Lage, ein Wort über die Lippen zu bringen. „Lungenschwund" nannten die Orks die Krankheit, unter der der Schamane seit Jahren litt. Allerdings hatte sie jetzt ein Ausmaß angenommen, dass Cuglakks baldigen Tod erahnen ließ.

Der eigensinnige Denker aber versuchte durchzuhalten. Hoffend, das Ende des Kriegszugs und natürlich Grimzhags letzten Sieg über Arasigs Nachfahren noch miterleben zu können.

„Der alte Ork wird bald zu den Göttern gehen", krächzte Cuglakk mit letzter Kraft und packte Grimzhag am Oberarm.

„Sagt doch so etwas nicht, Ehrwürdiger", antwortete der Mazaukhäuptling.

„Dass die jungen Orks immer so einen Unsinn reden müssen. Wie alt soll Cuglakk denn noch werden? Soll er drei Jahrhunderte leben und noch immer seine Geschichten erzählen? Nein, langsam reicht`s, glaube ich." Der Orkgreis lächelte und zeigte dabei seine gelben Zahnstümpfe.

„Werde ich diesen Krieg denn gewinnen?", fragte Grimzhag den Schamanen.

Cuglakk würgte, was zugleich einen furchtbaren Hustenanfall auslöste. Augenblicklich stürmte der Goblindiener des Denkers in das Zelt des Orkkönigs, um seinem Meister auf den Buckel zwischen den Schulterblättern zu schlagen. Dann ließ auch Grimzhag seine flache Klaue auf den Rücken des Alten niedersausen. Cuglakk ging röchelnd in die Knie. Irgendwann war der Schamane wieder in der Lage zu sprechen. Schnaufend setzte er sich auf einen kleinen Hocker.

„Ein Fell! Ein Fell! Mir ist kalt!", keuchte Cuglakk.

„Sofort! Sofort!" Der Goblindiener rannte aus dem Zelt und kam wenig später mit einem buschigen Warnoxfell in den Klauen zurück.

„Bitte, ehrwürdiger Großdenker!", sagte er und überreichte es seinem Gebieter.

„Ja, ja, schon gut. Bist ein guter Snag. Wirst deinen Herrn sicherlich auch vermissen, was?"

„Selbstverständlich, größter aller Schamanen!", gelobte der Goblin.

„Oder auch nicht, wie?" Cuglakk lachte meckernd und sein krummer Oberkörper wippte vor und zurück.

„Ihr werdet noch ein paar Sonnenzyklen bei uns sein", sagte Grimzhag zu seinem fast zahnlosen Freund. „Lebt noch so lange, bis wir diesen Krieg gewonnen haben. Wir werden ihn doch gewinnen, oder?"

„Das kann ich nicht sagen, kleiner Brüller. Das konnte ich noch nie. Die Götter sprechen überhaupt nicht mit mir. Noch niemals hat ein Gott mit mir geredet. Das ist doch alles nur Theater, um dem gewöhnlichen Orkpöbel ein paar Goldmünzen aus den Klauen zu locken. Das weißt du doch längst, nicht wahr? Alles, was du erreicht hast, hast du selbst erreicht. Du hättest mich von Anfang an nicht gebraucht."

Grimzhag würgte. „Das sehe ich anders, denn für die breite Masse der Orks seid Ihr das Sprachrohr der Götter. Was aus Eurem Maul kommt, ist der Wille des Goffrukk. Natürlich ist es in erster Linie mein Wille, unser Wille. Ihr wisst schon, was ich meine, mein lieber Freund."

„He, he!", machte Cuglakk. „Der Glaube ist das Wichtigste! Die Menschlinge glauben an ihren Arasig, obwohl er seit Ewigkeiten nur noch ein Haufen Knochen ist. Und dieser Glaube gibt ihnen die Kraft. Und das Gleiche gilt für die vielen Orks, die für Goffrukk freudig in den Tod stürmen. Der Glaube kann Berge versetzen, nicht die Vernunft. Der Glaube allein gewinnt Kriege und führt zu den großen Umwälzungen der Geschichte."

„Schön wäre es, wenn der Glaube das Felssäulengebirge versetzen könnte", meinte Grimzhag.

Sein faltiger Denkerfreund lachte meckernd und hörte sich dabei an wie ein Ziegenbock.

„Dieser Krieg ist bisher nicht so gelaufen, wie wir es erwartet haben. Wir hatten geglaubt, dass dreißig Tumala die Menschlinge sofort in die Knie zwingen würden, doch wir kennen ihr Heimatland nicht. Diese endlosen Wälder und Sümpfe, dieser widerwärtige Regen. Da hat es mir in Manchin besser gefallen. Aber was soll`s", brummte Cuglakk und unterdrückte seinen Husten mit eiserner Willenskraft.

„Ich hätte diesen Krieg nicht beginnen sollen. Ich hätte bei meiner Meinung bleiben sollen, die Menschlinge des Westens in Ruhe zu lassen", antwortete Grimzhag.

„Das sehe ich anders, junger Brüller. Nachdem das große Heer der Menschlinge vernichtet worden war, hatten wir die einmalige Gelegenheit, Leevland mit einem schnellen Schlag zu bezwingen."

„Nur ist es längst kein schneller Schlag mehr", murmelte der Mazaukhäuptling, während über ihm ein weiterer Regenschauer auf das Zeltdach zu hämmern begann.

Cuglakks knochige Klaue fuhr durch die Luft, der greise Ork verzog das zahnlose Maul. Anschließend sagte er: „Glauben, Grimzhag! Du musst an dich selbst glauben und darfst diesen Glauben niemals aufgeben. Du hast in Manchin das Unmögliche vollbracht und wirst auch hier siegen. Das sagt dir vielleicht nicht Goffrukk, aber der runzlige Cuglakk. Und das ist nicht nichts, oder?"

Irmynar war in den letzten Monaten so sehr über sich hinaus gewachsen, dass er sich selbst kaum noch wiedererkannte. Der Krieg gegen die Grünhäute und der Tod seines geliebten Vaters hatten ihn von einem jugendlichen Lebemann zu einem fanatischen Soldaten werden lassen. Mittlerweile waren ein paar bewaffnete Scharen aus dem Westteil des Reiches in die Ostmark gekommen, um Loghars Sohn bei der Verteidigung von Richtenhof zu unterstützen. Natürlich war es nicht das Entsatzheer, um das Irmynar den Imperator gebeten hatte, doch war jeder Mann, der eine Waffe trug, ein Segen.

Die Hauptstadt der Ostmark konnte der Feind jedenfalls nicht ignorieren, meinte Irmynar. Hier würde die Orkhorde, die von Grimzhag angeführt wurde, zwangsläufig auftauchen.

Ansonsten hatte Irmynar nur bruchstückhafte Nachrichten aus dem Norden erhalten. Dort brannten die von Artux angeführten Grünhäute alles nieder. Außerdem waren sie bereits auf dem Weg nach Theutheim, um die Stadt zu belagern.

Was aus der dritten Grünhautarmee geworden war, die, wenn die Gerüchte stimmten, marodierend durch Swytien zog, wusste Irmynar nicht. Doch spielte das zunächst keine Rolle, denn er hatte seinen eigenen Kampf zu bestehen und dafür zu sorgen, dass zumindest Richtenhof dem feindlichen Ansturm so lange wie möglich standhielt. Mehr konnte der junge Fürst mit seinem zahlenmäßig viel zu geringen Gefolge nicht tun.

„Und Arasig ließ die Trommeln schlagen, während sein gewaltiges Heer über die Berge marschierte, um gegen die elenden Orkstädte der Dunklen Lande zu ziehen und den schrecklichen Feind für immer zu vernichten. Es brannten die Feuer der Vergeltung, als Stadt um Stadt der Grünhäute geschleift wurde und die Ritter durch das dunkle Blut tausender Feinde wateten. Aber Arasig spornte seine Soldaten immer noch weiter an, die panisch fliehenden Orks nach Osten zu hetzen, auf dass niemand ihren Schwertern entgehen sollte.

Dies war der Wille der alten Götter, die Arasig dazu auserwählt hatten, die finstere Rasse der Grünhäute mit einem letzten Schlag auszurotten, damit die Menschen Auranias niemals mehr gegen sie Krieg führen mussten. Am Ende dauerte der Kampf gegen die Grünhautstämme der Dunklen Lande noch mehrere Jahre, denn die Feinde setzten sich mit aller Verbissenheit zur Wehr, obwohl ihre besten Krieger bereits auf dem Schlachtfeld geblieben waren. Schließlich gelang es nur wenigen Orks und Goblins, den Ritterscharen zu entkommen. Manche Stämme verschwanden in finsteren Stollen im Felssäulengebirge, in die ihnen die Menschen nicht folgen konnten, während andere durch das Eisgebirge nach Osten flüchteten und niemals mehr wieder gesehen wurden.

Als Arasig mit seinem Heer aus den Dunklen Landen zurückkehrte, da hatte er die orkische Zivilisation ausgelöscht und sämtliche Grünhautreiche vernichtet. Allerdings war es ihm nicht gelungen, die feindliche Rasse vollständig auszumerzen. So sorgte sich der Heilige bis zu seinem Tod darum, dass die Grünhäute eines fernen Tages doch wiederkehren und eine erneute Gefahr für die Länder der Menschen werden könnten.

Die Elben und Zwerge, die ihm im Kampf gegen die Orks geholfen hatten, teilten seine Gedanken. Allerdings waren sie sich sicher, dass die Grünhautrasse ohne die Führung der Grauaugen niemals wieder so mächtig werden würde, wie sie es in der Vergangenheit gewesen war. Nach der Verwüstung der Dunklen Lande durch das vereinigte Heer aus Menschen, Elben und Zwergen, setzten die Khuz ihren Vernichtungskrieg gegen die Orks noch jahrzehntelang im Gebirge fort.

„Keine Grünhaut soll mehr auf Erden weilen, wenn ich für immer meine Augen schließe!", hatte Arasig seinen Soldaten einst gepredigt, als er den Kampf gegen die verderbte Orkrasse begonnen hatte, um Aurania den Menschen zu schenken. Damit hatte er zugleich seine göttliche Lebensmission verkündet..."

„Schon gut, mir bluten die Ohren! Das reicht!", stieß Grimzhag abweisend knurrend aus und hob die Klauen.

Cuglakk, den die Übersetzung der leevländischen Chronik sehr angestrengt hatte, ließ den schweren Folianten sinken, um ihn wieder auf den Tisch zu legen.

„Kein Menschling wird mehr atmen, wenn wir wieder aus Leevland abziehen!", grollte Zugrakk mit geballten Fäusten.

„Arasig hin oder her. Sollen die Menschlinge ihren Heiligen ruhig anbeten und verherrlichen. Dieser ganze Krieg ist mehr als zweitausend Sonnenzyklen her. Ich bin nicht ausgezogen, um die Art der Menschlinge zu vernichten. Ich will ihnen bloß einen Frieden aufzwingen und dafür sorgen, dass sie unser Reich anerkennen", meinte Grimzhag.

„Mich ergreift noch immer der pure Hass, wenn ich lese, was diese verfluchten Leevländer unseren Vorfahren angetan haben. Dafür werden wir sie noch richtig bluten lassen", sagte ein gerüsteter Rottenführer, der mit Grimzhag, Cuglakk, Zugrakk und Soork in einem modrigen Kellergewölbe voller Schriftrollen und Bücher stand.

Über den Orks erhob sich das Bürgerhaus der Stadt Clausheim, die die Orks vor einigen Tagen geplündert und zerstört hatten. Grimzhag verzog das Maul, die ewigen Rachegelüste seiner Mitorks langweilten ihn schon lange.

„Diese Arasigenpriester haben schön gequiekt, als wir sie geschlachtet haben", sagte Zugrakk mit bösartigem Eifer in seinen roten Augen. „Aber ihr elender Götze ist nicht aus dem Jenseits gekommen, um ihnen die Hälse zu retten. Er hatte Angst vor mir, obwohl ich ihn zum Kampf herausgefordert habe."

„Ihr steht den Khuz in Rachsucht und nachtragendem Zorn jedenfalls in nichts nach", meinte Grimzhag, den Blick seinen Begleitern zugewandt.

„Wie auch immer", sagte Zugrakk, „als nächstes zerlegen wir diese große Stadt namens Richentof. Freue mich schon darauf..."

„Richtenhof!", korrigierte Grimzhag seinen Freund, der sich heute wieder einmal als besonders hitzköpfig hervortat.

„Der Marsch über die Berge hat uns nicht nur zahlreiche Proviantkarren, sondern auch eine Menge wichtiges Belagerungsgerät gekostet. Das hätte alles nicht passieren dürfen", meinte der Rottenführer, dessen breite Schultern mit stachelbewehrten Eisenplatten bedeckt waren.

Grimzhag winkte ab. Er schlug vor, das Kellergewölbe wieder zu verlassen und die alten Geschichten in der Dunkelheit ruhen zu lassen. Über den Köpfen der Orks war das Gebrüll der Krieger zu hören. Die Horde lagerte in den Ruinen von Clausheim, Gnoggreitertrupps waren ausgeschwärmt, um den Menschen in den umliegenden Dörfern alles Essbare zu rauben. Die Stadt Richtenhof befand sich inzwischen in unmittelbarer Nähe. Grimzhag war im Geiste bereits vor ihren Mauern und zerbrach sich den Kopf, um eine effektive Belagerungstaktik auszuarbeiten. Langsam nahm der Krieg auf leevländischem Boden Gestalt an. Er wurde blutig und begann, immer mehr Opfer unter den Menschen zu fordern. Die Zerstörung von Richtenhof war jedenfalls unumgänglich, um weiter nach Westen vorstoßen zu können.

„Arasig sei Dank, dass ich wenigstens Thelinda in Sicherheit gebracht habe", wisperte sich Irmynar wie zur Beruhigung selbst zu, während sich seine Eingeweide verkrampften.
Immer mehr Orks überschwemmten den Horizont. Ihre Kriegsgesänge wurden lauter und die ganze Größe ihrer Horde wurde nach und nach entblößt. Der blonde Fürst der Ostmark lehnte sich an eine mit Flechten überwucherte Burgzinne und blickte herab auf die sich nähernden Feinde. Um Irmynar herum standen seine Hauptleute, denen allesamt die Farbe aus dem Gesicht gewichen war.
„Vielleicht hätten wir Richtenhof doch aufgeben und uns nach Westen zurückziehen sollen", vernahm er das Getuschel eines graubärtigen Mannes im Hintergrund. Irmynar drehte sich langsam um, suchte den Zweifler und schenkte ihm einen drohenden Blick.
„Richtenhof liegt direkt auf dem Weg, den die von Grimzhag angeführte Horde nehmen muss, um in die

weiter westlich liegenden Provinzen eindringen zu können. Kaiser Nukywin und seine Berater brauchen mehr Zeit, um die Verteidigung des Reiches zu organisieren. Und diese Zeit werden wir ihnen zu verschaffen versuchen, indem wir notfalls bis zum letzten Schwertstreich aushalten."

„Aber ehrenwerter Fürst…", setzte ein anderer Hauptmann an, doch Irmynar verbat ihm augenblicklich den Mund.

Seine Gefolgsleute eindringlich musternd antworte er: „Ich kann verstehen, dass ihr Angst habt. Glaubt nicht, dass ich keine habe. Aber wir müssen alles tun, um die Orks lange genug aufzuhalten. Abgesehen davon, werden wir an einem anderen Ort auch nicht viel sicherer sein. Wenn wir sie nicht dezimieren und zurückschlagen, wo wir nur können, werden diese Ungeheuer jede Stadt in ganz Leevland niederbrennen."

Dumpf begannen die Glocken des Arasigtempels im Herzen der ostmärkischen Hauptstadt zu schlagen. Irmynar zuckte zusammen, der monotone Klang, der wie Grabesgeläut zu ihm herüberschallte, ließ die Anspannung nicht kleiner werden.

Jenseits des Turmes, auf dem sich der Fürst und seine Befehlshaber postiert hatten, um den Vormarsch des Feindes zu beobachten, ertönte das ängstliche Geschrei der Frauen und Kinder. Irmynar hatte es den nicht wehrfähigen Männern und ihren Familien freigestellt, Richtenhof zu verlassen, um in den Nachbarprovinzen Schutz zu suchen. Manche hatten das Angebot angenommen, während andere in ihrer Heimatstadt geblieben waren. Eine Entscheidung, die nicht wenige Bewohner angesichts der riesigen Orkhorde plötzlich bereuten.

In der Ferne kamen die Grünhäute als endlose Flut aus Kriegern näher, ihre schwarzen Banner schwankten im Wind, genau wie ihre Standarten, auf denen bleiche Menschenschädel grinsten. Viele der Orks trugen bizarr aussehende Helme voller Eisenstacheln und Hörnern, die meisten hatten Kettenpanzer oder Rüstungen aus geschwärztem Metall. An den Flanken der marschierenden Fußtruppen befanden sich die gefürchteten Gnoggreiter, die Irmynar das Blut in den Adern gefrieren ließen.

Allerdings wandte er seine ganze Willensstärke auf, um vor seinen Hauptleuten nicht als mutlos zu erscheinen. Wie diese riesige Armee, die sich allmählich in ihrer vollen Größe zeigte, zurückgehalten werden sollte, konnte der junge Fürst ebenso wenig sagen wie seine vor Angst erstarrten Soldaten.

„Kloing! Kloing! Kloing!", machte die Glocke des Tempels. Ihr eindringliches Dröhnen vermischte sich mit dem Angstgeschrei der einfachen Menschen, die auf einmal begriffen hatten, dass es für eine Flucht zu spät war.

Irmynar glaubte, dass der monotone Glockenschlag sein ohnehin schon wie verrückt hämmerndes Herz noch heftiger vibrieren ließ. Er schluckte, biss sich auf die Unterlippe und beugte sich mit schreckgeweiteten Augen zwischen den Zinnen nach vorne.

In der Ferne hörte der blonde Fürst das kehlige Geschrei der Feinde, das Mord und Totschlag verhieß. Die Umrisse von grauhäutigen Monstern, die die Zwerge des Gebirges als Trolle bezeichneten, stampften in den Orkrotten umher; Katapulte, Belagerungstürme und Rammböcke erhoben sich aus dem marschierenden Meer aus Kriegern, das sich den Stadtmauern von Richtenhof näherte.

So leise, dass es keiner der anderen Männer vernehmen konnte, sprach Irmynar ein Gebet, in dem er den Göttern seine ganze Angst offenbarte und sie um ihren Beistand anflehte.

Grimzhag ritt dem gewaltigen Orkheer mit seinen Hordenführern voraus, als es die Mauern von Richtenhof endlich erreichte und die Stadt umschloss wie ein Wolfsrudel seine Beute. Sofort begannen die Goblinarbeiter mit dem Zusammensetzen der Belagerungsgeräte und dem Entladen der verbliebenen Proviantwagen.

Der mürrische Blick des mächtigen Orkeroberers, der tief im Inneren fürchtete, dass der Marsch nach Leevland trotz all seiner Siege doch in einem Debakel enden könnte, wanderte über die Scharen aus tausenden Kriegern, die überall Zelte errichteten, während sie Richtenhof und seine Verteidiger gänzlich umspülten.

Derweil spähten Irmynar und die ihm gebliebenen Soldaten von den Zinnen herab auf die endlos erscheinende Zahl ihrer Feinde. Wo Grimzhags Horde durchgezogen war, da hatte sie die Dörfer und Kleinstädte verwüstet und geplündert. Auch Richtenhof würde in einem Flammenmeer vergehen, wenn die Grünhäute erst einmal seine Mauern überwunden hatten.

Allerdings hatte Irmynar nicht vor, es den Feinden leicht zu machen. Sie sollten für jeden Meter, den sie eroberten, mit Strömen von Blut bezahlen, hatte der junge Fürstensohn voller Verbitterung geschworen und seine Männer mit dem gleichen Kampfeseifer angesteckt, der ihn selbst ergriffen hatte.

Nachdem die Orks ihre Katapulte zusammengesetzt hatten, gab Grimzhag den Befehl, Richtenhof mit Brandgeschossen zu überschütten, um möglichst vielen Einwohnern das Leben hinter den Mauern zur Hölle zu machen. Allerdings wusste der junge Brüller ebenso, dass die Hauptstadt der Ostmark gut befestigt und voller Vorräte war, was ihre Belagerung zu einer blutigen und vor allem zeitraubenden Angelegenheit machen konnte.

Der Fürst der Ostmark, den viele der menschlichen Kriegsgefangenen als Retter in der Not verehrten, wie Grimzhag inzwischen erfahren hatte, war nicht untätig geblieben. Somit war Richtenhof, trotz der vernichtenden Niederlage des leevländischen Ritterheeres, recht gut auf eine Belagerung vorbereitet.

Dennoch rückten die Grünhäute unter Grimzhags gutturalen Schlachtrufen schon am zweiten Tag in gewaltiger Zahl gegen die Mauern der Stadt vor; Sturmleiter um Sturmleiter wurde angelegt und zahllose Orks kletterten die Sprossen hinauf, um gegen die Verteidiger zu kämpfen. Im Gegenzug schleuderten die Menschen alles, was sie greifen konnten, in die Tiefe, so dass ein Hagel aus Steinen, Unrat und sogar Möbelstücken auf die Angreifer niederging. Dazu gesellte sich kochendes Blei, siedendes Öl und flüssiges Pech, das aus Löchern in den Mauern herausbrach und sich auf die Orkscharen ergoss.

Wo es den Grünhäuten gelang, die Wehrgänge hinter den Zinnen zu erreichen, da erwarteten sie bereits die Leevländer mit Schwert und Spieß, um sie wieder hinab in die Tiefe zu werfen. Nachdem der erste Angriff in einem verlustreichen Gemetzel geendet hatte, wusste Grimzhag, dass Richtenhof seine Horde wohl länger beschäftigen würde, als ihm lieb war.

„Es ist äußerst schwer, eine Verbindung zu den von Baurogg und Artux geführten Horden herzustellen, da unsere Kundschafter im Menschlingsgebiet stets in Gefahr sind. Viele haben wir bereits verloren", erklärte ein noch recht junges Grauauge, das mit stolzgeschwellter Brust vor Grimzhag stand und erst kürzlich zum Tumalführer ernannt worden war.

Grimzhag verzog mürrisch das Maul, dann winkte er ab. Mit einem unwilligen Schnaufen beugte er sich über eine Karte von Westaurania, die ihm ein Geistesbegabter nach den Angaben eines gefangenen Menschen angefertigt hatte, und brütete vor sich hin. Der grauäugige Tumalführer wollte gerade zu einer Erwiderung ansetzen, als ihn Grimzhag anknurrte und ihm die Klaue in den Nacken legte.

„Ja, ist mir alles klar", grollte er.

„Ehrwürdiger Eroberer der Erde, ich wollte nur noch einmal anfragen, was wir aufgrund der aufgebrauchten Triebkernsäfte tun sollen. Die Anzahl der Verwundeten steigt täglich und ohne Triebkernsäfte…", sagte ein Geistesbegabter, der die ganze Zeit zwischen den Adelskriegern gestanden und gewartet hatte.

Grimzhags Augen blitzten auf, seine Klaue schnellte herum und er packte den Orkdenker an der Kehle.

„Was?", schnaubte er.

„Ich kann nicht so gut antworten, wenn ich erwürgt werde", krächzte der Heiler zurück.

Der Mazaukhäuptling stieß ihn zu Boden. Anschließend begann er, auf den Holztisch einzuprügeln, dabei zerriss Grimzhag auch die Landkarte – seine Untergebenen wichen derweil respektvoll vor ihrem tobenden König zurück.

„Nichts funktioniert! Nichts! Nichts! Nichts!", steigerte sich Grimzhag in einen furchtbaren Wutanfall hinein.

„Richtenhof wird über kurz oder lang fallen...", wagte ein breitschultriger Rottenführer anzumerken, doch das zog ihm bloß die zornige Aufmerksamkeit seines Königs zu. Grimzhag packte den Tisch mit beiden Klauen und fegte ihn von den Beinen. Die zerrissene Karte rutschte auf den Boden.

„Über kurz oder lang ist zu lang! Dieser Feldzug kämpft vor allem gegen die Zeit! Wenn uns die Menschlinge hier zu lange aufhalten, dann sind alle meine Schlachtpläne dahin. Muss ich das eigentlich einem Ork erklären, der eine ganze Rotte anführen soll? Das kapiert doch selbst der dümmste Snag, oder nicht?"

„Ich bitte um Vergebung, Mächtiger."

„Nach Worrog damit! Dieser Fürst Irmynar stachelt die Menschlinge zum Widerstand gegen uns an, obwohl ich dachte, dass ich die Moral des Feindes längst gebrochen habe. Er ist wie dieser Song-Han im Manchinkrieg, nur dass wir den Dank der verräterischen Huang losgeworden sind. Aber dieser Irmynar ist noch immer da – und er muss weg! So schnell wie möglich!", brüllte Grimzhag aus voller Kehle.

Ungehalten vor sich hin fluchend scheuchte der Orkkönig die Grauaugen und den Geistesbegabten aus seinem Zelt. Dass es nicht sonderlich weise gewesen war, die Landkarte zu zerfetzen, war Grimzhag längst klar geworden. Er ließ sich auf einem Hocker nieder und zog die Augen zu einem dünnen Schlitz zusammen; allerdings hielt es ihn nicht lange auf seinem Platz. Nur wenig später stand er auf und tigerte aufgeregt durch sein Königszelt, um dann ins Freie zu treten.

Ein paar Orksoldaten begrüßten ihren König mit Demutsgesten und wohlwollenden Brummlauten, doch Grimzhag starrte an ihnen vorbei und richtete den finsteren Blick auf die weißgrauen Mauern von Richtenhof, vor denen tote Orks und Goblins lagen. Obwohl die Abenddämmerung nahte und sich der Himmel ebenso zu verdunkeln begann wie Grimzhags Gemüt, hatten die Katapulte wieder zu feuern angefangen. Einige Häuser der Menschen waren bereits in Flammen aufgegangen, doch hatte das den Widerstandsgeist der Leevländer bisher noch nicht gebrochen. Grimzhag fürchtete, dass sie sich auch noch an ihren Heimatboden krallen würden, wenn Richtenhof nur noch eine Kulisse aus Feuer und Rauch war.

„Nichts funktioniert! Gar nichts!", fauchte er leise in sich hin. Er trat gegen einen Wassereimer, der neben einem Zelteingang stand, und betrachtete die feindliche Stadt, in der sich Arasigs Nachkommen verschanzt hatten. Tief im Inneren fürchtete er, dass die Menschen plötzlich doch mit einem großen Entsatzheer über seine Streitkräfte herfallen konnten, obwohl dies eigentlich so gut wie unmöglich war. Oder doch nicht?

„Die sind hartnäckig, das muss man ihnen lassen", hörte Grimzhag eine vertraute Stimme hinter sich. Er drehte sich um und sah Zugrakk an. Der Orkrieger kam gerade von einem Rundgang durch das gewaltige Heerlager zurück.

„Habe vorhin ein paar von den Menschlingsmünzen verzockt. Heute hatte ich beim Steinschubsen nur Pech", meinte er.

„Deine Sorgen will ich haben", murmelte Grimzhag, wobei er den Blick nicht von den Stadtmauern abwenden konnte.

„Allerdings!", gab Zugrakk zurück. „Die habe ich gegen so ein paar Snags aus dem Felssäulengebirge verloren. Die hatten beim Steinschubsen Tricks drauf, die ich noch nie in der Steppe gesehen habe."

„Ich habe jetzt keine Zeit für diesen Unsinn. Lass mich in Ruhe, damit ich nachdenken kann."

„Pah! Dann gehe ich halt zurück zu denen und spiele noch eine Runde Steinschubsen. Vielleicht kann ich mir meine Münzen ja wiederholen. Weiß nur nicht, was ich noch setzen soll."

„Hör einfach auf zu nerven, Zugrakk!"

„Schon gut, schon gut, großer Weltherrscher. Bin schon weg. Lass dich beim Denken nicht stören von uns gemeinen Feldorks."

„Gnoggschädel!" Grimzhag entblößte die Fangzähne für ein flüchtiges Orklächeln. Zugrakk hatte zumindest die Gabe, ihn von Zeit zu Zeit aufzuheitern. Als sein Freund wieder davonging, sah ihm Grimzhag beinahe wehmütig nach. In Augenblicken wie diesen wünschte er sich, auch bloß ein einfacher Ork zu sein.

„Am Anfang der Zeit, als die Menschen gerade erst geboren worden waren, kämpften die alten Götter gegen eine bösartige Rasse von Dämonen um die heilige Welt Taira. Erther, der Schutzherr der ersten Goldmenschen, führte die Reinblütigen gegen die Brut der Finsternis, die Taira unterjocht hatten und die goldenen Menschen ausrotten wollten.

So erbebte Taira unter dem Lärm gewaltiger Schlachten und Pilze aus Feuer und Rauch stiegen zum Himmel empor, als Erther seine Heerscharen in den Krieg führte.

Erthers tapferster Feldherr war Korhas, der so viele Dämonen im Kampf erschlug, dass er vom Menschen zum Gott des Krieges aufstieg und seitdem an der Seite des ewigen Schutzherrn über uns goldene Kinder wacht. Auch wenn Not und Verzweiflung übergroß erscheinen, so wendet Korhas doch niemals den Blick von uns ab. Wenn alle Hoffnung schon schwinden will, dann öffnet sich der Himmel und Korhas steigt herab zu uns, um seinen Platz in unserem Heer einzunehmen. Dann kommt er, Seite an Seite mit seinem Schildträger Baumar dem Hünen, der einen heiligen Hammer schwingt, dem kein Feind widerstehen kann..."

Der kleine Junge mit dem dreckverklebten Gesicht, der auf einem Strohhaufen hockte und die Beine angezogen hatte, begann zu lächeln. Was ihm Fürst Irmynar soeben erzählt hatte, verdrängte seine Furcht vor den grünhäutigen Ungeheuern, die in endloser Zahl vor der Stadtmauer lagerten und pausenlos ihre Katapulte abfeuerten.

„Hab keine Angst, die Götter wachen über uns", sagte Irmynar, um daraufhin wieder zu verschwinden und den Jungen zurück zu lassen.

Draußen vor der Stadt hämmerten die Orks auf ihre Trommeln und begannen erneut mit ihrem grauenvollen Singsang, der von Mord und Blutlust kündete. Offenbar hatten sie vor, die Mauern von Richtenhof schon wieder zu berennen.

Gestern war es den Verteidigern gelungen, zwei Belagerungstürme der Grünhäute in Brand zu stecken und damit unbrauchbar zu machen. Jetzt standen die Holzkonstruktionen verdreht und verkohlt vor den rußgeschwärzten Stadtmauern. Tote Orks und gefallene Menschen hatten einen Kreis aus Leichen rund um die Türme gebildet.

Dies war ohne Zweifel ein Erfolg gewesen, wobei es genau genommen nicht mehr als ein Tropfen auf den heißen Stein war, denn die Zahl der Angreifer war nach wie vor endlos. König Grimzhag hetzte seine Kriegerscharen förmlich gegen die Mauern, wobei ihn die großen Verluste nicht zu interessieren schienen. Der Orkherrscher stand offenbar unter einem enormen Zeitdruck, das war Irmynar bereits aufgefallen.

„Ein paar weitere Häuser haben Feuer gefangen, Herr", rief ein Soldat dem an ihm vorbeieilenden Fürsten zu. „Was sollen wir tun?"

„Lasst sie brennen!", antwortete Irmynar und winkte ab. „Verteidigt die Mauern, wo ihr nur könnt, und spart das letzte Wasser für die Bürger auf."

Loghars Sohn blickte nach oben; Brandgeschosse zogen mit feurigen Schweifen über ihn hinweg, um irgendwo in der Stadt niederzugehen. Mittlerweile stank die Luft nach verkohltem Holz, in Richtenhofs Straßen hatte sich ein feiner, weißer Nebel ausgebreitet, da immer mehr Gebäude in Flammen aufgingen.

Schließlich rannte Irmynar, der so übermüdet und entkräftet war, das er manchmal glaubte, jeden Augenblick tot umzufallen, wieder in Richtung der Stadtmauer, auf der sich seine Soldaten zusammendrängten.

„Sie kommen schon wieder!", vernahm er eine raue Stimme irgendwo in dem Gewühl aus Männern auf dem Wehrgang. Irmynar stieß ein müdes Schnaufen aus, dann griff er nach dem Knauf seines Schwertes und hastete eine Treppe hinauf, um sie bei der Abwehr des nächsten Orkangriffs zu unterstützen.

Mit dem Mut des Korhas

„Treibt sie zurück! Korhas möge unsere Schwerter segnen! Vorwärts!"

Mit einem gellenden Kriegsschrei auf den Lippen stürmte Irmynar an der Spitze eines ausgehungerten Haufens von Landsknechten über den Wehrgang, um sich auf jene Grünhäute zu werfen, denen es gelungen war, die Stadtmauer zu überwinden.

Das Langschwert des Fürsten sauste durch die Luft; er spaltete einem Goblinkrieger mit einem zornigen Aufwärtshieb das Kinn. Dunkle Blutspritzer flogen gegen Irmynars Wangen, der getroffene Goblin brach mit einem langgezogenen Gurgeln zusammen.

Ein Landsknecht stach die schwer verwundete Grünhaut daraufhin mit seinem Speer ab und heulte dabei wie ein vor Hunger wahnsinnig gewordener Wolf.

Derweil hatte sich Irmynar schon dem nächsten Ork zugewandt, der sich fluchend zwischen zwei Burgzinnen nach oben geschoben hatte und nun Anstalten machte, auf den Wehrgang zu springen.

Das beidhändig geschwungene Schwert des Fürsten krachte gegen das Schild des Orksoldaten, der verwirrt vor der ungezügelten Wut des blonden Menschen zurückwich. Holzsplitter regneten zu Boden, als das Schild des Orks nach einem weiteren Treffer zerbarst. Zwar versuchte die Grünhaut, Irmynars nächsten Streich mit ihrer Axt zu parieren, doch schlug sie ins Leere, nachdem ihr flinker Gegner einen Ausfallschritt nach rechts gemacht hatte.

Im Gegenzug zerschmetterte Irmynar den Schulterpanzer des Orks und rammte ihm einen Herzschlag später die Schwertklinge durch das Brustbein. Quiekend kippte die Grünhaut nach hinten, während der Lebenssaft zwischen ihren Fingern heraussprudelte.

Indes hatten die anderen Landsknechte vier weitere Orks niedergestreckt. Irmynar schlug noch einen Angreifer von der Mauer und beugte sich dann herab, um eine Sturmleiter zur Seite zu reißen, so dass zwei nachfolgende Goblins mit lautem Gekreische in die Tiefe stürzten.

„Richtenhof hält stand! Versucht es nicht weiter!", höhnte der junge Fürst der Ostmark; dann kletterte er auf die Mauer und stieß sein Schwert in die Höhe.

„Ist das alles, was ihr könnt? So werdet ihr unsere Stadt niemals erobern, ihr elenden Schweinefressen!", brüllte Irmynar, um in der nächsten Sekunde wieder hinter die Zinnen zu springen.

Als Antwort schickten die vor der Stadt lagernden Orks ein paar Dutzend Pfeile in Richtung des tollkühnen Fürstensohns. Allerdings hatte Irmynar schnell genug reagiert, so dass die Geschosse wirkungslos gegen die Mauer prasselten.

An anderer Stelle krachten wieder Felsbrocken gegen den Stadtwall von Richtenhof, als Grimzhags Krieger ihre Katapulte abfeuerten. Irmynar lehnte sich für einen Augenblick an die kalten Steine, dann ging er zwischen ein paar Holzfässern in die Hocke, um zu verschnaufen.

„Was?", brummte er den Landsknechten zu, die sich vor ihm versammelt hatten.

„Wir haben fast kein Wasser mehr und die Vorratskammern sind leer, Herr", setzte ein hohlwangiger Mann mit rotem Stoppelbart an.

„Tatsächlich?", spie ihm Irmynar entgegen; der Landsknecht ging respektvoll einen Schritt zurück.

Daraufhin sah der junge Herr der Ostmark die anderen Soldaten an, er betrachtete sie beinahe drohend.

„Ich will kein einziges Wort von Kapitulation hören. Wagt es nicht, darüber auch nur zu sprechen. Wenn ich einen von euch vom Aufgeben reden höre, dann erschlage ich ihn persönlich."

Die Landsknechte sahen ihren Herren mit einer Mischung aus Verzweiflung und Angst an. Irmynar jedoch, den Hunger und Erschöpfung in eine bleiche, ausgemergelte Gestalt verwandelt hatten, blieb eisern.

„Ihr wisst, dass dieser Grimzhag grausamer als jedes Raubtier ist", sagte er nach einem quälend langen Moment des Schweigens. „Wir können hier also nur aushalten. Eine andere Wahl haben wir so oder so nicht."

Tief im Inneren wusste der Fürst indes besser als jeder andere, dass die vor Richtenhof lagernde Orkhorde nicht mehr lange aufgehalten werden konnte. Und nichts wies darauf hin, dass Kaiser Nukywin in absehbarer Zeit Verstärkungen in die Ostmark schicken würde.

Die einfachen Soldaten hofften allerdings noch immer darauf, weil Irmynar ihnen falsche Versprechungen gemacht hatte, doch wusste der junge Fürst, dass sie längst auf verlorenem Posten standen.

„Umso länger wir hier aushalten, umso höher ist die Wahrscheinlichkeit, dass Hilfe aus dem Westen kommt. Unser Kaiser wird längst ein Heer aufgestellt haben, das hat er mir versichert", log Irmynar, wobei er sich entsetzlich schämte, dass er seine treuen Gefolgsleute so offen täuschte.

Doch auch er war hilflos angesichts der feindlichen Übermacht, der die bisherigen Verluste nicht allzu viel ausmachten.

Bevor einer der Soldaten noch etwas sagen konnte, schlugen die nächsten Sturmleitern an die Mauern. Irmynar sprang auf, das Langschwert grimmig umklammert.

„Macht euch bereit!", schrie er in Richtung seiner Männer, deren Gesichter verrieten, dass ihnen die wohlklingende Lüge ihres Fürsten erneut ein wenig Hoffnung geschenkt hatte.

Als sich die Zeltplane teilte und einer der Wachsoldaten hineinlugte, hob Grimzhag den Blick. Mürrisch sah er zu dem schwergerüsteten Grauaugenkrieger herüber, der in sein Zelt gekommen war.

„Mächtiger Brüller, ein Besucher ist gekommen und möchte Euch sprechen", sagte die Wache.

Grimzhag würgte verneinend. „Was für ein Besucher? Habe ich nicht gesagt, dass ich heute nicht mehr gestört werden will?"

„Soll ich den Elben wieder fortschicken?", wollte der Orkkrieger wissen.

In der nächsten Sekunde sprang Grimzhag auf und warf dabei einen kleinen Krug voller Tinte auf die vor ihm ausgebreitete Karte von Leevland.

„Goffrukks Keule!", schrie er. Dann schleuderte Grimzhag eine mit Tinte beschmierte Gänsefeder auf die Karte. „Nein, hol ihn rein!"

Demütig brummend eilte der Wächter aus dem Zelt hinaus, um schließlich mit dem Fremden zurückzukehren.

Kurz darauf stand eine hochgewachsene, hagere Gestalt, eingehüllt in einen Kapuzenmantel aus dunkelgrauem Stoff, vor dem Herrscher des orkischen Weltreiches.

Zwei grimmig drein starrende Orkwachen hatten sich zu beiden Seiten des Besuchers postiert. Derweil hatte Grimzhag die Karte vom Tisch gefegt; er war seit Tagen schlecht gelaunt und stand ständig am Rande eines Tobsuchtsanfalls. Der Feldzug gegen die Leevländer war eine Aneinanderreihung von Rückschlägen gewesen, seit sie das Felssäulengebirge betreten hatten. Allmählich drohte ihn dieser Krieg in den Wahnsinn zu treiben.

„Wer seid Ihr?", fuhr er den Elben an.

Eisblaue Mandelaugen blickten unter der dunklen Kapuze hervor, der schmale Mund des Fremden verzog sich zu einem fremdartigen Lächeln. Schließlich streifte er sich die Kapuze vom Kopf und entblößte lange, weißgraue Haare, aus denen zwei spitze Ohren hervorschauten.

„Nidmethes von den Caythegani", sagte Grimzhag, als er erkannte, wer ihn besuchte.

„Genauso ist es, großer Häuptling der Mazauk", antwortete der Elb.

„Ich habe lange nichts mehr von Euch gehört", gab Grimzhag zurück.

„Was nicht heißt, dass das Volk der Caythegani untätig gewesen ist", erwiderte der Elb mehrdeutig.

Nidmethes machte einen Schritt zur Seite. Die beiden Orkwachen brummten, ihre Blicke folgten ihm mit unübersehbarer Skepsis. Der rechte Grauaugenkrieger tastete mit der Klaue nach seinem Schwertgriff, doch Grimzhag machte ihm mit einem Würgelaut klar, dass er die Klinge in der Scheide lassen sollte.

„Es besteht keine Gefahr für Euch, ehrwürdiger König der Orks", sagte Nidmethes, den die Unruhe der Orkkrieger nicht zu stören schien.

„Also, was führt Euch zu mir, Elb?", wiederholte Grimzhag.

Nidmethes sah ihn mit ausdrucksloser Miene an. Dann erklärte er: „Wir, die Caythegani, beobachten und warten schon seit sehr langer Zeit. Wir bereiten etwas vor, das seit Generationen unser Denken bestimmt. Aber ich möchte nicht abschweifen, denn ich komme zu Euch, um zu berichten, dass Euer Reich in Manchin bedroht ist. Die Elben von Galathol haben sich mit den rebellischen Menschen in Südmanchin verbündet, ein Heer von 50000 Enlaytheth ist an der Ostküste von Manchin an Land gegangen, was zu einem gewaltigen Aufstand der Menschen südlich des Jadeflusses geführt hat."

Grimzhag ballte in hilfloser Wut die Fäuste, seine Krallen gruben sich schmerzhaft in sein Fleisch, sein Maul klappte auf und die Zunge baumelte heraus. Eine derartige Hiobsbotschaft hatte ihm gerade noch gefehlt.

„Das darf nicht wahr sein!", stöhnte er.

„Eure Boten werden es Euch auch bald verkünden, Orkkönig. Wir Caythegani waren allerdings schneller, weil wir die Enlaytheth auf Schritt und Tritt beobachten", sagte Nidmethes.

„Was ist mit Imperator Fushang?", stieß Grimzhag aus.

„Verfeindete Adelige aus dem manchinischen Süden haben ihn ermordet. Sicherlich mit Hilfe der Elben von Galathol."

„Es ist genau das eingetreten, was ich befürchtet habe. Hier in Leevland steckt meine Horde fest, während sich im fernen Osten ein neuer Krieg entzündet", schrie der Häuptling der Mazauk und warf die Arme in die Höhe.

„Das Heer aus Galathol wird die aufständischen Manchinen anführen. Es wird vermutlich eine Weile dauern, bis sich die Menschen formiert haben, doch es gibt keinen Zweifel daran, dass sie dann versuchen werden, ihre verlorenen Gebiete zurückzuerobern und die Orks zu vertreiben", sagte der Caythegani.

„Oglok wird Verstärkungen brauchen, sonst wird er sich dagegen nicht zur Wehr setzen können", ergänzte der Elb mit dem weißgrauen Haar, welches wie leuchtende Seide über seine Schultern fiel. Er redete mit einer emotionslosen Sachlichkeit über das Debakel im fernen Manchin, dass Grimzhag nur noch zorniger wurde.

„Was ist mit Eurem Volk, Nidmethes? Seid ihr nicht Todfeinde der Elben von Galathol? Wie wäre es, wenn ihr meinen Kriegern in Manchin helft?"

Der Elb machte eine verneinende Geste, die Grimzhag jedoch nicht verstand. Daraufhin erwiderte er: „Leider sehen die Pläne der Führer meines Volkes anders aus. Es sind Pläne, die schon sehr lange auf ihre Reifung warten. Aber ich kann Euch versichern, Orkkönig, dass wir mehr tun werden, als bloß eine Streitmacht nach Manchin zu entsenden."

„Aha! Großartig! Also soll Oglok eine Übermacht aus Elben und Manchinen mit ein paar Tumala aufhalten?", knurrte Grimzhag.

„Die Enlaytheth, unsere einstigen Brüder", zischte Nidmethes, „haben alles, was sie noch an Soldaten auftreiben konnten, nach Manchin geschickt. Dies zeigt zugleich, in welchem Maße sie Euch fürchten, König Grimzhag. Nichts fürchtet Galathol mehr als eine starke Orkrasse.

Uns haben sie indes offenbar vergessen. Schon zu lange sind wir aus ihrem Blickfeld verschwunden. Vor langer Zeit mussten wir in die Frosthöhlen von Vaughmay fliehen, um der Vernichtung durch die Enlaytheth zu entgehen. Es ist lange her, dass der große Alarvail `dey Veryor sein Gefolge in unbekanntes Land führte."

„Ihr liebt es, in Rätseln zu sprechen, Elb", sagte Grimzhag ungehalten. „Oglok wird zu wenig Krieger haben, um die Elben und Manchinen zurückzuschlagen. Ich müsste diesen Feldzug hier abbrechen, um das gewonnene Land am anderen Ende der Welt zu schützen. Bei Shubbukkus Bauchspeck, ich habe geahnt, dass es dazu kommt."

„Es ist nicht mehr zu ändern", meinte Nidmethes.

„Warum sollte ich Euch überhaupt trauen? Vielleicht seid Ihr nur im Auftrag Galathols gekommen, um meine Reaktion zu testen? Wer sagt mir, dass Ihr nicht bloß ein Spion seid, den ich besser sofort umbringen lassen sollte?", donnerte der Orkkönig und hämmerte mit den Fäusten auf den Tisch.

Nidmethes störte sich nicht an dem Wutausbruch des Häuptlings. „Am Ende werdet Ihr begreifen, dass das Volk der Caythegani, welches in einem weit entfernten Land lebt, zu Euren treuesten Verbündeten gehört. Mehr kann ich Euch leider nicht sagen, mächtiger Brüller. Aber ich versichere Euch im Namen der Erben des Alarvail, dass die Caythegani die Orks nicht im Stich lassen werden."

„Das will ich hoffen!", knurrte Grimzhag.

„Mein Volk wird sich nun daran machen, das zu vollenden, was Alarvail der Verratene vor langer Zeit begonnen hat. Die Frosthöhlen des Nordens werden vom Geschrei unserer Krieger erbeben. Meiner Generation wird vergönnt sein, das mitzuerleben, wovon unsere Ahnen nur träumen konnten", sagte Nidmethes mit eisigem Blick.

„Wir Orks werden uns selbst helfen. So wie wir es immer getan haben", meinte Grimzhag verbittert.

„Und genau das werden wir Caythegani auch tun", fügte der silberhaarige Besucher hinzu.

„Dennoch danke ich Euch, dass Ihr mir Kunde aus Manchin gebracht habt. Auch wenn sie nicht erfreulich ist."

Der Elb machte eine Demutsgeste nach orkischer Art; dann wandte er sich um und die beiden Orkwachen traten zur Seite.

„Ich werde mich irgendwann wieder bei Euch melden und Euch dann hoffentlich von schöneren Dingen berichten können", sagte Nidmethes und hob die Hand zum Abschied.

Grimzhag starrte ihm nach. Er bebte vor Zorn und stand kurz davor, wie ein randalierender Troll durch sein Zelt zu pflügen und sämtliche Möbel in Stücke zu schlagen.

„Aufstand in Manchin! Kaiser Fushang tot!", grollte er. „Ich habe gewusst, dass es eines Tages passieren wird!"

Grimzhags Blick war so finster wie der Tod. Die Arme vor der Brust verschränkt und mit einem tiefen Grollen in der Kehle sah er seinen Soldaten dabei zu, wie sie in einigen hundert Metern Entfernung gegen die Stadtmauern von Richtenhof anrannten. Wieder einmal rückten sie mit Sturmleitern gegen die widerspenstigen Wälle der Stadt vor, während sie die Leevländer unter lautem Geschrei mit Pfeilen übergossen. Das Haupttor von Richtenhof, das nur zu erreichen war, wenn man einen breiten Burggraben überwand, war noch immer nicht aufgebrochen worden. Es fehlte der Orkhorde an Belagerungsgerät;

eine Vielzahl von Katapulten, Rammböcken und anderen Kriegsmaschinen, die in Gnoggkarren oder auf den Rücken der Reittiere in Einzelteilen transportiert worden waren, war bei der Überquerung des Felssäulengebirges verloren gegangen. Nun mussten die Orkkrieger lange Leitern hinauf klettern, während andere Grünhäute versuchten, die Mauern der Menschenstadt durch unterirdische Tunnel zum Einsturz zu bringen.

Die Verluste der Angreifer häuften sich. Irgendwann würde Richtenhof fallen, davon war Grimzhag überzeugt, doch bis dahin hatte ihn die größte Stadt der Ostmark sehr viel wertvolle Zeit gekostet.

„Auf diese Art von Kampf habe noch nicht einmal ich Lust", meinte Zugrakk, der neben Grimzhag stand und den Orksoldaten dabei zuschaute, wie sie die Leitern hinaufkletterten.

Die Menschen schütteten heißes Pech in die Tiefe, schossen Unmengen von Pfeilen ab und warfen den Angreifern Steinbrocken auf die Köpfe. Sie wehrten sich verbissen und dachten nicht daran, den Grünhäuten auch nur einen Meter Raum kampflos zu überlassen.

Ein frisch zusammengezimmerter Rammbock, den ein mit nassen Tierfellen behängtes Dach vor Brandpfeilen schützte, wurde zu einem der Nebentore der Menschenstadt gebracht. Umso näher die Orks kamen, umso fanatischer schossen die Bogenschützen auf sie. Das Tor befand sich jenseits einer schmalen Brücke, die über den Burggraben führte. Schon jetzt lagen dort überall tote Orks und Goblins, so dass der rollende Rammbock auch durch die Leichen der Angreifer verlangsamt wurde.

„Bewegung! Bewegung!", brüllte Grimzhag, während er seinen überforderten Soldaten zusah.

Nur Sekunden später fuhren mehrere Stichflammen vor dem Rammbock in die Höhe. Offenbar hatten die Menschen die Brücke im Schutze der letzten Nacht mit brennbarem Öl getränkt. Grimzhag würgte verärgert, während seine Krieger durcheinander schrien und zurückrannten. Pfeilschauer kamen surrend vom Himmel, der Angriff brach zusammen, Dutzende von Orks fielen getroffen zu Boden.

Grimzhag stieß einen Fluch aus. „So wird das nichts!"

Als er zu den Mauern hinaufblickte, die seine Soldaten mit Leitern zu erstürmen versuchten, sah es nicht besser aus. Bereits die Hälfte der Leitern war von den Menschen umgeworfen worden und wo die Orks die Zinnen erreichten, da hieben sie die Leevländer mit Schwertern und Äxten zusammen. Schreiend stürzte Ork um Ork in die Tiefe.

„Wir werden diese elende Stadt aushungern müssen. Oder wir müssen unsere letzten Katapulte reparieren und die Mauern zerstören. Doch das wird dauern, es fehlt uns an Ersatzteilen", wetterte Grimzhag.

Hinter dem König standen mehrere Tumalführer, die es vorzogen, ihrem Herrscher nicht zu antworten. Die Nachricht vom Aufstand in Manchin, der alles zerstören konnte, was er aufgebaut hatte, hatte Grimzhag zutiefst getroffen. Er stand kurz davor, den Feldzug gegen die Leevländer abzubrechen und die Horde zurück nach Chaar-Ziggrath zu führen.

„Von Anfang an ist es ein Fehler gewesen", schoss es ihm durch den Kopf, während er verbittert dabei zusah, wie selbst Massen von Orks nicht in der Lage waren, die Mauern von Richtenhof zu überrennen.

Es verging noch eine Stunde, bis sich der Angriff der Grünhäute in eine heillose Flucht verwandelt hatte. Die Orkkrieger rannten in Richtung des Lagers, das sich rund um Richtenhof in alle Himmelsrichtungen erstreckte.

Grimzhag wollte gegenüber seinen Tumalführern gerade anmerken, dass es für heute gut sei, als plötzlich eine Schar von mehreren Hundert leevländischen Soldaten aus einem Nebentor der Stadt herausquoll.

„Sie machen einen Ausfall! Das glaube ich jetzt nicht!", rief ein Grauauge vollkommen überrascht.

Die Verteidiger von Richtenhof waren kühn, das hatten sie in den letzten Tagen oft genug bewiesen. Jetzt aber machten sie einen geradezu überheblichen Eindruck. Lärmend stürmten sie aus dem Tor heraus, um sich dann auf die fliehenden Orks und Goblins zu werfen. Grimzhag riss sein Schwert aus der Scheide und stieß ein bedrohliches Knurren aus. Die Leevländer würden für ihre Frechheit bezahlen. Zugrakk zog ebenfalls seine Waffe.

Kurz darauf wurden überall im Orklager Trommeln geschlagen und Kriegshörner begannen zu dröhnen. Schwärme von Orksoldaten kamen aus den Zelten und formierten sich unter Grimzhags zornigem Gebell. Doch die Menschen setzten ihren Gegenangriff fort. Angeführt wurden sie von dem blonden Krieger, der Grimzhags Horde bereits im Felssäulengebirge mit seinen Männen aufgelauert hatte. Der noch junge Menschensoldat lief mit erhobenem Schwert an der Spitze seiner Schar voraus und war seinem Gefolge ein Beispiel an Mut und Tapferkeit.

Grimzhag sah ihm dabei zu, wie er die fliehenden Orks vor sich her trieb. Seine lauten Schreie gellten bis zu ihm herüber. Leevländische Landsknechte mit Hellebarden und Spießen fielen über die Grünhäute her. Ihnen folgten Bauern mit Mistgabeln und Knüppeln.

Die Orks vor den Mauern rannten davon und selbst die Hornstöße der Scharführer, die ihnen befahlen, sich wieder zu sammeln, verklangen ungehört. Währenddessen rotteten sich hinter Grimzhag hunderte von Orks und Goblins zusammen. Diesmal war der Mazaukhäuptling richtig zornig.

„Glauben diese Menschlinge tatsächlich, dass sie mit einer so kleinen Schar von Kämpfern unser Heerlager angreifen können? Wir sollten diesen Maden Respekt beibringen!", donnerte Grimzhags Stimme über die Köpfe der Tumalführer hinweg.

Neben dem König begann ein Trommler loszuhämmern und die Kriegerrotte setzte sich mit lautem Gebrüll in Bewegung. Grimzhag stand in der ersten Schlachtreihe, neben ihm schritt Zugrakk her, der streitlustig seine stachelbewehrte Keule schwang.

Als die flüchtenden Grünhäute das Heerlager erreicht hatten, sammelten sie sich wieder und schlossen sich den anderen Kriegern an. Jetzt führte sie Grimzhag höchstpersönlich an, was ihnen den Kampfesmut zurück gab.

Knurrend rannte der Orkkönig los. Er erinnerte an einen schnaubenden Bullen, der zum Angriff ansetzte. Noch immer entfernten sich die Menschen von ihren sicheren Stadtmauern und erschlugen jeden Orkkrieger, dessen sie habhaft werden konnten. Dann jedoch unterbrachen sie ihren Vorsturm; ihr blonder Anführer, dieser trotzige, junge Krieger mit dem Langschwert in den Händen, deutete auf die Orks, die auf seinen Soldatenhaufen zurannten.

Grimzhag lief so schnell er konnte. Er wollte den Menschenkrieger zuerst in die Klauen bekommen, um ihm selbst die Kehle aus dem Hals reißen zu können. Die Leevländer stellten sich indes auf breiter Front auf und hielten den Orks ihre Speere entgegen. Ihre Gesichter zeigten eine verzweifelte Kampfentschlossenheit.

Kurz darauf prallten die Kämpfenden aufeinander. Soldaten wurden zu Boden gerissen und krachten scheppernd gegeneinander. Der blonde Krieger schnappte sich den ersten Ork, wich einem Axthieb aus, duckte sich und schlitzte ihm dann mit seinem geschickt geführten Zweihandschwert das Bein auf. Die Klinge glitt zurück und fuhr daraufhin in den Rücken des Orks.

Grimzhag blieb stehen und sah dem Fremden zu. Dieser drehte sich wie ein Wirbelwind und rasierte einem weiteren Ork mit dem Schwert den Kopf ab.

„Zugrakk, du bleibst hier! Ich erledige ihn!", knurrte Grimzhag in Richtung seines besten Freundes.

Der König schubste mehrere Krieger aus dem Weg, um sich schließlich auf den Führer der Leevländer zu stürzen, doch dieser hatte ihn bereits selbst in der Masse der Grünhäute ausgemacht. Mit einem lauten Grollen schmetterte Grimzhag sein Schwert gegen das mit Eisenbeschlägen verzierte Schild, das seine linke Körperhälfte schützte. Er blickte dem Fremden in die Augen, doch erkannte er keine Furcht in dessen Gesicht. Längst wusste Grimzhag wie menschliche Angst aussah, doch hier sah er bloß Todesverachtung und trotzigen Zorn.

Der Orkherrscher stampfte auf den wesentlich kleineren Menschen zu, die Schwertklingen trafen sich klirrend in der Luft. Keiner der Orkkrieger wagte es, in den Kampf des Königs einzugreifen. Stattdessen bildeten die Grünhäute einen Kreis, um ihren Anführer anzufeuern, wobei sie die Waffen sinken ließen. Die Soldaten aus Richtenhof taten das Gleiche.

Grimzhag schwang sein gewaltiges Schwert und hieb auf den blonden Menschen ein, doch dieser war unglaublich flink; er wich den brutalen Schlägen aus oder parierte sie mit seinem Bihänder. Krachend traf das Zweihandschwert im Gegenzug auf Grimzhags Schild und Holzsplitter flogen durch die Luft. Der Orkkönig ging ein paar Schritte zurück, der Anführer der Leevländer jedoch setzte blitzschnell nach und hieb Grimzhag den Schwertknauf ins Gesicht. Mit einem schmerzerfüllten Knurren taumelte der Häuptling der Mazauk zurück, dunkles Blut tropfte von seiner Lippe.

Die Orkkrieger raunten durcheinander, als sie sahen, dass der fremde Kämpfer ihren König getroffen hatte. Grimzhag machte dies umso wütender. Er drosch mit dem Schwert um sich und versuchte, den blonden Menschen mit dem Schild zu rammen, aber dieser reagierte immer gerade noch rechtzeitig, so dass seine Angriffe ins Leere gingen.

Der Mensch verzog den Mund. Er blickte Grimzhag in die großen, hellgrauen Augen und rief etwas in seiner fremdartigen Sprache. Der Orkkönig konnte lediglich die Worte „Vater" und „tot" verstehen, allerdings wusste er nicht, was ihm der Leevländer mitteilen wollte.

Tief im Inneren war er sich inzwischen sicher, dass dieser Krieger seinen Sprössling Kulghor getötet hatte. Zugrakk hatte dies schon mehrfach angedeutet, wobei er sich nicht sicher gewesen war. Doch Grimzhag hatte mittlerweile keinen Zweifel mehr daran, dass er dem Mörder seines Sohnes gegenüberstand.

Schnaubend wie ein Gnogg sprang er auf den Fremden zu. Er schlug auf die ungedeckte Seite des Menschen, doch dieser hüpfte zurück und fing den Schlag mit dem Schwert ab. Nur einen Wimpernschlag später stach der Leevländer selbst zu und die lange Klinge schabte an der Seite von Grimzhags Helm vorbei, um eine tiefe Kerbe zu hinterlassen. Wieder schrien die Orks auf; ihr König torkelte verwirrt zurück.

Dieser Fremde war äußerst schnell, kämpfte geschickt und ließ sich nicht einschüchtern. Er parierte jeden Schwerthieb, den Grimzhag auf ihn einprasseln ließ, um sofort wieder zurückzuschlagen und jede Lücke in der Deckung auszunutzen.

Als Grimzhag gerade wieder angreifen wollte, sprang ihn der Mensch an und hackte auf sein Schild ein. Seine Klinge biss ein gewaltiges Holzstück heraus und zerteilte mehrere Eisenbeschläge. Grimzhag holte weit aus, doch der Fremde schien nur darauf gewartet zu haben. Er drehte die Schwertklinge, riss sie zur Seite und das scharfe Eisen traf den Unterarmschützer des Orkkönigs. Grimzhag brüllte auf, eine klaffende Wunde blutete unter seiner Armbeuge, sein Schwertarm fühlte sich taub an, so dass seine Finger die Waffe kaum noch halten konnten.

Entsetzt brüllten die Orks. Der blonde Krieger trat mit voller Wucht gegen Grimzhags Schild und schlug es ihm schließlich mit einem geschickten Schlag aus der Klaue. Blutfäden gossen sich über die Finger des Orkkönigs, der daraufhin seine Waffe fallen lassen musste. Sein Feind lachte grimmig, er stürmte auf Grimzhag zu und riss das Schwert für einen letzten, tödlichen Stich in die Höhe. Panisch verfolgten Grimzhags aufgerissene Augen die durch die Luft wirbelnde Klinge.

Im nächsten Moment jedoch wurde der blonde Menschenkrieger zu Boden gerissen. Zugrakk hatte ihn von hinten angesprungen, bevor er Grimzhag niederstrecken konnte. Zornig kreischend stieß der Fremde den Angreifer von sich weg; er schrie ihn anklagend an, doch weder Grimzhag noch Zugrakk konnten seine Worte verstehen. Doch es war offensichtlich, dass er sich über Zugrakks Eingreifen in den Zweikampf aufregte. Der Mensch war um seinen Sieg betrogen worden, dachte Grimzhag, wobei er froh war, dass sein Kopf noch auf seinen Schultern saß.

Zugrakk richtete sich auf und stand mit gefletschten Zähnen vor dem Anführer der Ostmärker. Grimzhag hielt sich indes den blutenden Arm und humpelte zu den anderen Orks zurück, während Irmynar Zugrakk wütend anstarrte und ihm die Spitze seines Langschwertes an die Kehle hielt.

„Beim nächsten Mal werde ich dich töten, König Grimzhag!", rief Irmynar dem geschlagenen Kriegsherrn der Orks nach. Dann lief er zu seinen Männer, um sich wieder hinter die Stadtmauern zurückzuziehen. Grimzhag, Zugrakk und die anderen Grünhäute sahen ihnen nach.

Der Häuptling der Mazauk wusste in diesem Moment nicht, was er tun sollte. Ohne Zweifel hatte er das Duell vor den Augen seiner Krieger verloren – eine schwere Demütigung. Nur dank Zugrakks Eingreifen war er nicht gefallen, rumorte es in Grimzhag Kopf. Derweil kam sein bester Freund zu ihm herübergelaufen.

„Wie schlimm hat er dich erwischt?"

„Es geht, es geht! Hatte schon schlimmere Verletzungen!", knurrte der König. „Goffrukks Keule, dieser Menschling ist ein verdammt guter Krieger."

„Aber er hat dich nicht schwer verwundet, oder?", hakte Zugrakk nach.

„Nein!", schrie ihn Grimzhag an. „Und jetzt lasst mich alle in Ruhe!"

Sein ältester Gefährte zögerte für einen Augenblick; dann sagte er: „Ich bin mir inzwischen sicher, dass es dieser Menschling gewesen ist, der Kulghor getötet hat. Eigentlich kann ich mir Gesichter gut merken. Ja, er ist es gewesen."

„Ich weiß! Das hättest du mir nicht mehr zu sagen brauchen. Er hat Kulghor erschlagen, daran habe ich keinen Zweifel. Und wenn du mir nicht geholfen hättest, wäre auch ich jetzt tot", antwortete ihm Grimzhag voller unterdrücktem Zorn.

Zugrakk sah seinen Freund ein paar Herzschläge lang fragend an. Dieser fletschte die Zähne. Dann deutete er auf Irmynar, der mit seinen Männern in Richtung Stadttor abzog.

„Die letzte Schlacht ist noch nicht geschlagen, Zugrakk. Leevland wird brennen und am Ende werde ich mir den Kopf von diesem anmaßenden Menschling holen. Und wenn es das Letzte ist, was ich im Leben tue."

Weitere Romane von Alexander Merow im Buchhandel:

Romanserie „Beutewelt"

Beutewelt I – Bürger 1-564398B-278843
Beutewelt II – Aufstand in der Ferne
Beutewelt III – Organisierte Wut
Beutewelt IV – Die Gegenrevolution
Beutewelt V – Bürgerkrieg 2038
Beutewelt VI – Friedensdämmerung
Beutewelt VII – Weltenbrand

Romanserie „Das aureanische Zeitalter"

Das aureanische Zeitalter I – Flavius Princeps
Das aureanische Zeitalter II – Im Schatten des Verrats
Das aureanische Zeitalter III – Die Hölle von Thracan
Das aureanische Zeitalter IV – Vorstoß nach Terra
Das aureanische Zeitalter V – Der Marskrieg

Romanserie „Die Antariksa Saga"

Die Antariksa-Saga I – Grimzhag der Ork
Die Antariksa-Saga II – Sturm über Manchin
Die Antariksa-Saga III – Die Faust des Goffrukk
Die Antariksa-Saga IV – Blinder Hass
Die Antariksa-Saga V – Späte Vergeltung

Romanserie „Postmortem"

Postmortem I – Die Leute von Wallheim

Romanserie „Alarvail"

Alarvail I – Der Elbenkrieger